U0147409

这本书，仅仅讲述了一些离奇的事件所衍生的离奇故事

如果你喜欢看怪异的故事，请关注我们的《悬疑志》！

图书在版编目（CIP）数据

悬疑志·阴阳传说/嘿嘿、鱼悠若编著. —郑州市：河南文艺出版社，2009.1
ISBN 978-7-80765-077-5

Ⅰ.阴… Ⅱ.①嘿… ②鱼… Ⅲ.①中篇小说—作品集—中国—当代②短篇小说—作品集—中国—当代 Ⅳ.I247.7

中国版本图书馆CIP数据核字（2008）第195751号

上架建议：畅销书·悬疑推理

悬疑志——阴阳传说

编　　著：嘿 嘿 鱼悠若
责任编辑：张丽侠
出版发行：河南文艺出版社
地　　址：郑州市鑫苑路18号11栋
印　　刷：北京市业和印务有限公司
经　　销：全国新华书店
开　　本：16
字　　数：180千字
印　　张：14
版　　次：2009年1月第1版
　　　　　2009年1月第1次印刷
书　　号：ISBN 978-7-80765-077-5
定　　价：15.00元

C O N T E N T S 目录

谜小说
MINI READING

开始

时飞扬站在玻璃门外，看着屋内正持卷读书的王猛。那孩子从邯郸回来后，仿佛变了一个人，不再如从前那样玩闹，而是把更多的时间用在了读书上。

“景略似乎一下子明白了知识的重要，我为他专门准备了学习程序。不过他还是喜欢看书多过喜欢电脑。”林苏雨对时飞扬解释道。她一身雪白的职业装，头发微微烫卷，平添几分妩媚。

“我看他是怕时间委员会送个新王猛过来，才突然用起功来。”宋采文抿嘴笑道。

“不管什么原因，用功总是好的。他虽然生活在这里，身体里却是古人的基因。”时飞扬对林苏雨道，“他的学习就拜托了你。”

林苏雨点了点头，时飞扬看了眼另一个房间趴在桌上睡觉的慕容流浪，撇了撇嘴，看来觉得无所事事的不止自己一个啊。他想了想，又扭头问道：“机器人为啥要烫头发？”

“因为我是女机器人。”林苏雨理所当然道。

这时司马靖雁在过道的尽头，大声叫道：“飞扬，时间委员会发

时间飞扬之江东烟雨

文\君天

来消息。"

这一嗓子，把睡梦中的慕容流浪也叫了起来。时飞扬好笑地看看慕容流浪醒过来的表情，大步向自己的办公室走去。

林苏雨、宋采文等人也紧跟着他，一面走宋采文一面皱眉道："我以为我们已经跟时间委员会决裂了。他们怎么还发消息给我们？"

司马靖雁摇头道："至少我们还没有公开决裂。另外时间委员会各部门之间沟通也一直有问题，他们每年给我们那么多资金，各个部门都会希望我们能为他们出力。所以这次他们的实验部发来消息，也并不奇怪。"

林苏雨则低声道："事实上，时间委员会主要由三大机构和一个中心组成，战斗部、实验部、监控管理部，是他们的三大机构。每个机构下又按时空设置了分支，可谓非常庞大，我就属于监控部。而委员会的核心是'时间之核'，它高于三大机构，但除非有大事情发生，一般不会对三大机构发号施令。它主要负责时间委员会大的发展方向的规划，并且拥有自己的战斗部和直属实验室，上次我说的上帝棋盘计划，就是出自'时间之核'。"

"那也就是说，我们上次已经得罪了委员会的高层，只是他们没有直接宣战。"宋采文笑道。

"不错。但实验部是我们时光侦探社的老朋友了。"时飞扬坐在老板椅，看着由时间委员会发来的消息，皱眉道，"他们居然又发现了新的时空信号。"

"什么？"连机器人林苏雨也都吃了一惊。

司马靖雁不动声色道："其实没啥好大惊小怪的。所谓已知的六十三个时空，只是他们在资料中公开宣布的数字，并不代表他们手中就没有掌握其他的时空信息。另外我绝对不相信在时间线和空间线构成的这个世界上，仅仅只有这点数量的时空，所以会发现新的世界真的很正常。"

林苏雨也恢复正常，问道："那么他们有没有发来时空门的启动程序？"

"有。"时飞扬点头道。

林苏雨直接连接上了网络把程序下载到脑中，转身离开去到实验室。

"具体他们要我们做什么呢？"宋采文认真地问。

"这是一个登陆行动。"时飞扬靠在椅背上道："我们的任务有两个。第一，根据他们的提示穿越到新时空，再平安地穿越回来。然后把穿越得到的数据提供给他们，让他们分析后确立新时空的时空坐标和编号。第二，在那个未知时空继续寻找其他未知时空信号，因为也许一个未知连接的就是另一个未知。这个任务会花费我们大约半年的时间。"

"这种事情他们为啥要我们时光侦探社来做？"宋采文挠了挠头道，"他们自己人去做难道不是更精确吗？他们一定有比我们更专业的科学家。"

"这个问题你去问委员会比较好。"司马靖雁淡淡一笑，倒了杯红酒道，"事实上，去未知的时空是很冒险的事情，第一次穿越你不会知道自己会去到什么时间、什么位置。第一次穿越成功后，你也不知道能不能确保自己回来。”

“除非你是时空能力者。”慕容流浪插嘴道。

宋采文恍然道："这就是他们每年给我们时光侦探社数十万两黄金的真正原因。我们拥有一个有时空能力的社长。”

时飞扬坏笑道："不错。要喝牛奶，若非必要没人要养头奶牛。他们当然不会雷打不动地给一个雇佣兵那么多金子。我多少还有些他们所不具备的能力。”

“不过奶牛老大，委员会已经有十年没有发现新的时空信号了。”慕容流浪面无表情地道，“在我们和他们即将决裂的时候，这会不会是一个陷阱？”

“奶牛老大这个称呼好恶心。”宋采文吐了吐舌头。

“信号问题，林苏雨会分析清楚，这不用担心。”时飞扬浅尝了口红酒，“至于陷阱，人生原本到处都是陷阱。是不是，流氓兄？另外采文同学，女生不要乱吐舌头。”

“总之，不管是不是陷阱，我都是要去的。”王猛的声音在门口响起。

“景略，你不用念书么？”时飞扬不置可否道。

“读万卷书，不如行万里路。我想我本就是在时空中成长起来的。”王猛负着手傲然道，“生于时空，死于穿越。”

时飞扬摸了摸鼻子，苦笑道："我以为这是我的台词。”

宋采文终于忍不住笑出声来，而慕容流浪的眼中亦露出温暖之色，这里的人果然个个都是宝贝。

这时，办公室广播中响起林苏雨甜美的声音："我已经分析了他们的时空门程序，的确是一个未知的时空信号。这个时空门的准备时间不会超过两个小时，时光的各位同学们可开始准备。我们出发，去往未知的历史！”

1

光华闪过，时光侦探社的众人出现在一片空旷的平地上。

林苏雨打开设备，低声道："平安降临新时空，编号确定之前，此地暂定为第零号时间点。”

“采文帮苏雨收集这里的时空信息，流氓兄去前面看下这里的情况。希望我们到的是城市，而不是蛮荒时代，我可不想和野兽打交道。”时飞扬抬头望了望天空，千万年的历史，无论人类的世界如何变

幻，天空始终是一个样子。

慕容流浪也不多言，直接朝前去了。

王猛则给宋采文打着下手，又忙里偷闲地问道："大叔，为啥老头子他每次都不跟着来？我看他平时精神得很，完全能够胜任穿越。我听说就算大叔你遇到危险，他也是坐在家里不动的。"

"那是因为他知道我不会出事。司马老头他不穿越，并不是没那个体力，而是没那个心力。"时飞扬正努力让自己的精神力和周围的时空信息融合，没有精神具体给王猛解释。

王猛想了想也没有多问，又开始摆弄起林苏雨分配给他们的小设备。

不多时慕容流浪在联络器中道："飞扬，我们到了你最喜欢的时间段。"

宋采文吃了一惊，奇道："时飞扬还有最喜欢的时间段？"她早以为时飞扬已经穿越得麻木了。

时飞扬淡淡一笑道："多少年？"

"接近于第七时空的公元200年左右。"林苏雨机械地报出了一个时间，然后她又道，"地形勘测显示为中国东南部。"

"流氓兄那么兴奋，一定是已经找到了具体信息。说吧，我们在哪个城附近？"王猛笑嘻嘻道。

"是流氓大叔，你有啥资格叫他流氓兄，没大没小。"时飞扬纠正道。

慕容流浪早已习惯他们二人的调侃，平静地回答道："你们向东五里路，就是吴郡城。"

时飞扬微微扬眉，低声道："景略最近你认真读书之后，对这个时间段有何看法？"

"若在我们第七时空，公元200年一共有两件大事情，上半年江东孙策遇刺身亡，下半年曹操在官渡击败袁绍。"王猛不假思索道，但他随即又愣了下道，"我们现在是身处江东么？天啊！小霸王孙策啊！千万别已经死了，我还想看他一眼！"

"我们是在江东没错，地图我做出来了，但具体时间我得不到。因为相对的时间是各个时代人自己定义的。"林苏雨收起肩膀上细长的天线，然后递给时飞扬一个电子地图板，方圆两百里的地形图已经都在这个盒子中。这块电子板会随着它的移动，继续扫描周边地区，存储的地形也将越来越大。

"你真了解我，苏雨亲爱的。谢谢。"时飞扬接过电子地图看了一眼，然后底气十足地道，"来吧，孩儿们！兵发吴郡去也！"

王猛兴奋得大叫一声，跟着时飞扬就走。边上传来宋采文鄙夷的话语："路盲，没地图就不敢走路的傻瓜。"

时飞扬则毫不在意地道："采文同学，人总有各自的弱点。你可不要打击一片，流氓兄会不高兴的。"

联络器中一片沉默，慕容流浪虽然一言不发，宋采文已经可以想象出对方的表情。

吴郡城，也就是在今日苏州的位置。苏州城早在公元前514年就已建城，据说是由

英雄无双的伍子胥监督建造。遥想起来，这古老的城池到21世纪已有2500多岁了。

时飞扬带着“妇女儿童们”进入吴郡城时正值正午时分，来来往往的人群昭示着远离中原乱局的江东正蒸腾日上，经济与人气正和他们的统帅孙策一样，到处都显示着昂扬上升的朝气。

众人找了个客栈安顿，然后步入客栈对面的听雨茶馆，等待慕容流浪。茶馆内很热闹，店家告知众人雅座已无，时飞扬他们找了个楼梯口靠窗的位子，虽然楼梯口人来人往，却也能看到外面的街道。

茶馆中，人声鼎沸，有的说着家长里短，有的议论着吴郡风月，更多的则是说着江东时事，以及北方的曹操与袁绍之争。而在这些议论中，最多的还是周郎和孙郎这江东双璧的事迹。孙策的勇武霸气，周瑜的雄才风流，大乔小乔的绝代风姿，是这一代江东人的骄傲。作为江东的百姓，可能没听过白马斩颜良的关羽，却绝不会不知道孙策和太史慈的惊世决战。作为东吴的臣民，或许不知道中原谋士郭嘉、贾诩的决策千里，但一定都知道周瑜周公瑾的运筹帷幄之能。

小霸王孙策带领他那一干江东虎狼，彗星般崛起于江东的过程，让人几乎分不清到底哪些是历史上的真实，哪些是民间的传说。

林苏雨从怀中拿出一个古朴的茶壶，壶盖旋动了一下，发出嘟的一声，她朝众人点了点头，示意隔音效果已经打开，可以随便发言。

“老大，你既然最喜欢这个时代，该来过很多次吧？”宋采文好奇地问道，她一身男装，灰色的武士服和武士髻掩饰了美丽的容颜。

时飞扬一摆手道：“不常来。”

“为什么？”宋采文眨眨眼睛。

“因为太喜欢，所以很难按捺改变历史的冲动，所以不敢多来。”时飞扬给几个人都倒上茶水。

“但那些大叔你喜欢的时间段、欣赏的人，你一定都见识过了，所以如果遇到名人，大叔一定要给我介绍啊。”王猛一脸期待道。

时飞扬眯着眼睛若有所思，点头道：“这是自然。三国时代绝大多数名人我都见过，不过真正让人惊喜的，是你在不同时空发现之前不知晓的天下奇才的时候，那才是真正的惊艳。”

这时，几个青袍人上楼，店小二看到他们忙不迭地迎了过来，他们之后一个锦袍公子微笑而至。但真正让时飞扬等人注意的是锦袍客之后的青衫书生，那人面容俊朗，一双星目顾盼风流，举手投足间说不尽的温文儒雅。

“那个青衫客一定不是普通人。”宋采文压低了声音道。

时飞扬在宋采文和王猛殷勤的目光下，只得道：“这就是陆伯言。”

“陆逊陆伯言好年轻啊。”宋采文一直目送对方进入雅座，才感叹道。

时飞扬轻轻给了她一个脑瓜子，皱眉道：“你至于那么大的反应啊。真不专业。”

“老大，我知道你为啥喜欢这个时代了。”宋采文笑了笑，“这里是传奇最多的地方。我们随便喝个茶就能遇到名人。”

“他们为何过来就有雅座？我们比他们早，店家却说没有。”王猛在意的却是这个。

时飞扬笑道：“吴郡四姓，顾陆朱张。刚才进去的分别有陆家和朱家，你觉得自己还有必要问这个问题么？古代，出身往往决定一切。”

王猛撇嘴道：“现代也是如此。现代的老百姓自以为过得很好，其实只是社会体制造成的假象。”

“老大，这里真的是不同的时空吗？”宋采文悄悄问道，

“关于这个问题，最专业的人士应该是苏雨。你不要问我。”时飞扬淡淡道。

“只是你难道不觉得我们一路的见闻，都告诉我们这个时代和我们第七时空没有差别么？”宋采文问道。

林苏雨认真答道：“两个不同时空的局部历史是可能相似甚至相同的。何况我们一路过来并没有机会接触这个时空的史籍，光听市井间的对话，不能妄下定论。”

“会有时间让你研究两个时空的不同。晚些搞部《史记》看就行了。”时飞扬笑道。

“你就知道这个时空一定有《史记》？”宋采文皱眉道。

“当然，到十个时空，十个时空有《史记》，就连流氓兄所在的第六十二时空都有，他们那个时空连汉朝都没有，却有《史记》。司马迁大人在任何时空都是超强的人啊！”时飞扬看着走入茶馆的慕容流浪笑道。

“这个地方不一样。”慕容流浪带着唯恐天下不乱的表情坐到他边上。

“怎么不一样呢？”王猛一下子来了兴致。

“这个地方的孙家只有三兄弟，孙策、孙翊、孙匡。”慕容流浪看着时飞扬道。

时飞扬笑了，很舒服地换了个坐姿，低声道：“我爱这个时代。”他看向王猛道，“明白问题所在了么，景略？”

王猛一早已开始皱眉，沉声道：“果然是很麻烦啊。”

一旁的宋采文皱眉道：“怎么麻烦了？不就是没有孙权么？”

“大姐头，你不明白没有孙权的意义？”王猛吃惊道。

宋采文想了片刻，笑道：“我知道孙权很伟大，但是有他没他世界还不是照样转。”

“你错了。”王猛严肃地道，“事实上，如果没有孙权，就在这个时间段三国的历史就已危如累卵。”

时飞扬看着这有趣的姐弟，笑了笑道：“其实你们两个都没错。世界不会因为缺失了某个人就停止向前，但孙权这个人对于我们曾经熟悉的那段历史，的确也是不可或缺的。”他站起身，推开窗户望向茶馆外的街道，缓缓道：“按照我们自己时空的历史，如果没有孙权，在这建安五年，孙策就不可以死。孙策如果死了，孙家无人能掌大局，江东可能重新陷入战乱。连锁反应就是，曹操拿下官渡后，赤壁大战都不用打了。三足鼎立的格局将不太可能出现。如果没有孙权，‘生子当如孙仲谋’这句话也不会有了，如果没有孙权，很可能不会再有三国！”

宋采文道：“这倒有点像小猛子出生的第十三时空，晋朝未曾出现长达两百年的魏帝国。”

“千古江山，英雄无觅孙仲谋处。舞榭歌台，风流总被雨打风吹去。”时飞扬轻轻叹了口气，外面居然下雨了，而这个时空真的没有孙仲谋。

“斜阳草树，寻常巷陌，人道寄奴曾住。想当年，金戈铁马，气吞万里如虎。”王猛亦叹息道，“如果没有三国，后半句的刘裕刘寄奴恐怕也不会有。”

看一大一小在那里感慨，宋采文却很难投入进去，她虽然也爱好历史，但第一对江东孙吴不熟悉，第二她原本就不是那种喜欢热血山河的人。就好像宋词分为豪放派和婉约派，时飞扬他们是豪放派，而她一定

是婉约派。

宋采文举手打断二人的感叹，问道："我们这次的任务和有没有孙权无关吧？既然是一个未知的时空，自然会有不一样的地方。"

连林苏雨也支持宋采文道："我们的任务只是成功完成这次穿越，并尝试找寻新的时空信息。我想我们的第一个任务已经完成，至于第二个任务，则要看运气。"

"那有什么好玩？"王猛一脸的不情愿，"如果只是这么简单，我们不如马上回去得了。未知时空的信息，他们时间委员会十年才找到一个，我们这次行动纯粹是碰运气。如果光是为了完成穿越，那太没意思了。"

"老大，你说吧。"宋采文不理睬那小子，直接问时飞扬。

"第一个任务没有悬念。但为了确定这个时空的历史进程，我们还需要搜集一些这里的史籍和经典。这个任务就交给采文了。而我个人觉得，在一个新时空找寻未知时空信息的可能性，的确要大过在那些被他们时间委员会研究烂了的地方。"时飞扬的语速听不出一丝情绪，他只是心平气和地在布置任务，"收集时空信息的任务交给苏雨。只要你觉得必要，你可以用足半年的时间。如果需要我们也可以换地方，比如去荆州城和许昌看看。如果觉得有必要，我们也可以去这个空间的其他时间段看看，这个需求采文同样可以提出。你知道也许去其他时间段，能够得到更丰富的书籍经典，也能更能看清楚这个时空的历史走向。"

然后时飞扬按着王猛的肩膀，笑道："至于景略，我们找机会一起去看看孙策的样子吧。流氓兄，你是否和我们一起？"

一直看着他们讨论的慕容流浪耸耸肩道："为什么不？我想你应该已经感应出来，只这个茶馆中，就有很实力很强的高手在。"

"这就是我喜欢三国时代的原因，走到哪里都有让人惊喜的高手存在。"时飞扬目光扫视众人道，"任务布置完毕，接下来就是自由行动时间。联络器始终开着，请各位随时保持联系。吴郡城是很休闲的一个城市，我想大家很快会了解到这一点。"

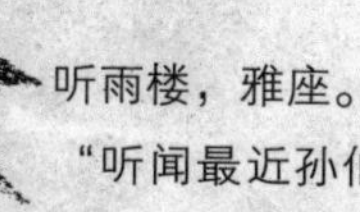

2

听雨楼，雅座。

“听闻最近孙伯符意图北上许昌。伯言你怎么看？”仆从全都退下后，朱桓终于说话。

“这对孙郎而言是最好的时机，亦是之后十年都难见的时机。官渡之战不论袁绍和曹操最终谁赢，北方豪强的实力都会变得空前强大。”陆逊淡淡道。

“江东已是他的天下，自然该望向更远的地方。”朱桓看了看陆逊的脸色，笑了笑道，“这些都是全天下都知道的消息，只是伯言近来可收到其他风声？”

陆逊刚刚拿起的茶杯，又重新放下，看着朱桓笑道：“休穆，你到底想说什么？”

“听闻许贡死后，他的门客蠢蠢欲动。”朱桓低声道。

“你是为孙伯符担心，还是在幻想着什么？”陆逊侧头道。

朱桓道：“许贡门人素来悍不畏死，我得到风声，其家人更散尽家财，重金请了几个剑客。”

“你都知道了这个消息，孙郎怎会不知？他即便不放在心上，程普、张昭他们亦会小心。”陆逊摇头道。

“偏生他们就是没有放在心上，孙郎最近一切如常。就我的观察，他身边的护卫甚至不如以往。”朱桓冷笑道。

陆逊沉默了片刻，低声道：“那你叫我来此，意图如何？”

朱桓站起身，沉声道：“孙郎不能有事，我不管张昭还是程普究竟是有意也好，无心也罢。孙郎绝对不能有事！”

陆逊脸上露出和他年龄不符的成熟，低声道：“江东四大家族，向来谁都不服谁。吴郡四姓亦是如此。因此朱治支持孙家入主江东，原本就是为了在此乱世，给原本你死我活的局面寻求缓冲，却不料孙郎和周郎进退有序，短短几年就一统江东。他孙伯符一旦北上，江东四大家族能否成为天下四大家族犹未可知，但孙家的名望定将无人能够抑制。从此无论他北上成败与否，江东都只是他孙家一人之天下。只是吴郡四大家可能会不让孙郎北上，张昭和程普却不会。如此，那两人该为孙郎着紧才是。”

孙桓皱眉道：“那伯言的结论是？”

“他们在观望。”陆逊苦笑了下，叹息道，“南方大族缺乏纵横天下的气魄，故从古至今甚少有经略中原的机会。每遇大事，他们不是裹足不前，就是左右观望。孙家初起江东，根基未定。一旦孙伯符出现危机，则孙家无人能掌大局。”

“是。”朱桓想了想道，“因此他们既不支持刺杀，也不反对。许贡门客本是外人，成败与否与各大家族无关。而孙策身边的人，也因为被人掣肘而护卫不力。”

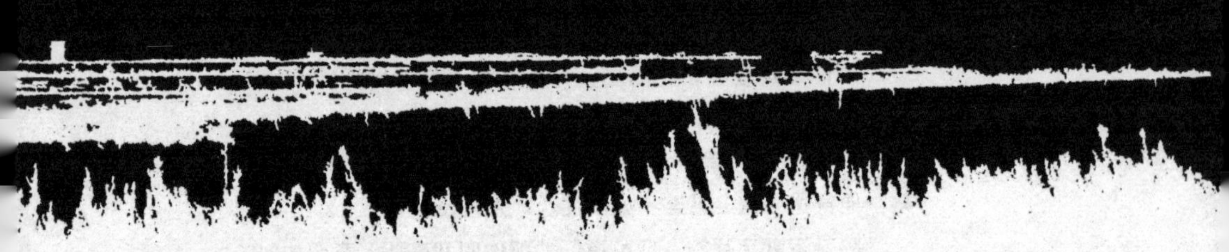

陆逊笑道：“休穆若想助孙伯符，就当送信给周郎。周瑜若暂回吴郡，孙策必无危矣。”

“谈何容易。”朱桓站起身道，“我已派人密切关注孙郎动向，如有危机随时支援。我的确担心伯符，但你有没有想过，万一孙伯符真的有难，江东会归属何人？”他看了看茶楼内热闹的场面，目光落在了时飞扬等人的位子，思索道，“近来吴郡生人不少。”

陆逊眼中闪过一层阴影，朱桓心里到底在想什么呢？

不多久，陆逊离开了雅座，经过时飞扬他们的座位走下楼去。

宋采文的注意力又一次被陆逊吸引，时飞扬不由得觉得有些好笑，调侃道：“你那么喜欢这里的人，不如定居在吴郡得了。周郎、孙郎都是帅得惊天动地的家伙。”

“少烦我，我都不能去搭讪，光看看也不行么？”宋采文举手抱怨道。

“谁说你不能搭讪的？”王猛正要取笑

她，却发现时飞扬的目光也不对。顺着时飞扬的目光望去，一个青年文士带着一个灰衣老仆正从另一侧的雅座走出。那文士着一身蓝白衣袍，发髻高束留有短髭，俊朗的眉宇间却自有一股狷狂之意。

时飞扬眼中露出复杂之色，低声道："流氓兄，跟着他们。小心。"慕容流浪眼中精芒闪过，竟从窗口无声无息地飘忽而出。时飞扬看着王猛，沉声道："孙策危险了。"

"老大，这家伙是谁？"看着拾阶而下的文士，王猛凭直觉感到对方非寻常之辈。

"郭嘉郭奉孝。"时飞扬面色凝重，郭嘉出现在江东自然是为了杀孙策，他作为曹操帐下最重要的谋士，此时离开官渡来到江东显然是志在必得。

"我以前关注过郭嘉这个人，据说在官渡决战前，他成功地预测了孙策的结局。"王猛皱眉道。

"策新并江东，所诛皆英豪雄杰，能得人死力者也。然策轻而无备，虽有百万之众，无异于独行中原也。若刺客伏起，一人之敌耳。以吾观之，必死于匹夫之手。”时飞扬微微一笑，低声道，“我曾经在一个时空，亲耳听到他说出以上这番话。但在那个时空，他可没有亲自来江东，我一直很欣赏这个家伙。”

此时，一个青袍人从朱桓的雅座出来，对时飞扬道：“这位公子请了。我家主人请公子到雅座一叙。”

时飞扬看了眼郭嘉消失的方向，也不多问，留下其他人，起身随对方而去。

而王猛仍自震撼于时飞扬的经历，自由在各个时空游走，见识天下兴亡之时，力挽狂澜于即倒。什么时候自己也能这样？他忽然想到自己也曾经拥有在天下指点风云的命运，而如今呢？即便回到出生的地方，他也没有足够的信心能重拾那个“王猛”指点江山之路。

朱桓端详时飞扬片刻，才笑道：“公乃非常人也。”

时飞扬微微一笑：“在下时飞扬，你我素未谋面，朱公子有何见教？”

朱桓诧异道：“你认识我？”

“在江东，谁不认识朱公子。”时飞扬道。

朱桓显然很欣赏时飞扬的回答，微笑道：“坐。”时飞扬没有动，朱桓更满意了，他收起笑容，问道：“时先生来吴郡何事？”

时飞扬道：“我是军马铁器商人，今中原大战已近尾声，故带着仆从来江东看看有没有新的机会。”

“军马铁器。”朱桓笑道，“只有有实力的人才能做这种生意。不知时先生是否已找到机会？我朱家对这种生意向来是有兴趣的。”

时飞扬点头道：“那多谢朱公子了。”他再次躬身施礼，远远听茶馆外的街道上忽然人声鼎沸。

朱桓笑道：“这定是老神仙于吉又出巡了。这十多年他常往来于江东各城治病救人，近来每日都会在此间的无念阁布道，这条街道是必经之所。那些信徒会聚集在这条街上，焚香礼拜。”

时飞扬展眉道：“没想到江东也有海外仙人停留，如此吴侯必定对他礼敬有加。”

孙伯符会礼敬有加？朱桓嘴角挂起一丝冷笑，没有接这个话茬。这当然都落在时飞扬的眼内。

此时街道上的声音忽然小了，朱桓道：“必是神仙于吉到了。飞扬若未见过，可于窗边一观。”

时飞扬走到窗边，见于吉老道身披鹤氅，长发随意一束，悠闲地坐于辇上，正徐徐前进。他方要说些什么，却见车架后方的人群忽然一乱。数道人影跳跃而出，猛扑向街道西面的几个看似大户人家模样的人，正中那人身型雄健，俊朗刚毅的面庞霸气十足。

朱桓看到那个英伟无比的青年男子遭到袭击，亦吃了一惊道：“居然是伯符和老夫人！”

时飞扬却道：“公子莫慌，久闻孙伯符为当世强者，区区刺客必定伤不了他。”

话虽如此，街道上早已乱成一片。那五个持剑而来的刺客奇快无比，只两三个起落就到了孙策身边。五人配合极为默契，长剑前后交错而来，剑气纵横俨然成剑阵之势。而孙策却凛然不惧，长剑在手大喝一声，居然一剑迫退五人！

同时隐藏于街道中的侍从亦大叫着上前护卫，但这些刺客显然计划周详，在街道两旁各有一个弓弩手放出冷箭迫住了前来救驾的人。

街心的刺客两旁一分，三人前后杀向孙策，另外两人冲向孙策身后的老夫人。那吴老夫人拉着个小女孩急向后退，又如何快得过杀手。孙策手中长剑剑芒暴长，起落三剑竟然快速刺翻三人，但另两个刺客已经到了吴老夫人面前。

刺客的剑光扬起，直朝吴老夫人头上落下。

忽然一柄短剑架住了刺客的剑锋，王猛冷笑着站在吴老夫人身前，对着刺客摆了摆手道："祸不及妻儿眷属，你们不懂江湖规矩么？"

那两个刺客大怒，左右分刺王猛。王猛淡淡一笑，平时训练的成果日渐显现，他并不出剑而是侧身一个横扫，一人一脚正中对方的太阳穴。两个刺客当即昏倒在地。但这时街道两边各有弩箭从天而降，直插在那两个刺客的咽喉上。掩护王猛的宋采文身形飘起，手中长鞭迅即卷向射箭出来的窗户。

这时，奇特的事情出现了，窗户晃了一晃却并未看到人影，但整个街道上立刻起了一阵旋风。

孙策就感到森寒的杀气笼罩向自己，却不知道敌人究竟从何处攻来！他双手持剑，整个人散发出一阵昂扬的剑气，突然他一声暴喝，长剑向前劈出。"当！"孙策感到剑锋将对手挡了出去，与此同时他的肩头也有血花绽出。孙策一咬牙，长剑旋风舞动，连续挥出十余剑，却没有再接触到任何敌人，而那恐怖的杀气仍然挥之不去。

吴老夫人大叫道："侍卫何在？速速保护吴侯。"

朱桓亦按捺不住，从窗口跳下，指挥侍卫奋勇上前，但那些侍卫方一靠近战局，就连续倒毙了十余人，而且都是身首异处，一剑断头，干净利落。

孙策大吼道："由我来杀此人！他人不许靠近！"其他人听了只得远远站了一圈，显然不知道该怎么做。把街道两边全都封锁住后，孙策

深吸口气，终于在危急中显出名将本色，他剑尖遥指四方，以剑意寻找敌人的踪迹，竟然连续封出对方五次攻击。

犹自站在茶楼上的时飞扬看到这里，微笑摇头道："看不见敌人也能感觉到对方的攻击，孙郎果然不同凡响，但他的脾气还是不管在啥时空都是那么差。"他把目光投向周围的护卫，那些家伙似乎一个个都不敢靠近孙策，更别提近身保护了。江东的局势很是微妙啊。但那个刺客到底是何神通，隐形人么？他在联络器中道："景略，你边上就是一家染坊。知道怎么做了？"

王猛嘴角挂起坏笑，冲入边上的染坊，抱出一桶绿色的染水，大步冲入战局。

孙策见王猛跑了进来，大吼道："小鬼这里不是你来的地方！"

王猛一进入战圈就感到场内的杀气远过他的想象，忽然他本能地向左一侧身，他的右面掠过一道劲风。王猛举起染水桶，身子一转圈绿色浓稠的水浆洒向四方。

孙策身上几块绿色的染料沾身，不由得剑眉一展，而场中这一瞬间出现了一道绿色斑斓的身影，他的长剑呼啸而起。那绿色人影一闪，迅速冲入周围的人群，那些百姓被他撞得东倒西歪，朱桓带领侍卫一通猛追，但没追几步就失去了对方的踪迹。

敌人离去，身边的那些侍卫才护卫上来，孙策看着剑锋上的一点血迹面色冰冷。这时远处居然响起此起彼伏的祷祝声，那些膜拜于吉的百姓丝毫未受这边孙策遇袭的影响。孙策深吸一口气，眼中杀气一盛。但他转身面对吴老夫人和王猛的时候，俊朗的脸上却恢复了常态。而小女孩孙尚香则牢牢拉住王猛的衣角不放手，天真的眼睛里写满了崇拜。

时飞扬在联络器中道："景略做得很好，好生应付孙伯符。一会儿你就要看到历史上的那些桥段。"不等王猛回答，他又调到慕容流浪的频道问道："流氓兄，你那边怎么个情况？"

"郭嘉的住所在吴郡城的西面一处乡间小屋，但我跟他出茶楼时那个灰衣老者就消失不见，之前毫无征兆。我为了跟郭嘉也没有多考虑那个人。"慕容流浪回答。

"那个灰衣人或许就是隐形能力者。"时飞扬思索道。

"郭嘉藏身之处，已经来回进出了三拨人。尤其是最后一个，有很强的实力。那人发色微红，面容很年轻，从配剑的方式看，似乎是左手用剑。"慕容流浪继续道。

时飞扬沉声道："我明白了，看来这次孙策想不死很难。"

"那却未必，就看我们是否出手。"慕容流浪淡淡道。

"你觉得我们该出手么？孙策可从来都不讨人喜欢。"时飞扬抬头看了看天空，无论走到什么时空都要做选择题啊。其实这些都是古人自己的事情，与我们何干？他下意识地摸了摸心口。郭嘉把许昌第一剑手夏侯河图带了来，这步棋对江东人来说有解吗？

三国是名将的时代，和其他朝代不同，由于其他朝代最后总会有一家诸侯统一全国，所以人们往往能够记住的就只是最后胜利者的名字。如大家都知道的汉朝的韩信、樊哙、曹参，而和他们对抗曾经获胜无数次的项羽大军中，除了无敌统帅霸王项羽外，其余将领的资料都无从稽考。又如大明有常遇春、徐达等人威震天下，而元朝的无双名将王保保在今天几乎无人知晓。

三国不同，乱世时间长了，割据的诸侯各自有了自己的疆域和史书，各自名臣猛将的名字都能流传下来。刘备麾下的五虎将，曹操的五子良将，孙权的东吴虎狼，交相辉映出了一个波澜壮阔的时代。

"每个时代，都有未名存青史却实力超群不凡的人。这种人一般我们穿越的时候也不太会遇到，因为他没有名气，即便遇到了我们也不太会注意。有实力的人太多了，有时候我们也注意不过来。"时飞扬喝了口茶，笑道，"但很不幸，夏侯河图就是这么个没有名存青史却实力强悍如怪物的家伙。各个时空的三国我几乎都去过，夏侯河图不是每个时空都有，但至少在其中的五个时空都存在过。我们来的第七时空并没有他的身影，所以《三国演义》里自然更没有提他。这个人怎么说呢，是夏侯渊的子侄辈，也是夏侯家武艺最强的子弟，在三国兵器谱中他可以位列五强。但他的确很少冲锋陷阵，只是在关键战役负责曹操的安全，亦是大战中曹操智囊团的第一护卫。除了这些场合，他通常都隐居许昌潜修武艺。"

"三国名将有排行？"王猛好奇道。

"各个时代的排行不同，各个时期的也不同。你要知道排行这个东西，并不只是现代人喜欢，古代人也喜欢得很。"时飞扬笑道。

"那这个时期，就大叔你所知道的，大概排行是怎么样的？说说前十的就好。"王猛热切追问道。

"这个时期，吕布已经死了。本来从虎牢之役开始，一直到他死前，他都是第一。"时飞扬想了想道，"吕布死后，就没有了公认的天下第一。我大概按照我们第七时空的来排一下。在第七时空，这一时期前，公认的第一吕布，第二是典韦，第三是文丑，第四是颜良，第五是孙策，第六是关羽，第七是张辽，第八是张郃，

郭嘉坐于正中，
两旁几个武者肃然而立，
在茶馆中的那个灰衣老者正认真地讲述这几日吴郡的状况。

第九是张飞，第十是太史慈。”

“天啊！严重抗议居然没有赵云、马超，怎么可能？颜良文丑怎么会排在那么前面？张飞怎么会排在那么后面？”没等王猛抗议，宋采文第一个跳了出来。

“听我说完。”时飞扬笑了笑道，“吕布是没有争议的天下无双，典韦死之前是曹营第一高手，如同怪物般的存在。颜良文丑是河北双雄，虎牢之前就威名显赫，袁绍麾下名将众多，而他二人始终都是翘楚。孙策有小霸王之称，凭己一人之力平定江东。这些都是已经建立了功勋的名将。反观关张此时，除了虎牢战吕布外，还很少在重大战役证明过自己，能排在第六和第九位，已经是考虑到他们虽然无有大军，却仍然经常和强敌交手的缘故。而至于其他人，恐怕你们没有什么心思去计较吧？”时飞扬微微一顿，继续道，“其实三国前面那段群雄逐鹿的时期，吕布麾下的高顺也是不比张辽差的猛将，曹营的夏侯惇、夏侯渊也完全有资格排在这个阵容里。那一直在荆州不曾参与中原大战的黄忠，你想他六十岁的时候还能和关羽大战，他之前年轻的时候是如何了得？另外还有原本追随白马将军公孙瓒的赵云，公孙瓒兵败之后他就不知所终，在早期的兵器谱上没有他的位子也可以理解。至于后来的马超，此时也远离中原战局，若说威名只怕他的父亲马腾比他还要高些。”他看着被唬住的姐弟，又微笑道，“所谓榜单在任何时代都不可能做到面面俱到，当然，等到了赤壁之后，这个十大的阵容就又不一样了。”

“说吧。”王猛皱眉道。

时飞扬脸上露出了缅怀之色，他低声道：“短短十年中，前十排名的武将就有一半不在这尘世。其实真正的天下第一已不存在，其余的排名也不再重要。吕布典韦颜良文丑孙策太史慈相继阵亡。许褚马超赵云夏侯渊甘宁黄忠庞德等人，相继进入天下十大的行列。”

“我看他是不敢说具体排名了。”宋采文摸着王猛的脑袋，颇有点同仇敌忾的架势。

一旁的林苏雨解围道：“话说回来，如果那个夏侯河图是可以排在前五的高手，那真的是有杀孙策的实力。即便没有他，今天那个隐形人也绝对有刺杀成功的可能。”

时飞扬点头道：“所以说话题回到最初，不出意外孙策不会活过这次刺杀。我所不理解的是景略为何希望我们出手来帮助孙伯符活下来。”

王猛皱了皱鼻子，低声道：“只是上次我们救了孙策大哥之后，他对我很好。他不要我叫他吴侯，只让我叫他大哥。吴老夫人也对我很好。我很难想象，孙策死了，而且没有孙权他们孙家会变成什么样子。”

时飞扬耸耸肩道：“你对他们有恩，他们所以才对你好。怎么从你的嘴里说出来，好像是你欠着别人的？”

宋采文笑嘻嘻道：“当然是因为这些天吴老夫人每日派人相邀。小猛子被东吴的旖旎风光迷住了。我想他让你叫他大哥，一定是跟着那小丫头叫的。”

王猛皱眉道：“你们别乱说！”

时飞扬沉吟片刻道：“但我不想轻易改变这里的历史。我们刚刚来到这个时空，并不意味着可以对这个空间的历史不负责任。”

“大叔是要确认历史么？”王猛问道。

时飞扬笑道：“我已经让苏雨准备这个时空的资料设备，然后我会去向这个时间段的一百年后。”

“时空能力者为啥也要苏雨准备设备？”宋采文不明白。

“他必须要确认没有偏离时间线。”林苏雨拿了个小盒子递给时飞扬道。

时飞扬笑道：“我去一百年后看一下历史走向。如果他本该逃过此劫，我们就顺手助他一把。”

王猛皱眉道：“如果本来就死不掉，我们帮不帮忙也不重要。”他拉着时飞扬的袖子道：“大叔，我和你同去。”

这时，慕容流浪从门来进来道：“王猛，孙尚香那小丫头又来找你玩了。”

时飞扬坏笑道：“还不快去？别让小美眉等急了。”

边上其他人一阵哄笑，王猛皱眉道：“你们有没搞错？我会对小屁孩感兴趣？”

“那可是历史上著名的美人啊！你别不知足。”宋采文夸张道。

“你不对她感兴趣，难道对你采文大姐感兴趣？”连林苏雨都调侃道。

“那也要等他发育了再说。”宋采文捏了捏王猛的脸蛋。

王猛气愤道：“就是感兴趣，在这个时代，我也是对大乔小乔感兴趣吧？”

“是吗？难道你已经见过孙策的夫人大乔了？心生爱慕？你下次偷拍个照片回来吧？让大家都看看传说中的美人。”宋采文明显八卦情绪大涨。

“好了，我先走一步。”时飞扬微笑道，“你们继续执行之前交代的任务，对于孙策关注即可，不可过多地干预历史。”说着退后几步，把林苏雨给他的时空信息器放到怀中，眼中金光浮现，身形消失在了空气中。

吴郡城西竹林精舍。

郭嘉坐于正中，两旁几个武者肃然而立，在茶馆中的那个灰衣老者正认真地讲述这几日吴郡的状况。

“上次行动后，孙策府上的护卫数量的确有所增加，但他自己出行依然是没几个从人。而张昭、程普、朱治等人似乎也并不很上心。我觉得吴郡四姓该是达成了某种默契，我们之前的游说行动的确起到了作用。”灰衣老者道。

郭嘉淡淡道：“李落影，你莫小看了吴郡四姓。上次朱桓可没有坐看你行刺。”

这个老者名叫李落影，是曹操飞鹰营的统领，飞鹰营专门负责情报和刺杀工作，是曹操手中的一把匕首。

郭嘉笑了笑，又道：“但人的天性就是如此，可以同患难，不可共富贵。之前吴地势力割据的时候，几个世家大族为了平衡，一起拥护孙策上位。如今江东天下不再战乱，他们自然想太平度日。尽管孙伯符那条小疯狗又想北上，其他人可未必愿意。孙策自然不能死在江东人的手上，而且的确，一旦他死了，江东没有人能坐稳他的位子。但人都有阴暗的心理，或许许多人都盼着孙郎栽个大跟头，或者死了也很不错。”

李落影点头道：“先生说的在理。”

“那天泼你一身染料的少年，他的底细你查清楚了么？”郭嘉问道。

“有也没有。”李落影皱眉道，“他们就住在听雨茶馆对面的张家客栈。据说他们的主人是北方军马铁器商人，但事实上我们手上根本没这家商人的资料。他们一行五人，主人和另一个男子很少露名，平时只看到两个女子和那个少年。”他上前一步，将准备好的卷轴交给郭嘉，“姓名和平时作息时间都在这里。但这些人仿佛凭空冒出来的一样，我们没有他们到吴郡前的任何信息。”

“我不喜欢这种情况。”郭嘉清秀的羽眉皱了皱，“有没有办法抓个过来问问？”

李落影低头沉吟道：“可以试试看，不排除这是孙策邀来的外援。因此他在东吴各道关卡才未留下通关痕迹。”

“孙策那么骄傲的一个人，他不会邀请外援。”郭嘉想了想道，“还是先派人盯着，不要打草惊蛇。或许这是周瑜安排来的人。河图你怎么看？”他忽然望向一直坐在角落不发一言的夏侯河图。

“这几日，我出门的时候常有被人窥探的感觉？”夏侯河图淡淡道，“如是江东的人知道你我在此，只怕早已攻了过来。所以唯一的可能就是那群陌生人。你觉得我们需要主动攻击么？”

郭嘉低声道：“敌不动，我不动。杀死孙策才是第一要务，其他人都不值得我们出手。”

“许贡的门客最近活动频繁，他们吸引到了足够注意力了。”李落影笑道，“说实话，在吴郡只要那四大家族不允许，他们屁用没有。”

“所以就看孙伯符如何行动了，他是冒险以身诱敌，以暴制暴，还是和四大家族谈判，适时用雷霆手段解决问题。”郭嘉伸了个懒腰，懒洋洋道，“他究竟是何种位面上的人物，就看这次的表现吧。”

“你不是一直看不起他么？”夏侯河图冷笑道。郭嘉却不理他，只是摆了摆手示意谈话结束。

“作为陌生人可以看不起他。作为敌人，就要扼杀一切可能。”李落影等了片刻，替郭嘉回答道，而郭嘉似乎已经睡了。

孙策这几日的心情并不好，有刺客他并不担心，他心烦的是在这件事情上，吴郡四大家族表现出来的态度。几个许贡门人居然怎么抓都抓不到，谁相信？许贡尽管曾是名义上的吴郡太守，但实际上并没有很大的能量。

他和朱治谈了一夜，那老头子依然明确表示站在他一边，但四大家族另三家的表态则叫人难以轻信。毕竟刺客一天没抓住，这事情就一天都不会结束。

张昭、程普、吕范站在书房之外，看着一脸疲惫的朱治离开，又等了很久孙策才阴沉着脸出来。

“至少他们不会明目张胆地反对我。如此只要拿住刺客，就能安心率领大军北上。”孙策沉声道。

“他们到底想要什么？”程普怒道。

“他们喜欢权力，却没有获取更大权力的野心。他们是要告诉我，他们对我的重要性，却不惜站在我的对立面。”孙策冷笑道，“我觉得他们需要看到血了。”

吕范道：“但不是现在，现在第一要务是解决掉那些刺客，我总觉得背后一定有其他人在搞鬼。”

“王猛那小子背后的时飞扬会不会有问题？”张昭问道。

孙策摇头道：“不，他们至少在第一时间帮了我。母亲大人也和我说那小王猛虽然隐瞒了身份，但该没有其他问题。我也很喜欢这个小子。”

张昭沉吟道：“主公，之前那个于吉已经关在牢里几日，如果没有大的变化不如放了。他在江东多年，善举无数从不惹事，吴郡百姓天天在为他请愿。”

“于吉？”孙策扬眉道，“他不是呼风唤雨神通广大么？何不自行出狱？”

程普皱眉道：“可是那些百姓每日都在牢前聚集，就这么关着这也不是办法。”

孙策怒道：“江东是我孙家的天下，百

姓却为于吉逆我？”他眼中杀气闪现，这个江东不仅世家大族不断与他作对，就连那些装神弄鬼的家伙也和他争夺人心，这里到底是何人的天下？给他们带来太平的是他孙家的将士，而不是那些只会空口白话的家伙。

“只是，”张昭想要劝解，却又不知如何开口。

孙策俊朗的脸上浮现出残酷的笑意，缓缓道：“听闻于吉与吴郡四姓素来交好，也罢，”

张昭和吕范都有了不好的预感，果然孙策恨声道：“将于吉斩了。”

张昭、程普、吕范一起跪倒，低呼道：“主公！”

孙策抬起头望向天上的云层，傲然道：“全江东都要知道，他们的头上只有一片天，就是我。”

天空中，慕容流浪静静地注视着地上发生的一切，这里的轨迹与多数的时空都相吻合，却为何独没有孙权？这时联络器里面宋采文抱怨道：“谁说走到哪里都有《史记》的？这里明明没有嘛！”

4

时空能力者可以不依靠任何设备穿越时空，但他们只能在登陆过的时空里做到准确穿越，而对于那些未曾到过的地方，他们也同样无法完全掌控。时飞扬来到了距离第零号时间点一百年左右的时间段，他相信凭自己的能力前后的时差也不过就是十年左右。

距离建安五年一百年左右，如果在时飞扬那个第七时空，则应该是傻瓜皇帝晋惠帝的天下，即公元300年左右，中华大地正在经历一段血腥残忍的历史“八王之乱”；而如果在慕容流浪所在的第六十二时空，长达800年的大秦帝国还远没有到结束的时候。

但不管怎么样，建安五年的一百年后，都是一个和三国不同的时代，在这个时间点回首去看三国，正是最合适的时候。时飞扬站在空旷的原野上，忽然头顶一阵轰鸣，几架飞机模样的东西轰鸣而过，他吃了一惊，低头看向时间罗盘。罗盘上明确地显示此地距离他来的位置121年。

这不可能！自己可能穿越错误，但罗盘不可能会错，又或者罗盘可能故障，不可能他同时穿越错误。时飞扬向前走了大约十公里，终于看到了灯火。在小镇上他找了份报纸，上面赫然写着“大汉527年”，人们穿的是古代的服饰，相对而言似乎带着点后现代风格，但是科技直逼21世纪。他找了个图书馆，在网络中搜索了一百多年前的历史，居然显示汉朝没有战乱过。即便没有战乱这个科技是否也进步得太快了点？

时飞扬重新走到镇外，在无人处架设起了时空电话，“老头子，我没办法直接打给林苏雨，麻烦你传一下话。”

“好家伙，你的信号来自未知。浑小子你又去了哪里？”司马靖雁的声音从遥远的地方传来。

时飞扬道：“说不清，你就别问了，你给林苏雨打电话，问她一下能否看到我现在的位置。我在这里等着。”

一小时后，司马靖雁回复道：“她说你的位置在他们那个时间点一百多年后。”

“那就是没错了，”时飞扬皱眉道，“史书为何不对？”

“什么不对啊，臭小子？”司马靖雁一头雾水，时空电话却中断了。

时飞扬深吸口气，眼中金光再次聚拢，天地一晃，消失在了时空的缝隙间。

这一次他朝前推了50年左右，此时在第七时空应该是司马氏专权，彻底击溃曹氏势力的时期，在这个时期大才子嵇康被司马氏杀害，“广陵散”从此而绝。当然，发生这些事情的前提是如果依然还有三国。

好消息是这一次时飞扬出现在了洛阳城外，而且科技显然保持着古代的水平，未曾飞跃。但毕竟还是有坏消息，时飞扬很疲倦地坐在了地上，洛阳城来往的军士服饰他异常熟悉，赫然是大秦帝国的军士。

罗盘显示，依然表明穿越正确，但时飞扬却更加糊涂了。下一站，两百年后？这条时间线一定有问题。

洛阳城门口邓艾揉了揉眼睛，望着城门前的官道，自语道：“刚才那边明明有个人影，难道我眼花了？”他扭头对城门口的秦军道，“都打起精神来！孙权大人就要率领众臣回城了！”

张家客栈。

“孙策斩了于吉，果然整个江东一下子都被吓住了。据说连许贡门客的据点都被四大家族端掉，真的是拳头大才是老大。”宋采文一面转述着茶楼里听到的坊间话题，一面摇头叹息道。

“这几日郭嘉那间郊外小屋已经空无一人，一干人等消失得无影无踪。不知道会否已经撤离。”林苏雨亦猜测了起来。

“这和史书的进展一致，只怕没有那么简单。而且我们既然知道郭嘉就在附近，他当然是不会空手而回的。”王猛不同意她们的看法。

宋采文薄薄的嘴唇挂起时飞扬般的坏笑道：“小鬼头，你不用去陪你的孙妹妹吗？”

“那个小姑娘成天就知道找我打架。我

懒得理她。”王猛没好气道，他一扭头对林苏雨道，“老大怎么还不回来？我现在一听说孙策要去打猎就提心吊胆的。可恶的是他们明天就又要出去打猎了。”

林苏雨缓缓道：“老大已经换了十多个时间段了，这几天我是连他信号都收不到。司马先生也来问过，他也没收到信息。”

宋采文顺手就给了王猛一个脑瓜子，骂道：“所以你就少担心下你大舅子孙伯符。多关心下飞扬大叔！”

“大姐头，我怎么感觉你越来越向大叔靠拢了？”王猛皱眉道，“你说你担心大叔做啥？他那种穿越成精的人，又不是去挑战终极魔王，顶多只是穿越太多辛苦点。”他话还没有说完，就又挨了一下脑瓜子，这才是他最熟悉的手法。

“穿越只是辛苦点么？这种小孩子还真是欠打！”时飞扬的声音从王猛身后传来。

宋采文捂着嘴，吃惊地望着时飞扬。而平时丰神俊秀的时飞扬此刻黑瘦黑瘦的，比出发前整整瘦了两圈。

时飞扬拿起一壶凉茶灌下，深深吸了口气，才坐回正中，笑道：“你们决不会想到我都到过哪里。”

“你简直成了非洲灾民。”宋采文好笑道，“到底怎么了？穿越不是靠超能力，是靠脚力的么？”

时飞扬没理她，而是从怀里拿出信息收集器，交给林苏雨道：“我相信我去的那十几个时间段都未曾在记录上出现，但未必一定可以编号。你留着分析下。”

包括拿着设备的林苏雨，没有人明白他在说什么。

“我的意思是我们所处的这个时空，它时空信息构成可能和之前所知道的时空都不同，所以我无法去到想去的位置。”时飞扬认真解释道。

林苏雨沉默了一分钟，然后道：“时飞扬老大，你知道这是不可能的。时间委员会的理论不会有错。”

“但《时间概论》未必不需要补充。说句不敬的话，我们都知道时间委员会公开的这六十三个时空，仅仅是他们研究的一部分。还有更多的东西，没有被公开。还有更多的事情，不能用他们的理论来解释。”时飞扬坚持道。

“《时间概论》当然不能作为《圣经》来读，就如这个时空没有《史记》。”宋采文支持时飞扬。

“这里没有《史记》？”时飞扬也吃了一惊，在过去已经编号的六十三个时空，个个都有司马迁，都有《史记》。就如同那六十三个时空，每一个都存在有耶稣，都存在《圣经》一样。中国的《史记》和欧洲的《圣经》都是所有时空不朽的存在，而在这里居然没有！

时飞扬笑了，这个事实会让所有时空研究者都很感兴趣，尽管这并不是科学证据，仅仅是一个事迹存在而已。

“我不管这是什么时空，是什么存在！”这些家伙无止境的闲扯，终于让王猛忍不住怒道，“大叔，你回来了就要给我一个答案。孙策这件事情，我们到底管还是不管？”

时飞扬看着生气爆发的小王猛，淡淡一笑道：“你说一个一定要救孙策的理由。能说服我，我就帮他。”

“理由有三个，第一，我和孙家是朋友，我既然知道他会有难，就不能看着他去死。”王猛沉声道，“第二，孙郎接手的虽然是其父旧部，但短短数年就把四分五裂的江东整合一体，更在世家大族中脱颖而出，绝对是真英雄。这样的豪杰二十六岁就死了，实在可惜。”

时飞扬不动声色道：“第三呢？”

“第三，我们已在吴郡城住了近两个月，今日的江东若没有孙策，不知道还要战乱多久。为了天下，为了他个人，他都不该死！”王猛的嗓门提高了。

时飞扬沉默了片刻，缓缓道：“这三个理由不够。”

王猛愤怒转身，出门时留下一句冷冷的话语：“若你那么害怕破坏历史，当年为什么把我带离第十三时空？你不觉得今天的做法很虚伪么？”

时飞扬眯着眼睛看那小家伙离开并不阻止，久久才对着周围一直沉默的几个人道：“这孩子似乎长大点了。”

“你决定帮他么？现在看来如果你不帮他，他自己也会去做。”宋采文温柔地问道。

时飞扬笑了笑道：“这三个理由，不够让我帮他。你的理由也不够。”他望了眼靠墙而立的慕容流浪，笑道：“你能想象么？如果这个时空是一个全新的存在。而王猛王景略又留了下来和孙策并肩作战。他会不会成为孙权一样的家伙？”

慕容流浪耸耸肩道：“谁知道呢？连你穿越时空之后都不知道未来。那恐怕这个老天自己都没想好。”

时飞扬摸着下颌的胡碴，缓缓道：“如此，我们就帮那老家伙想一下吧。”

5

清晨，仆从正为孙策准备马匹，今日又是行猎的时候。

孙策舒展着身体，检查着弓箭，忽然转首望向院门，王猛憔悴的脸庞赫然出现在面前。

“吴侯！今天不要去打猎！”王猛沉声道，他的眼睛布满血丝，显然一夜未睡。

“是大哥，不是吴侯。”孙策笑着纠正道。

“大哥。”王猛上前一步。

孙策拉开大弓指向远方，神色不变道：“你要我不外出打猎，

有特别的理由么？”

“有人会在今日行刺！”王猛肃然道。

“许贡门人的据点已经被摧毁，还有谁会行刺？”孙策笑问。

王猛沉声道：“据我所知，许贡门人并未全部被抓。另外曹操的人已经潜入吴郡城。因此，大哥你此时外出打猎，除非多带人马，否则过于危险。”

孙策上下打量着王猛，这个少年从最初见面开始就没有露出过丝毫惧色，这样的少年他在江东从来都没有见过。孙策轻轻拍了拍王猛的肩膀道：“若我孙家有你这样的少年。天下定矣。”他将弓箭放在马上，招呼从人道：“准备出发，别让吕范等急了！”

孙府十来个从人答应了一声，各自上马。

王猛一把拉住马的缰绳道：“大哥，你没听我在说么？曹操的人也到了吴郡。你要面对的不止是许贡家那些无用的刺客，还有夏侯河图！”

夏侯河图？孙策眼中闪过凌厉的光芒，冷笑道：“他在何处？你如何知晓？”

“我曾在吴郡见过他！不仅仅是他，还有郭嘉也来了！我虽不知道他们现在藏于何处，但他们确实在此城中。”王猛飞快地说道。

“郭嘉，夏侯河图？”孙策淡淡地道，“小猛，你真的认为这两个大人物来到吴郡，而我军会一无所知？这未免太小看我江东豪杰了。世家大族即便不想我北伐，却也不会任由曹操的人随意出入江东。”

“可是！我不会骗你！”王猛大声吼道。

“你如何会认识郭嘉，如何会认识夏侯河图？王猛你是如何进入江东的？你和你的叔叔时飞扬到底是什么人？”孙策微笑着问出一连串的问题。

“我。”王猛知道自己会被问这些问题，但他无法回答，他不想欺骗孙策，更无法说自己来自其他时空，没有人会接受那么无稽荒唐的说法。

孙策垂首一笑，俊朗的脸上没有任何责怪，

他看着王猛道："我知道，有些事情说出来并不容易，所以我不问你。"他拍了拍战马上的霸世枪，傲然道："即便夏侯河图真的来到江东，我孙策又有何惧？"说完孙策昂起骄傲的头颅，带领十余名仆从纵马而去。

王猛愣愣地望着孙策的战马离开时带起的尘土，他忽然明白为何江东孙伯符能让麾下那么多将士效死，但他心中也升起了强烈的无助感。他无法改变一个天生豪杰的想法，哪怕他可能真的知道对方的命运。

"事到如今，你还想救他么？"一个阴狠的声音从王猛体内响起。

"当然，你有意见？"王猛自己回答。

"不，偶尔看你对抗所有人，是很有趣的。"那个声音幸灾乐祸道。

"在不知道未来的时候，努力做自己该做的事情才是正确的。在知道未来的结局之后呢？是否还该努力去做自己觉得该做的，但未必有结果的事情？又或者说，是否该去做应该做但却会带来灾祸的事情？"王猛连续问出几个问题。

那个阴冷的声音沉默片刻，缓缓道："这是没有答案的。"

"是吗？"王猛嘴角浮起笑意道，"你终于不和我争论了么？"

孙策打猎的丹徒西山名叫虎岭，其父孙坚最后一次出兵前就曾经带他在此打猎。多年以来，他也养成了在此行猎练兵的习惯。

山间的走兽不少，但孙策只对鹿有兴趣，如此寻遍山坡，走得半日终于发现一头大鹿。但孙策方举起大弓，那头鹿忽然惊走。孙策哈哈一笑，打马就追，如风驰电掣般掠过山坡。但那头鹿却也跑得飞快，三窜两跑进入了树林深处。孙策想也不想，一头冲入树林，他带的仆从本就不多，这样一来，居然远远地落在了后面。

前方那头鹿在进入树林后慢慢停了下来，树梢枝杈间有阳光斑驳而下，但孙策望向四周心里却生出不好的感觉，等了一会儿，那些仆从依然没有追来。他把一丈二的霸世枪摘下，晶莹的光芒在枪尖闪烁起来。

此时那头鹿光芒一闪变成了一块青石。青石上一蓝白衣袍的狷狂文士道："伯符将军，你此时才觉得危险，却是晚了。"

孙策眼中精芒闪过，端坐马上淡淡道："公瑾曾对我言，中原大地有两大天纵奇才，一个是有天下第一兵家之称的鬼谋贾诩，另一个则是有谋略无双之名的颍川郭嘉。两大奇才得其一即可争雄中原。对面的当是郭嘉先生。"

"你死后，我会让周瑜去找你。"郭嘉并不多言，一拍大石，四面八方出现了近三十名黑衣刺客，这些刺客中只有一人未曾蒙面，正是背负长剑全身透着昂扬剑意的夏侯河图。

孙策目光收缩，冷笑道："可惜，夏侯河图你我未能疆场相逢。"

一声龙吟般的声响，夏侯河图青色的长剑在林中出现就打了一道闪电。其余三十名刺客围成一圈，夏侯河图的长剑化作十余道青芒刺向孙策，树林中尽是剑气破空之声。

孙策单手平举霸世枪，华彩般的光芒在大枪上闪动，连续挡下对手二十多剑。二人短短片刻就交换百余招，周围的人纷纷后退，原本狭窄的包围圈逐渐变大。剑来枪往之间，孙策专注着夏侯河图的剑芒，留意着他每一个轻微的动作、每一个表情。同样都只有二十多岁，若要争雄中原，这夏侯家的公子是必须要战胜的对手。

王猛一路策马狂奔，他路上正救下被人追杀的吕范，不由得心急如焚。循着风中的喊杀声，他终于进入树林。但他刚刚接近孙策和夏侯河图的战局，就接触到了郭嘉的目光，郭嘉眼中露出一丝异色。王猛方才下马，就感到自己身子如同被撕裂了一样，整个人被高高地抛起，他心里一沉，是隐形人。

孙策发现王猛出现就被击倒，不由得怒吼一声，凌厉的枪风让整个树林都激荡起来。

"当！"夏侯河图的长剑正刺在枪尖上，夏侯河图向后退了十多步，孙策则只是微微一晃。孙策身上战意熊熊燃烧，他一夹马腹，人马合一向前冲起，大枪夹带雷霆万钧之势刺向夏侯河图的胸口。

十多步的距离转瞬就过，夏侯河图单人独剑横于胸前，忽然吟道："天地之数五十有五。"

孙策力冠山河的一枪居然无法再前进分毫，夏侯河图那夺天地造化的五十五剑，让孙策的霸世枪无论如何变化都无法突破。孙策深吸口气，长啸一声，大枪上散发出金色的光华，树杈间的眼光全部在枪尖聚拢，石破天惊的一枪迎着夏侯河图的青色剑锋刺去——霸世无双！

夏侯河图微微摇头道："你心乱了！"他歪斜地向右一剑刺出，那看似轻描淡写的一剑，却是绝世的一击。孙策就感到一股前所未有的力量席卷而来，战马向一旁跌跌撞撞地退出六七丈远。孙策一口鲜血喷出，死死拉住缰绳才没落下马来。

"万物生存皆有其数，孙策，今日就是你的死期。"远处的郭嘉握紧了拳头低声道。

"这却未必。"天空中传来一声淡淡话语。

一股旋风从天而下，把那些原本形成包围圈的刺客也吹得东倒西歪。尘埃落定，一个银甲长枪背插手戟的美髯武将出现在众人面前。

郭嘉亦不由失声道："太史慈？"

太史慈抬头望了望天，然后茫然地望向四周，他看到嘴角溢血的孙策时也是一惊，大声道："主公！"他紧接着就看到了夏侯河图和那青色狭长的剑锋，这人好强，他攥紧了亮银长枪拦在了孙策的身前。

孙策沉声道："子义小心，这家伙是夏侯河图！"

"夏侯河图？"太史慈冷笑着把大枪一指，一时间满天都是枪花闪闪，林中忽然遍地都是花朵，数不清的花瓣从四面八方杀向夏侯河图。

与此同时，王猛在林边挣扎又起，那隐形人李落影扼住他的脖子。王猛面孔涨得通红不停拍打敌人，但那李落影显然不止是会隐身，王猛的拳头落在对方身上，根本不起作用，他感觉周围的一切都浮了起来，两手逐渐抓不住任何东西。

突然王猛脸上溅满了热血，扼住他喉咙的手缓缓现了出来，李落影身首异处地倒在地上。不远处时飞扬冲着王猛直笑。

“大叔！”王猛激动道。

时飞扬摆手道：“救你的是流氓兄，他刚刚把太史慈空投下来！夏侯河图虽然厉害，但孙策和太史慈联手该不会有问题。”

“那当然！”王猛兴高采烈道，“除非他是吕布再生，否则绝对不可能！”

时飞扬和王猛重新回到林内，太史慈和孙策正大战夏侯河图，夏侯家的第一剑客正施展着“天下河图五十五剑”，即便江东双雄暂时占了上风，却也攻不破夏侯河图的防御。一旁观战的郭嘉见到王猛和时飞扬，面色一沉，手一指所有刺客都杀了上去，王猛冲入战团，和孙策、太史慈成鼎足之势。

夏侯河图却退了一步抬头望向空中，半空中的慕容流浪和他眼神相交，夏侯河图淡淡道：“原来多日来是你在窥探。”他傲然抬手，一剑刺向天空。

慕容流浪就觉凌厉的剑气破空而至，他双手一扬身边的风元素汇集，轻松飘出十来丈远。

远处林外又有大队马蹄声传来，郭嘉目光在周围游走，低喝道：“河图！最后一击！”

所有刺客一下都退出了战局，列出一个奇怪的阵势，郭嘉衣袂飘飘地站在青石之上念念有词，下午的烈日一下子消失不见，天空之中风云变色，连树林中都满是雾气，一个巨大的阴影在郭嘉背后出现，孙策、太史慈、王猛竟如傻了一般呆立在原地。

“这，这是玄武！大家快走！”时飞扬大吼一声，慕容流浪立即驾着一片云朵掠出了树林上空。时飞扬一个起落抓住王猛将其远远推出，边上所有的黑气都聚集在夏侯河图的剑锋上。

“就是此时！”郭嘉眉目间尽是狂暴之意，夏侯河图人剑一体化作一道黑光掠向孙策！

“静！”时飞扬眼中金光闪动，所有人的动作都停在了半空，飞舞的树叶，斑驳的阳光，闪烁的剑锋，都停止下来，他瞬间就到了孙策边上，一手抓住孙策甲带，一手托起太史慈猛向林外奔去。

夏侯河图剑过之处，数十棵大树骤然枯萎，但他亦只有一剑之力。

面色苍白的郭嘉扶住了他，沉声道：“如何？”

夏侯河图摇头道：“没有刺中。但剑意该已入体。孙策短期内绝对无法领兵征战。”

林外士兵的呼喊声越来越近，郭嘉笑道：“那算他孙策命不该绝，但他已无法影响我军的官渡大战。你我速回主公处。”

夏侯河图点了点头，率领众多刺客急速离开，他脑海中依然留有那道一瞬间飘忽而过的白影，那到底是何方高人？怎么会有那么快的速度？

尾声

时飞扬和慕容流浪缓步走在山路上，一直在等他们的宋采文惊异地发现小王猛并没有跟来。

"小猛子呢？"宋采文问。

"他需要和孙策告别。当然，我也跟他说了若是想要留下也可以。"时飞扬道。

宋采文捶了他一拳道："你胡说什么呢！我不许他留在这里。"

"相对于他。我倒是比较担心孙策。"飘在空中的慕容流浪缓缓道，"先被玄武禁锢了神元，然后被夏侯的剑意侵入经脉，他只怕没有个三年五载无法恢复了。没死也要脱层皮，接下来的腥风血雨他很难过关。"

时飞扬耸耸肩道："这又如何？在我们第七时空他可以死，在这里为何不可以？玄武可以禁锢他的神元，但同样地郭嘉发动这天下四大奇术之一的玄武，也是消耗了自己的阳寿。这原本就很公平。"

"老大，孙策他不可以轻易死掉。因为这里没有孙权啊。"林苏雨笑道。

时飞扬道："我现在觉得采文之前说得对，有没有孙权，世界都要继续的。为了确准这段历史，我经历了近二十个时空，有孙权的天下未必好，没有三国的世界也未必不好。也许我们的目光不该只放在孙策身上。"

"他回来了。"慕容流浪指着远处道。

山路上，王猛朝着时飞扬他们大步跑来。

"小猛子，他们没有留你做妹夫？"宋采文笑道。

"孙策说我如果留下，可以跟他姓孙，做他的弟弟。如果他战死沙场，江东就是我的江东。"王猛低声道。

宋采文愣了一下，然后道："原来他是要你做孙权啊。"

"今日的江东危机四伏，他今天是活了下来，但他的脾气适合征战天下，却不适合治理一方。这些，我最近都看得很清楚。"王猛昂首道，"但是我不会留下来。我即便要做能改变天下的人，我也只做王猛，不做孙权。"

林苏雨悠悠地道："但我真的很佩服人类的古人，为了个承诺，为了一次投契的话语，就可以百死不回。为了留下一个人才，双手奉上国家也可以。"

"你错了，小雨姐。"王猛正色道，"人类没有古代现代之分，一样的都是人类，只是人心变了。但好在，总有些人是不会变的。"他望向一直沉默的时飞扬道："大叔，谢谢你教我。"

"我有么？"时飞扬淡淡道。

"历史的偶然和必然，都是由无数次选择构成的。关键是作选择的人，是否能够把握到自我。"王猛看着天空中的云彩，低声道，"我想，当时你让我给一个理由，就是要我学会自己做决定，而不是真的要我给你理由。"

时飞扬终于笑了笑，大步向前走去。宋采文紧追着他，似乎在怪他对小王猛太过冷淡。

慕容流浪拍了拍王猛的肩膀，低声道："飞扬那家伙曾跟我说，他担心带你离开那个出生的时空，会否限制了你的自由发展。毕竟凭借你的天赋，有一个王猛在南北朝曾经成为天下风云的人物。但我想，他现在大可放心，只要你能了解独自承担责任的重要，你完全可能在更多的时空成为天下风云的人物。"

王猛点了点头，前方时飞扬白衣长剑的背影越去越远，他握紧了拳头，在心里道："大叔，有一天我会赶上你！"

我是一个死人。

或者说，我即将成为一个死人。五天之后，我的生命将在这个世界上消逝。

这是一尊石膏塑像告诉我的。

它用它那灰白色的眼珠死死地盯着我，嘴角噙着一丝冷笑，仿佛告诉我说：这是我已被注定的命运，无可更改，更无法抗拒……

①石膏像

那一天，我像往常一样去上晚自习。三流大学里的生活是如此无聊，几乎所有人都宁愿把有限的青春投入到轰轰烈烈的恋爱中，没人愿意勤奋苦读，更没人愿意思索毕业后无法把握的未来，所以大教室里亦是如往常一样，空空荡荡的没有一个人。

接着，我就看见了那尊石膏像。

它像是凭空出现，因为我推门走进教室的时候还没看到它，但等我找到位子坐下之后，讲台上却忽然多了一件东西。

那是尊奇怪的石膏像，不过20公分高，掂在手里很沉。看身材，像是个妖娆的女人，左手拈着裙，右手指着前方，但面目却刻画得模糊不清。唯一让人记忆深刻的是，她嘴角上挂的那一抹冷笑。

那笑容空洞、冷冽，而且带着一股莫名的诡异。这种感觉，让我相当不安。我说不出来是什么原因，也许，是从窗外忽然吹来的那阵冷风搅乱了我的心绪吧。

这样不讨人喜欢的东西，我本该随手将它丢掉，但我却鬼使神差地将它拿起来，放在手心慢慢摩挲。冰冷的手指划过同样冰冷的石膏像，我收集着指尖传来的感受。那石膏像看来像是有年头了，表面十分光滑，但在它手心处却轻微地有些高低不平。我把石膏像翻转过来，费劲地看到它的手掌心中刻着四个细若米粒的字——还有五天。

邵力平走进教室的时候，正看见我入迷地端详那尊石膏像，他也凑过来仔细地打量。良久，邵力平皱着眉对我说："这东西看起来邪里邪气的，把它扔掉算了。"

"留着吧。"我说，"反正是捡的，不要白不要。"

邵力平皱皱眉还想再说些什么，但是这时候吴语和他的女朋友唐诗雅手牵着手走进教室，于是邵力平就不再说话，闷闷地垂着头坐在我身边。

在这里我必须先介绍一下我们之间的关系。

邵力平是和我同一寝室的兄弟，我们俩的交情和亲兄弟没什么两样。而唐诗雅则是邵力平的前任女友，他们曾经也好得如同蜜里调油，但后来因为一个小误会而闹翻了，这个时候吴语就乘虚而入横刀夺爱，夺取了唐诗雅的芳心。

吴语和唐诗雅似乎准备找个僻静的地方谈情说爱，但没想到我们已经先行占据了大教室，不由得脸上就现出几分尴尬来。特别是在唐诗雅看见邵力平之后，"啊"的低低惊呼一声，嘴里嚼着的口香糖不自觉咽下，卡住气管，然后她就大声地咳嗽起来，脸憋得通红。

吴语沉下了脸，粗暴地强拉着唐诗雅的手，挑衅似的坐在我俩前排的位置上。然后转过头嬉皮笑脸地对我俩点点头，"你们来得真早啊。"

"是啊。"我板着脸回答，努力抑制着心中的怒火，我怕一个不小心就会挥动老拳，狠狠击打在那张令人生厌的脸上。我相信邵力平的心情与我仿佛，因为我听见邵力平藏在抽屉里的双手，指骨关节正捏得啪哒啪哒作响。

"这是什么？"吴语大咧咧地从我手中抽走石膏像，翻来覆去看几眼，咧咧嘴，"好丑。"

"不要你管。"

我想把石膏像从吴语的手中夺回来，但吴语故意把手一松，石膏像摔在地下，变成一片一片的细小碎片。

所有人都小吃了一惊。因为那尊石膏像握在手中的时候，感觉它应该是很厚实、很坚固的，即使从十层楼上摔下来很可能也丝毫无损。但它掉到地下后，就像块易碎的玻璃一样，摔得粉碎，一点也看不出它原来的模样。

"哎呀，真对不起。"吴语故作惊讶。

我忽地一下站起来，脸涨得通红，怒视着他。如果不是邵力平硬拉着我走出教室，我真保不准会不会一时冲动，揪起吴语的领子把他从教学楼上扔下去。

"你干吗要拉着我？"一路上我不停

地埋怨邵力平，“那样的混蛋，就该给他点教训。”

邵力平一开始不说话，后来被我埋怨得久了，才说：“你又不是不知道吴语家里有钱有势，你要跟他冲突起来，倒霉的肯定是你而不是他。再说……”

“再说什么？”

邵力平似乎有些踌躇，“那东西……摔碎了也好，我总觉得它邪气十足。”

“不过是一尊石膏像……”我嘟哝着不太服气。

邵力平停下脚步，以难得的严肃表情看着我，“国梁，相信我，那尊石膏像真的很邪。我不骗你，你该知道我家以前是做什么的吧？”

邵力平是苗族人，据他说，他们家祖传八代都是苗寨里的祭师。如果不是一场打倒一切牛鬼蛇神的文化大革命破坏了家族传承，或许现在邵力平已成了一名宗教界人士。

“那尊石膏像不是普通的石膏像，它像是一尊法器。”邵力平双手扳着我的肩，眼睛在路灯的反射下闪闪发亮，我感觉他的手在微微颤抖。他斟字酌句地慢慢对我说，“我感觉得到，石膏像上笼罩着浓烈的诅咒。”

必须承认，有那么一瞬间，我真的是被他给吓着了。但我很快反应过来，笑骂道：“你怎么满脑子的封建残余。”

邵力平不说话了，佝偻着背走在前面。回到宿舍后，我本来还想看会儿书，但邵力平把电灯拉熄，说还是早点睡吧。我竖起中指对他这种不热爱学习而且也不喜欢看别人热爱学习的态度表示了强烈的鄙视，但是说来也怪，熄灯之后没过多久，我的眼皮子就慢慢变得沉重起来，很强烈的睡意逐渐将我笼罩……

②第一个死人

我仰天呈大字形躺在床上，微微半合着眼睑，处于半梦半醒的状态中。但就在我将要睡着的时候，我忽然看见天花板上似乎有个什么东西慢慢垂了下来。

因为学校正在重新翻修学生宿舍，住校生都被打乱分配在几个不同的旧宿舍楼中。我属于运气比较不好的那一类，和寥寥无几的少部分人被分配在一栋20世纪70年代建的砖木结构的三层旧楼里暂住。这栋楼非常破旧了，梯子和天花板都是用大块的木板钉成的，木板与木板间缝隙极大。在正对着我脑袋的两块木地板之间，忽然渗出大块的水迹，然后逐渐扩大，最后变得约有圆桌大小。

接着越来越多黄色黏液从缝际中不屈不挠地挤出来，像钟乳石一样衍出一条黄油柱子，看着非常恶心。那条黄油柱子慢慢扭曲、变形，最后竟然幻化成一只

纤细的胳膊。

接着又是一只胳膊从缝隙中伸出来，然后是两只肩膀，接下来却是一团蓖麻色的长发。长长的头发搔在我脸上，又痒又麻。再然后，我就看见了一张惨白的脸。那张脸的五官像蒙着一张半透明的纱，让人隐隐约约瞧不清楚，但勉强还可以辨认出来，那是一张女人的脸。没来由地，我忽然觉得那张脸似乎非常熟悉。

那张女人的脸慢慢向我俯下来，嘴唇轻轻嘟起，似乎想要亲吻我。本来在深夜突然遇见这样诡异的事情，任何人的反应都是惊叫着从床上跃起，但是我整个人好像被梦魇住了，半张着嘴却呼喊不得，连根小手指头都不能移动。事实上，我甚至还非常地期待她的唇能早一点和我的唇碰触上。

但是就在她的唇离我的唇只相隔零点零一公分的时候，那个女人的脸部血肉急剧萎缩，化为干枯的骷髅，嘴里长出长长的獠牙。她的眼珠子亦在同一时刻变成灰白色，定着，一动不动地看着我。她张大了嘴，黑漆漆的口中发出肆意猖獗的笑声。

“国梁，朱国梁……”

我睁开眼，发现自己还好端端地躺在床上，天花板上也没有倒挂着什么骷髅，这一切不过是我的一个噩梦罢了。

邵力平揉着眼睛不满地看着我：“你也不看看都几点了，突然间叫得那么恐怖，想要吓死人哪。”

我抬起手腕看看表，指针正指在十二点钟的位置，我抱歉地对邵力平笑笑，重新又躺下来闭上了眼。

整个晚上我都噩梦连连，僵尸王、骷髅怪、吸血鬼等诸如此类恐怖角色，像是约好了似的，轮流光顾我的梦境。我不时从噩梦中惊醒，万分羡慕睡得如死猪一般的邵力平。最后我干脆披衣从床上爬起来，拿起一本小说心不在焉地读着。

天快蒙蒙亮的时候，我被对面那栋楼此起彼伏的尖叫声惊动，赶紧抄起望远镜跑到窗前向对面楼眺望。只看了一眼，我就抑制不住大声干呕起来。

吴语半裸着身体趴在楼底的水泥地上，汩汩流淌的鲜血染红了老大一片水泥地。他的身子摔得四分五裂，几根红白相间的肋骨折断倒戳出来，刺破了他的背。

他的头和脖子扭成不自然的弯度，一颗滚圆的眼珠藕断丝连地挂在眼眶上，冷冷地望着我。

我颤抖着跪在地下，不知为什么忽然想起昨天那尊同样被摔得粉身碎骨的石膏像。

吴语的死讯像旋风一样传遍整个校园。警察来了，把每个认识他的人都叫去问话。他们试图从吴语的社会关系入手打开缺口，但警察们很快就失望了，他们发觉这个嚣张恶毒的家伙，仇家遍布整个校园。

“肯定是他杀！”小胖口沫横飞地宣称，“凶手就在我们身边。”

没有人接他的话茬，其实也许每个人都不止一次地在心里都想过这个问题了。

“你们想啊，吴语家里有钱有势，要风得风要雨得雨，他怎么会好端端地想自杀呢？肯定是有人在晚上把他骗上对面宿舍楼的天台，然后把他推下来。”

邵力平小声咕哝说：“都是同学，就算平时有点小矛盾，又何至于杀人呢？”

“吴语他得罪了那么多人，说不定就有人一时想不开呢？”小胖大声说，“比方你吧，他抢了你的女朋友，难道你不恨他吗？”

邵力平瞪起眼睛似乎想说什么，最终摇了摇头又坐下了，低着头轻轻捏着手指关节。小胖接着又把矛头指向了我，“还有朱国梁，那个到香港大学当交换生的名额本来是你的，却被吴语使手段把你挤掉，你会一点不生气？”

“你漏算了你自己。”我冷冷地说：“上一次吴语怀疑你私下说他坏话，从校外叫了几个流氓把你堵住揍了一顿，你就不恨他吗？”

小胖倒一点不避讳，耸耸肩说：“所以我觉得那个凶手杀得好、杀得妙，这不正和大家讨论谁最有可能是替大家伙出了一口恶气的英雄吗？”

小胖又点了几个人的名字，被他说到的人脸色都不怎么好看，有些人几乎差点就要和他吵起来了。小胖见众怒难犯，赶紧举起了手，“其实要找凶手很简单的，警察说，吴语的死亡时间是半夜十二点左右。我们只要查一查那个时间段里，有谁不在宿舍睡觉，那凶手就肯定是他。”

我的心脏猛地跳动一下。我忽然想起来，吴语死亡的时间，不正是我做噩梦的那一刻吗？难道他的死和那尊石膏像有关系？难道真像邵力平说的一样，那是一个带有诅咒的石膏像？

③第二起命案

晚上回到宿舍，照例又是召开卧谈会。邵力平说：“你说谁会恨吴语恨到那种地步，非要杀死他不可呢？不过说来也奇怪，如果他是被人从楼顶推下来，那么吴语跌下来的时候至少也该惨叫一声，为什么几栋宿舍楼住着那么多人，却没有一个人听到他的惨叫声呢？”

我不想讨论这个问题，拿起一本书斜躺在床上，“管那么多闲事干吗，反正他本来就该死。”

邵力平把书从我手中夺下来，看看封皮，惊讶地说：“你怎么还在看这种书啊。上次不是告诉你么？催眠术不是光看看书就能自学的，这种东西自己琢磨着瞎练，很容易练出毛病的。”

“那我倒不觉得。以前我老是失眠，自从练习自我催眠之后，我的睡眠好多了。”

邵力平有些担心地提醒我：“最好还是小心一点，……练气功都会走火入魔呢。催眠术不好讲。你要想调节心理，不如跟我一起辅修心理学。”

以我对邵力平的了解，他辅修这门课程的目的主要是想要研究女性心理学——最好还连同女性生理也能顺便研究一番。这个流氓！

“知道啦，啰唆。”我从床上跳起来，站起身，开门。

“你去哪？”

“刷牙洗脸。”我干脆利落地答道。

“小心走路，校园怪谈里，说厕所和洗漱间都是鬼魂最爱逗留的地方。”

我把脸盆夹在两脚之间，对邵力平伸出两只中指，纵横左右上下螺旋交叉鄙视他。

旧宿舍楼不像新宿舍楼一样，每间宿舍都配有卫生间。每层楼只有一间洗漱间，在楼道最靠里的位置。我把牙刷毛巾一股脑往脸盆里一丢，哼着歌慢慢向洗漱间走去。

厕所就在洗漱间的对面，我走到门口的时候，电灯忽然闪了闪，一下变得昏暗起来。我心里打个突，挪动脚步慢慢探头往厕所里看一眼，里面当然是什么也没有。在松一口气之余我也不禁感慨自己的胆子是越来越小了，居然被邵力平的一句话给吓住。

不过不知怎的，心里依旧是毛毛的。我打开水龙头放了一盆水，草草刷了牙开始洗脸。洗着洗着我忽然意识到有些不对劲，身前的镜子突然变得雾蒙蒙的，遮住了我的脸孔。我骂声脏话，用手抹去雾气，镜子中我的形象忽然跳了一下，我以为眼花，再看时，镜中的我有张苍白的脸，额头正中点着个像眼睛大小的红点。

这肯定是有谁跟我开玩笑偷偷点上去的，也不知道我带着这个妩媚的印迹招摇过市了多长时间。这些没良心的家伙，居然没有一个人提醒我，大概都在偷偷地捂着嘴看我的笑话吧。

我拧了把毛巾，按在额头上使劲擦拭，但那个印迹非但没有缩小，反而有向四周蔓延的趋势，然后我就闻到了腥味——血腥味！

血！到处都是深红色的血！

不知何时，我拧了一把毛巾的脸盆里，清澈的自来水已经变成了黏稠的血浆。我战战兢兢地抬起头，看到镜子里的我的额头上清清楚楚地用阿拉伯数字写着一个4字。

我很想跑，可是腿哆嗦得厉害，怎么也挪不开步。凛冽的森寒从我的脚趾开始，一截一截地冷到心、冷到肺。

这时候我听到笑声，凄清悲凉的笑声。我捂住耳朵，但那笑声像是直接钻进脑子中一样，怎么用力捂都能听得到。那笑声阵阵传来，忽大忽小、飘浮不定，我的神智渐渐迷糊，慢慢挪动脚步想要跟随着笑声传来的方向走去。

幸好，在这千钧一发的时候，邵力平救了我。

“国梁，你怎么了？”

哭声一下消失了，灯光也骤然间恢复明亮。我张张嘴，声音沙哑得连我自己都吓了

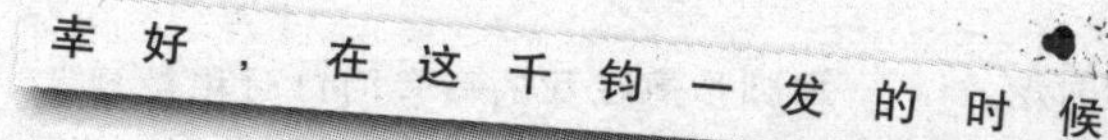

一大跳，“平子，笑声……你听到笑声了吗？”

邵力平捏了捏拳头，“什么笑声？没听到啊。”

我大口大口地喘着粗气，猛然转过身。满当当的一盆血水已经变成清水，而镜子中，我额头上的那个4字印迹，也消失无踪。

我想解释，但却又不知从何说起。我就像一条被波浪抛上岸的鱼，上下唇不住开合，却什么声音都发不出来。

邵力平的神色渐渐变得严肃起来，“你……不会真是中邪了吧？”

邵力平把我搀回宿舍，从柜子里翻出电炉和几包草药，炖了一碗浓浓的黑糊糊的中药让我喝。他说这是安神的偏方，我不信，因为我看到他背着我将一张画着曲里拐弯红字的符烧成灰，掺在那碗药中。

“你先喝一碗试试。”邵力平欲言又止地说，“或许有用……”

“或、许、有、用？”我怀疑地看着他。

邵力平下意识地把指骨捏得啪啪作响，看上去似乎有些彷徨：“以前看我爷爷就是这样做的……哎，你别管那么多了，先喝下这碗药好好睡一觉，有什么事明天再说。”

我有些迟疑，但还是强忍着苦味把药喝完，然后斜靠在床头盖上被子闭目养神。我似乎在迷糊中睡着了，又似乎没睡着，只感觉有一双手一直在推搡着我，还有人扯着嗓子在我耳边大喊大叫，但我却一句也没有听清。

噶、噶、噶、噶、噶……

连续不断的沉重脚步声，把我从半梦半醒的状态中唤醒。我一下子从床上坐起来，看着邵力平，邵力平也支起身子看着我。我们俩的相同之处是脸色瞬间变得惨白——是那种受到严重惊吓后才会在脸上现出的白。

“你也听到了？”我试探着问。

邵力平沉默地点点头。

我从床上一跃而下，邵力平和我同时走到宿舍门边，对望一眼，深深吸一口气，慢慢将门拧开一条小缝，各自凑上一只眼睛往外看。

噶、噶、噶、噶、噶……

那沉重的脚步声仍在继续，我甚至可以听出，它正一步一步踏着楼梯走上楼。但诡异的是，我却没有看到人，也没有看到什么动物，只听见那脚步声慢慢接近，仿佛有一个隐形的巨人，迈着沉重的脚步在慢慢攀爬楼梯。

冷飕飕的白毛冷汗，瞬时间布满全身。我绝望地听见那脚步声离我们的宿舍越来越近，但任凭我把眼睛睁得多大，还是什么也看不到。

那脚步声在我的宿舍门口时稍微顿了一顿，接着脚步声又继续往前走去。我轻声问："隔壁宿舍好像是空的吧？"

邵力平咽了一口唾沫，回答："小胖住在隔壁，他室友的女朋友来了，占了小胖的床位，这几天小胖都在隔壁住着。"

我和邵力平都沉默了。邵力平把手伸向门把，犹豫了一下却没有开门，转身爬上自己的床，拉起被子蒙住了头，瑟瑟发抖。我想大声叫喊，可像有一双冰冷的手扼住了我的喉咙，我什么声音也发不出来。接着我眼睛一黑，晕死过去。

第二天等我醒来的时候，我就听说了一个令人震惊的消息。小胖用一条皮带把自己挂在门框上，自杀了。

④白日梦

"是我害了小胖。"邵力平喃喃地说道。他从口袋里掏出一根烟叼在嘴上，又拿出打火机想点燃。但他的手抖得太厉害，试了好几次也没把火打亮。

"不怪你的。"我坐到邵力平身边，把头埋在双手中，苦涩地劝解说，"当时的情况……太诡异了，我们都被吓坏了……"

"不！不是这样的！"邵力平忽然激动起来，抓住我的衣领冲我痛苦地大吼，"原本我可以救他的！我可以！你不明白的……"

我也怒了，一拳把邵力平打倒在地，"你说我不明白，那你告诉我，我应该明白什么？你什么都不说，我该怎么明白？"

邵力平挨了我一拳，反而逐渐镇静下来。他深深地吸了一口气，慢慢站起来，对我说："帮我请假，今天我有事要出去一趟。"

"你去哪？"

邵力平深深看了我一眼，嘴里嘀咕了一句什么。我没听清，想再细问时，邵力平已经低着头快步走出了宿舍。我在床头坐了很久，呆呆的，仿佛什么也没想，仿佛又想了很多，但究竟想了什么却又记不清了，脑子乱得像一团糨糊。我没有去吃早饭。快要上课的时候，我才拿着书走下楼。

在去教室的路上，我碰到唐诗雅。她主动向我打招呼："国梁。"

"嗨，你好。"我勉强挤出个笑容，有点儿虚假。

唐诗雅的精神有些委靡，脸色也很苍白，"你没事吧？"

"我没事。倒是你……要坚强一些。"

唐诗雅停住脚步，定定地看了我半晌，忽然惨淡地笑了，"怪不得你和平子会成为好朋友，有时候想想，你们俩的性格还真的非常相似。"

我挑挑眉，没有答话。其实我也不知道该怎么回答，我不明白唐诗雅为什么忽然提起这个。

唐诗雅叹口气小声地说："你们俩都很聪明，但却又刻意地把智慧掩藏起来，将自己伪装成平庸。而且你们都一直小心翼翼地与别人保持着距离，从不把内心世界向外人敞开……"唐诗雅顿了一顿，凝望着我，眼神复杂。然后她用更低的声音说："……吴语一直都很憎恨你们。"

"吴语憎恨我们？"我哑然失笑，"你把话说反了吧。"

"我没骗你，吴语一开始只是嫉妒你们，后来这种嫉妒慢慢地就演变成了憎恨。"

我耸耸肩，不以为然地摇摇头，"我和平子不过是两个普通的穷学生，怎么比得了那个含着金钥匙出生的太子爷。除非他疯了，不然我实在想不出我浑身上下哪一点是值得他嫉妒的。"

"他真的很恨你们。"唐诗雅执拗地坚持说，"他一直都自命不凡，觉得自己是天之骄子。但到了大学之后，他发现他无论怎么努力，都追不上你们的脚步。不管是学习成绩，还是……其他方面都一样。"

唐诗雅显得有些尴尬，我知道她有些话不好意思说出口，于是了然地点点头，开玩笑说："幸好你没嫁给那个小心眼，不然以后就有得你受了。"

唐诗雅别过头，遥望着旧宿舍楼，眼神愣愣的，"幸好没有，那家伙的确是个浑蛋。我也是后来才知道，吴语追求我，只不过是想证明他比你们俩更强。"

我突然想起吴语死不瞑目地凝望着我的眼神，不觉毛骨悚然，打了个寒噤。

"我和你说这些做什么？人都死了。"唐诗雅深深吸一口气，如花般的笑靥一点一点地在她脸上绽开。虽然我知道那并不是发自真心的笑，但有那么一刻却仍然不自觉地被她灿烂的笑容给吸引住了。

"帮我请假，我不想去上课。"唐诗雅蹙着眉捂住胸口，一副很难受的样子。她有轻微的先天性心脏病，虽然不太严重，但也经常会感到心悸胸闷。

"嗯，好的。"

自从唐诗雅成了吴语的女朋友后，流言蜚语就一直没有中断过。现在吴语死了，

可以想象得到，唐诗雅会遭受多少白眼和笑话。她不去上课，也是应有之意。

“你的眼神真冷漠，不带一点好恶，像是天神自上而下在俯视众生。”临分别时，唐诗雅忽然毫无征兆地轻轻拥抱住我，在我耳边如是轻声说道。说完之后，她就转身飘然离开了。

我的眼神真的很冷漠吗？

一直到坐进教室里，我都在思索着这个问题。

教室里很喧闹，一如往常。年过半百的教授在讲台上有气无力地讲解着无趣的语法，而下面嘤嘤嗡嗡的声浪几乎要掩盖住他的声音。

没人伤感，反而都很激动——就像鲁迅先生说的“看客”一样。所有人都在热烈地讨论着连续发生的两起命案，许多人都倾向于赞成，是小胖先谋杀了吴语，然后因为过于恐惧而悬梁自尽。唯有我心里清楚，小胖绝不是死于自杀。

接着小胖的室友又反驳说，吴语死的那一晚，他和小胖整晚都在打游戏。中间小胖除了去过几次厕所外，根本没有单独行动过，所以小胖不可能是杀死吴语的凶手。

持相反观点的双方大声地辩论起来，口沫横飞，脸孔都涨得通红。教授冷漠地瞥一眼，又继续埋头授业解惑。

我坐在教室的最后一排，冷眼旁观，然后心里突然就生出一股莫名的厌烦躁动——我恨不得现在手上忽然变出一支枪，然后扣动扳机射出一梭子弹将这些没心没肺的家伙统统射死。

我吓了一跳。

我不晓得为什么会突然生出这样暴虐的念头。或许如唐诗雅说的，眸传心声，我的本性原来就是冷漠无情的。

我忽然想照照镜子，看看镜子里自己的眼神是否真的那么冷漠，但可惜的是我没有随身携带小镜子的习惯。正巧，坐在我前排的同学正对着镜子费劲地挤着脸上的青春痘。我拍拍他的背，小声说：“把镜子借给我一下好吗？”

空气仿佛是凝固住了，气氛是这样地压抑，以至于我不自觉地屏住了呼吸。因为我拍打他背部的时候感觉到，他的身体冰凉，而且没有一丝生气。

他慢慢地转过脸，对着我嘻嘻而笑。暗红色的鲜血从他眼耳口鼻中狂涌而出，溅了我一头一脸。当我终于看清了他面容之际，我像是全身都浸在冰水之中一样，感到了一股极度的寒意！

小胖抬起头，用他那已经变作两只血窟窿的眼睛对着我，说：

“还有三天。”

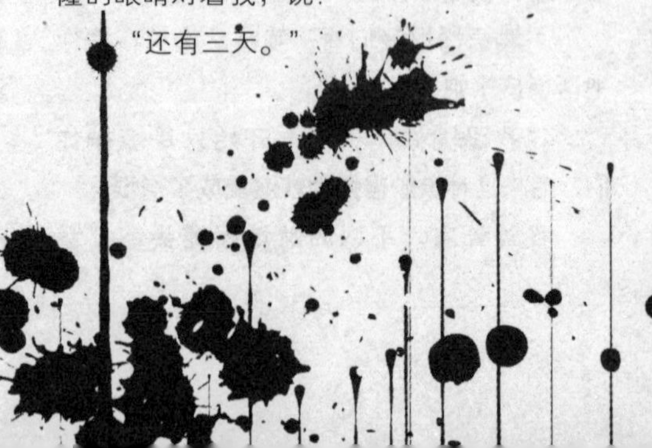

⑤发狂

我呻吟一声，慢慢睁开眼睛。我感觉我的脑袋疼得快要炸开，就像刚刚有一群气势汹汹的非洲野牛在我脑袋上表演过踢Q舞。

空气中充满一种古怪的香气，邵力平正蹲在地上用电炉炖药。见我醒来，他倒了一碗药递给我。

“能不能不喝？”我苦着脸问。

黑糊糊的药水中，漂浮着一团一团奇形怪状的东西。仔细辨认，我发现那些东西好像是某种虫子晒干的尸体——从四条腿到十四条腿的都有，恶心死我了。我虽然自认胆大，但还没有达到像段誉一样生吞蛤蟆的境界。

“一口喝光。”

邵力平的话里，似乎带着某种不能拒绝的坚持。我犹豫一下，闭上眼睛将一堆昆虫浮尸倒进肚子。出乎预料的是，味道不错，也很有嚼头。喝下去后感觉胃里暖洋洋的，脑袋仿佛也变得不那么疼痛了。

我打个饱嗝，放下碗问：“我是怎么回来的？”

“我听说你在教室里忽然发狂，嘴里叫着小胖的名字，见人就掐，就好像是……被鬼附了身一样。后来大家一拥而上把你按住，校医也检查不出什么来，就给你打了一针镇静剂，把你送回宿舍休息。”

我歪着脑袋使劲想，但所有记忆只在见到七窍流血的小胖之后戛然而止，后面又发生了什么事我真是一点印象也没有了。

邵力平又开始无意识地捏手指了，他一紧张或者沉思时就会无意识地做这个动作。邵力平沉默了一会儿之后，从口袋里掏出一个折好的纸袋，小心翼翼地打开，说：“这是我在小胖的衣服口袋里发现的。”

纸袋里是一堆白色碎片，就和那个石膏像被打碎后的碎片一模一样。邵力平看着我，一字一句地说：“小胖在临死前，也无意中捡到一尊石膏像。”

我咽了咽口水，“到底是怎么回事？”

“石膏像中藏有诅咒。”邵力平平静地说。

我咧咧嘴想笑，却不知那笑容比哭还要难看，“历史书里有记载，古代后宫争宠时比较常用。不过那时候是在木偶或者泥偶中刻上要诅咒的人的姓名和生辰八字，现在看来显然在用材选料上也与时俱进了。”

邵力平板着脸，表示他没有在和我开玩笑。他说制造出那些石膏像的人有很大的怨气，这些怨气融入石膏像中，变成怨灵。无论谁捡到石膏像都会被怨气影响，遭遇横死或是产生自杀的念头。

"怨灵凶残而又狡猾，我没有把握驱散它。"邵力平最后说，"不过我会尽力帮你。"

邵力平拿出一碗公鸡血和一支毛笔，让我脱掉上衣躺在床上。他用笔蘸了血在我胸口和手腕上画上符，他说这样可以让怨灵找不到我的踪迹。我建议他毕业之后可以去做个文身师，因为我看他画的符纹饰具造型具有现代先锋派的美感，可见他很有天赋。

邵力平却很忧郁的样子。

"怨灵是非常不好对付的。"他说，"除非是制造出怨灵的人死亡，又或者心里不再有怨恨，否则……它要真的找不到你，我担心它会发狂。"

半夜里我睡得迷迷糊糊的，有人推我。

我睁开眼，吴语穿得整整齐齐地站在我床前，平静地看着我。

"还有两天，你逃不掉的。"他对我说，笑容很恶毒。

我面无表情地看他一眼，转个身继续睡。

"你逃不掉的！你逃不掉的！"

吴语不依不饶地在我耳边大吵大嚷，但是我就是不理他。吴语气馁了，穿过墙飘出去。

一夜无梦，早晨醒来时阳光灿烂，是难得的好天气。辅导员过来通知，今天是吴语火化的日子，全班八点钟在教室集合，班里特地包了一辆大客车，所有人都要乘车去火葬场参加追悼会，一个也不能少。

显然，这是校方的意见，吴语最后一次在全班同学面前炫耀他的显赫家世。辅导员特地强调，如果有人不去的话，一律记过处分。我相信等到小胖火化的时候，他一定不会再有那样的热心肠。

我向来是不做出头鸟的，慢腾腾地洗脸刷牙完毕，穿好衣服踢踏着鞋子和邵力平一起向教室走去。

邵力平有些仓皇，掐着指头做半仙状，神神秘秘地对我说："今天是大凶日，说不准会出什么古怪。"

然后他就不停地埋怨自己，"我一直以为爷爷教我的那些东西是封建迷信，早知道会碰上这档子事，当初怎么也该好好学习天天向上，争取能够继承他老人家的衣钵。"

我利诱他，"加把劲，爆发出小宇宙把怨灵解决了，我帮你洗一个月衣服。"

邵力平立刻跟打了鸡血似的，身体倍壮、精神倍足。我们的教室在四楼，一开始是我拉着邵力平的胳膊往楼上走，现在成了他拉着我大步流星地往楼上迈。

走到三楼时我停住了脚步，"等一下，你听到什么声音没有？"

"哪有什么声音？"邵力平莫名其妙。

他没听到？不对呀，我刚才分明听到有什么猛兽在大声咆哮，但等我站定了侧耳仔细聆听时，却又什么也听不见了。

"你真听见了异响？"

我点点头，邵力平的脸刷地白了。

"你先到教室里坐着，哪儿也不要去。"邵力平嘟哝，"怨气这么大，可能麻烦不小。”

“你要去哪？我和你一块去。”

我看见邵力平的腿微微有些发抖，但他还是坚决地摇摇头，“我估计怨灵找不到你，正一层一层楼地搜呢。现在它就在三楼，我想办法看看能不能封住它。你什么都不懂，去了反而累赘。”

好兄弟，讲义气。这种时候我怎么能够贪生怕死独自逃脱呢？

邵力平急了，从口袋里拿出两把匕首。自己拿着一把，又分给我一把，“匕首上我刻了符，危险时候可以防身。要是情况不对，我还可以跑，你要去了我还得分神照顾你，到时候一个都跑不掉。”

其实那两把匕首看起来一点都不锋利，刮脚皮都未必破。但匕首柄上刻满弯弯曲曲的花纹，邵力平既说它能对付怨灵，那么也许会有一点作用吧。

话说到这份上，我也不好再坚持了，只能千叮咛万嘱咐让邵力平小心，一有不对就三十六计走为上策。

我一步一回头地上了四楼，在过道口差点和一个穿白色连衣裙的女生面对面撞上。她回头对我笑了一下，但我没有心思抬头和她说话，只依稀觉得她的脸色很苍白。

辅导员穿着黑西装在讲台上竭力想挤出眼泪，念着深切怀念XX同学的追悼词，声情并茂，七情上脸。下面乱哄哄闹作一团。我进去的时候，辅导员大约是嫌我打断了他的表演，脸色很不好看。他的确必须表示得好一点，据传闻吴语那位当高官的老爸，对吴语的意外亡故很伤心也很愤怒，不论吴语是自杀还是他杀，做为辅导员都难辞其咎。他也只能靠这种方式，试图平息吴语父亲的怒火。

我也没心情在乎这些，坐立不安地等待着邵力平的消息。

辅导员更生气了，走过来想训斥我，但他还没有开口就被突然传来的喧杂惊叫声打断了。

坐在教室里的人想冲出去，站在教室外的人想要冲进来，一时间场面乱作一团。足足过了五六分钟，才有确切的消息传来——邵力平疯了，他突然拿着一把匕首，把唐诗雅劫持进了三楼卫生间里。

⑥杀机涌现

“平子，我是朱国梁，你别冲动，快开门。”

我费尽了九牛二虎之力，才穿过看热闹的人墙，拍打着反锁的大门焦急地喊道。没有人回答，卫生间内只偶尔传来唐诗雅轻轻的啜泣声以及邵力平粗重的喘息声。

我急了，开始踹门。邵力平在里面大喊：“别进来，否则我就杀了她！”

我不敢再动了，带着哀求的口吻劝说：“平子，你不要冲动，有事好商量。”

事实也正是如此。他死了。他是自己把自己给掐死的。

我之所以这么讲，是因为周围乱哄哄的，一直有人在议论诸如醋海生波之类的话，我起初也以为是由于这个缘故，邵力平才忽然发狂，但我很快发现我错了。

“来不及了。”邵力平的声音里带着哭腔，“它疯了，它要杀人，杀很多很多的人……”

“什么疯了？谁要杀人？”我焦急地追问。

但邵力平再没有回答。我只听见他的喘息声越来越粗，越来越重，像是拉风箱似的。间中还夹着唐诗雅的低声惊呼。

辅导员已经打电话报了警，一辆蓝白相间的警车拉着警笛冲到楼下，出来几个警察。我越来越急，等到警察到了现场，那么性质就不一样了。如果能在警察到来之前，让邵力平放下刀出来，那么他这次不理智的冲动行为，或许还可以归纳到“人民内部矛盾”里。

“平子，你别傻了，快出来！有什么事出来再讲！”

邵力平依旧不理我。就在我刚刚下定决心，不顾一切也要踹开门，在警察接管现场之前把邵力平拉出来的时候，卫生间内突然传来邵力平的一声惊恐的尖叫。

我不知道该如何形容那声尖叫。那尖叫声中包含了太多的惊和怒，像一只受了伤的野兽在濒死之前不甘地对月长嚎。所有听见尖叫的人都不自觉地打个寒噤。

“国梁，快跑！”

这是我最后一次听见邵力平说话，然后大门就打开了，唐诗雅脸色苍白地冲出来，她浑身都在发抖，牙关打着战。一看见我，她就像看见了救星一样，紧紧地抓住我的胳膊，“平子疯了！快救他！快去救他！”

我赶紧冲进去，邵力平瘫坐在地上呆呆地看着我，脸色铁青，我从没在活人脸上看到这种表情。

事实也正是如此。他死了。他是自己把自己给掐死的。

其实我冲进去的时候邵力平还没死，他甚至还努力翘起嘴角对我笑了一下，然后才吐出最后一口气。那笑容优雅而又残忍，眸子里透着野兽般的疯狂。我知道对我笑的绝不是邵力平，而是那个可怕的怨灵，是它占据了邵力平的身体，是它杀死了邵力平。

因为人是无法自己掐死自己的。一旦脑部缺氧到一定程度，人就会昏迷，而手也会自然松开。

辅导员和警察低声商量了一会儿，然后大声宣布，其他同学照原计划参加吴语的葬礼，唐诗雅则要和警察一起去写一份笔录。

唐诗雅紧紧闭着眼，偎在我肩膀上，全靠着我的扶持才能站立。她扭过头，轻轻在我耳边说："陪我一起去好吗？我害怕。"

她喷吐出的气息吹到我耳际，痒痒的。我叹口气，说："好，我们一起送平子最后一程。"

我和唐诗雅一起坐上车来到警局，一个女警带唐诗雅去一个小房间里录口供，而我则孤零零地坐在外面的长椅上，自顾自地想着心事。我既哀伤邵力平的死，又恐惧怨灵的纠缠，我大口大口地喘着粗气，目光涣散，看起来就像一个精神病人。

起先，来来往往的警察还不时好奇地打量我。但是在不久之后，警察们忽然忙乱起来。电话铃声此起彼伏，一辆辆警车从警察局里飞驰而出。

"你运气真好。"

有人拍了拍我肩膀对我说，我抬头一看，原来是刚才开车把我载来警局的中年警察。

"又发生什么事了？"

中年警察说："三环路发生了一场重大车祸，出事的是你们班级包的那辆客车。听说是在通过道口时忽然刹不住车和一列火车相撞了，车上的人全部当场死亡，连一个活的也没有。如果你不是陪那姑娘到警局里录口供，恐怕也难逃一劫啊。"

"哦，我知道了。"我平淡地应道。也许我太过平静的回答让中年警察感到摸不着头脑，他认认真真地上下打量我好几眼，才嘟哝着走开。

我真的一点儿都不惊讶，邵力平不是说了吗？那个怨灵疯了，它要杀很多很多的人。

这都是因为我的错。邵力平如果不是为了救我，就不会被怨灵占据身体。而如果不是我身上画了符，让怨灵找我不到，怨灵也不会疯狂起来，杀死那么多的人。有那么一刻，我真想立刻死了才好，也省得被满心的负罪感折磨。

说来也怪，就在我起了这个念头之后。我手腕上的血符慢慢淡化然后消失，就像从来没有存在过一样。我拨开领口往胸前一看，胸口的那道符果然也不见了。

“嗨，这是谁的东西？”一个警察不满意地嚷嚷，“干吗把它和证物混在一起。”

另一个警察说：“不知道啊，刚才还没见到这尊石膏像呢。咦，为什么看着这么眼熟呢？”

我心中一震，几乎是以百米冲刺的速度跑过去，把石膏像抢到手中。

果然是那尊石膏像。手掌心中也依旧刻着四个字——

就是今天。

唯一不同的是，本来模糊的面目已经变得清晰起来，那清秀的面容我再熟悉也不过了。

我忽然明白过来。为什么邵力平会忽然劫持唐诗雅，原来是因为他发现，那尊充满怨气的石膏像，正是唐诗雅塑造出来的。他想劝说唐诗雅心中不要再充满怨恨，但不甘被消灭的怨灵却趁机占据了他的身体，然后杀死了他。

我不知道唐诗雅心里为什么会充满怨恨？又为什么要制造出怨灵？或许是因为吴语对她的虐待，或许是因为同学们对她的嘲讽和白眼，让她产生了报复世间一切人的想法吧。但这并不重要，重要的是，正是因为有唐诗雅这个罪魁祸首，才会发生那么多的事，死了那么多的人。

“国梁，警察说我们可以走了。”唐诗雅说。

“你哪都走不了了。”我面无表情地转过身，掏出匕首，运劲，刺。

匕首插入唐诗雅小腹的那一刻，我看见唐诗雅眼中逐一掠过震惊、害怕和解脱的神色……

⑦真相

“我不怪你，真的。我相信平子在天有灵，他也不会怪你的。”唐诗雅坐在我对面，伤感地说道。

超大剂量的镇静剂注入我的体内，把我的脑子搅得迷迷糊糊。我的双手双脚都被反绑起来，我傻呵呵地笑着，涎水一滴一滴从我口角垂下来。

唐诗雅看到我这样子，叹口气，拿起匙子继续为我喂饭，“医生说了，是因为你在没人指导的情况下练习催眠术，才造成人格分裂。你甚至不知道自己做过些什么事——包括你半夜起床杀死吴语和小胖。”

是我杀了他们吗？

我不知道，我现在什么也想不起来，我的头很疼。

"没错，就是你杀的。"唐诗雅仿佛看穿了我的心，剥开虾壳，温柔地喂我吃下，继续说道，"平子曾经对我说过，你一直在偷偷地暗恋我，但因为我是平子的女朋友，你就把这份爱埋在心底，对谁也没说过。但是我和平子分手后，又和吴语好上了，你的第二人格因为嫉妒就杀死了吴语。至于小胖，也是因为你的第二人格认为他发现了你是杀人凶手，所以才会杀了他。"

我继续傻笑，伏下身，用头一下一下使劲撞着桌子，这样能让我的脑子清醒一些。唐诗雅慌了，赶紧拉住我，阻止我的自残。

"怨、怨……脚步声……"

"你说什么？"唐诗雅弯下身皱着眉问。

"怨灵的脚步声，是不是就这样来的？"我试了很多次，才勉强说得流利一点，"一个人站在一楼的楼梯下面，用棍子捅楼梯板。这样一来，楼上的人只听到脚步声却看不到人，自然而然会联想到灵异方面。"

呆了一呆之后，举起的匙子在空中画了一个圈，落到了唐诗雅的嘴里。唐诗雅一边慢慢咀嚼着，一边笑眯眯地看着我，"你是怎么发现的？"

"你从卫生间里冲出来之后，和我说话。我闻到你口里有薄荷的味道。没有谁在被人劫持的时候，还有心情嚼口香糖。唯一的解释是，你和平子合演了一出戏，骗了所有人。"我理了理思路，开始揭穿唐诗雅的阴谋。

唐诗雅和吴语好上了之后，她才发现，吴语这个人自私、暴虐，最主要他还特别小气，唐诗雅从他身上捞不到半点好处。于是在唐诗雅刻意地接近下，她和邵力平之间的爱情又再度死灰复燃。

他们都知道，吴语这个纨绔子弟，虽然并不是很爱唐诗雅，但却也绝不会容忍被人横刀夺爱。要想避免被吴语报复，就只能抢先动手——杀了他！

但是再完美的谋杀，也有被警察侦破的可能。唯一能够脱身的办法，就是找到一个替罪羊。于是我，作为邵力平的同寝室友，就很不幸地落入了他们的视线之中。

邵力平的爷爷曾是苗寨里的祭师。众所周知，苗寨中的祭师除了担负"和上天沟通"的使命之外，一般还兼职寨子里的医师，以一种类似原始催眠术的方法配合草药为苗民治病驱邪。邵力平正是从他的爷爷那里，学会了催眠术和各种奇妙的药方。

邵力平先是利用一些模棱两可的话语在我心中种下阴影，并在我睡熟之后诱导我做起噩梦。而他呢，则趁这个时候偷偷溜到了对面宿舍的天台。

这个时候，吴语已被唐诗雅诱到顶楼上，邵力平趁机催眠了他，然后把他推下天台。做完这一切，吴语回到宿舍把我的手表拨慢，再将我唤醒。我在懵懵懂懂中，就成了他不在案发现场的时间证人。

小胖的死则是一个意外。他在上厕所的时候，无意间看见邵力平将吴语推下楼。小胖既对吴语的死拍手称快，又不愿意招惹上麻烦，所以故意在教室里旁敲侧击，想让我对邵力平产生怀疑。但他没有想到，唐诗雅的计划天衣无缝，他的一番话非但没有让我

怀疑邵力平，还使他招惹上杀身之祸。

当天晚上邵力平故伎重施，先是以催眠术让我产生幻觉，再骗我喝下能够加重幻觉的草药。他杀死小胖之后，唐诗雅如约登场，用竹竿在楼下按顺序一阶阶敲击楼梯，营造出隐形恶鬼登楼的恐怖场面。

"当时我真的被你们吓住了。你们俩配合得真是严丝合缝，一个下药，一个则用不着边际的话诱使我胡思乱想。"我叹口气承认，"光天白日忽然出现幻觉，看到已死的人，真的能把人给吓得半死。而我的当众失态，正好成为我'精神分裂'的证据。有那么多证人，我真是想否认都不行。可惜，不久之后平子犯下第一个错误。"

唐诗雅手托着腮，很惊讶地笑笑，"平子那么谨慎的人，怎么会犯错误呢？"

"他不该为了吓唬我，就随便拿些石膏粉末说是从小胖口袋里找到的。"

唐诗雅歪着头想想，明白了我的意思。当时小胖刚死，警察还没得出自杀抑或是他杀的结论。小胖的尸体是不太可能让一名普通学生接近的。如果不是当时我被层出不穷的幻觉和灵异事件给吓住了，或许早就能注意到这个破绽。

最重要的一场戏，则是那场假劫持。本来邵力平是希望以苦肉计作为压垮我的最后一根稻草，所以他早准备好一把很钝的匕首塞给我。邵力平原本的计划是，让我在警察局里心理崩溃，当众持刀杀人。这么钝的匕首当然杀不死唐诗雅，而且旁边的警察也会阻止我，而我却因此坐实了疯子和杀人凶手两个角色。但他没有想到，唐诗雅早想除掉他。于是唐诗雅一走进卫生间就趁他不备，杀死了他。至于里面传来的声音，不过是提前用MP3录制好的罢了。

"精彩精彩。"唐诗雅拍着手笑道，"除了一些小情节外，大致过程被你猜得一点也不差。不过你知不知道，我如何制造出邵力平自己掐死自己的现场？那辆大客车又如何会突然刹车失灵，断送了全班同学的性命呢？"

"这也是我无论如何也想不通的地方。首先你不会催眠术，其次就算是催眠也是有局限性的，人的潜意识有自我防卫性，没有哪个催眠大师能命令旁人自杀。至于那起车祸，我认为不过是场巧合罢了。"

唐诗雅深深吸了一口气。通常人只有在极度不安，需要镇定情绪的时候那样深深地吸气。是什么让唐诗雅感到这样不安呢？

唐诗雅说："你只猜对了一半。这几起谋杀的主谋并不是我，而是平子。在卫生间里的时候，我的确是利用一台MP3伪造成平子在现场的假象，但那并不是因为平子已经死了，而是因为那个时候，平子正通过后楼的窗户爬下去，破坏客车的刹车闸。你说得对，没有哪个催眠大师能用催眠术命令别人自杀，但自己却可以利用平时的锻炼加上催眠术，让自己的手指关节变得僵硬，进而掐死自己。当时我也被吓到了，我不知道平子为什么会突然自杀，直到我看到他让我转交给你的一封信，才知道他自杀的原因。"

说着，唐诗雅从提包里取出一张叠好的信纸，摊开放到我眼前。

国梁：

你好。

看到这封信的时候，我相信你已经发现了我故意留下的破绽，进而戳穿了我绞尽心机才布下的迷魂阵了吧。你一定很好奇，我为什么会陷害自己最好的兄弟，又为什么会突兀地离开这个世界。下面，让我来告诉你原因所在。

你难道一点也没感觉到，我们俩其实非常地相似吗？我们拥有同样聪明的脑子，也拥有同样骄傲的性格，但是在这个被林林总总的规则所包围的世界里，我们都不得不收敛起自己的个性，让自己混迹于平庸的众生之中，直到最后被“体制化”，直到所有的聪明才智都被自己有意识地泯灭掉。别反驳，如果没有外来的压力逼迫，这是我和你唯一可想见的下场。

你该感谢我，因为是我使你摆脱了束缚，可以超脱于芸芸众生之上，满怀着优越感俯视他们。不过就算你怨恨我也没有关系，我会给你扳回一局的机会。记着，游戏才刚刚开始……

“游戏才刚刚开始。”唐诗雅吃完最后一口菜，用纸巾抹抹嘴站起来，摇了摇头，“真不晓得你们这些聪明人脑子里在想什么？不过没关系，反正我是个笨女人，不需要明白这些。现在的结果是，一个聪明人自杀了，而另一个聪明人被关进了精神病院，其他被我所憎恨以及知道我过往不光彩历史的人也都死了，从今往后我就可以重新开始新的生活。那么，我也完成了平子的嘱托，该和你说再见了。”

“今天你给我送来的这些菜，也是平子专门嘱咐你送来的吧。”我问。

“没错。我也不知道他为什么特地嘱咐我连续为你送一个星期的红焖大虾，还专门要求多浇红酒。不过他帮了我这么大的忙，我没理由不完成他的一点小小遗愿。”

傻女人！我简直想要破口大骂了。

你难道不知道你有心脏病吗？海贝类食物和红酒混合着一块吃下，将会刺激使你产生严重的过敏反应，最终让你死于心肌梗死。

但我没有机会把话说出口，唐诗雅抢先一步，微笑着将满满一筒安定药水注入我的静脉。

她有点紧张，其实她不应该紧张的。过于紧张将使她的心跳加速，血液循环加快，同时过敏反应也会加强，她也会死得更加快一些。

我的意识逐渐变得模糊不清，在昏迷之前，我的脑子中只转着一句话：

游戏才刚刚开始……

画皮

文\顾倾城

喜欢一个人，总有原因。我喜欢甄眉，大概就是因为她那白皙无瑕的肌肤。

形容一个人的皮肤漂亮，总会用上“光洁如玉”，可是甄眉走进画室的时候，就连屋角的白色水晶相框都黯然失色。

这新来的模特儿甄眉就如她的名字一样。等她袅袅婷婷地走进画室，坐到中央的椅子上，将右腿斜斜地蹶在左腿上，摆出一个优雅的姿势，弯弯的眉峰一挑，嫣然一笑，我的脑袋“轰”的一响——“真美！”

“要脱衣服吗？”甄眉落落大方地问。

她是我找来的人体模特儿，但是这时我的脸红了。

“要，当然要！不脱怎么画？”旁边的导师张映风立即点头，语气迫切。他的裹着红丝的双眼，像贪婪的野狗一样在面前的美女脸上舔来舔去，脸上的毛孔也胀大了，闪着贪婪的光芒。

幸亏甄眉的肌肤雪玉无暇，好像剥了壳的鸡蛋一样，就算让苍蝇去叮，也咬不出一个洞来。她的胴体比她的脸更美，光洁细致，覆在身上的那层好像不是皮肤，而是贵重的丝绢一样，就连最挑剔的人也挑不出半点瑕疵。

自从甄眉进了画室，我突然患上重感冒，头重脚轻，身体忽冷忽热。笔下画出的东西与其说是人体素描，不如说是夸张漫画。

张映风以前总会用一根食指戳着画冷笑，“这是啥？胸前挂两只大木瓜？”张是学院里的资历辈，年纪不大混到教授，这全靠他的人体素描体察入微，刻画细致，在国内画界首屈一指。他因此对学生们的素描科目特别苛刻。

这次他意外地没有讽刺我，只是瞄了我的画一眼，抬抬下巴，示意我离场，很明显心已经不在我这边了。

甄眉这时慢慢穿上衣服，说：“两个小时到了。”

张映风说：“我还没有画。加你一个钟！”他爽快地把皮夹丢在桌上，但是没有掏出一毛钱。

“那就下次再预约。”甄眉封了门。

离开画室后脚步声一直响在身后，我知道甄眉在跟着我，但是又不知道要跟她说些什么，只好一直往前走。

“你是九几届的学生？”甄眉突然问我。

“九六的。”

“哦，那就快毕业了。”

“钱会交到你的公司，是月结的……下次不要来了。”我也不知道为什么会这样说。

“哦？”甄眉突然插到我面前，亮晶晶的两个眼睛一直盯着我，“为什么？”

我不能说导师的坏话，不想告诉她以张教授的知名度，却没有一个女学生愿意自动投进门下，更不想告诉她以前来过的几个模特儿都骂过我的师傅不是人，继而更出了点意外。

我的学业前途都在张映风手上，所以我没有解释，选择了沉默。

甄眉一直看着我，突然笑了起来，笑得眉眼弯弯，说：“小伙子，你喜欢我。”

我们这一届跟着张映风的共有五个人，因为临近毕业，大家都有自己的事情要忙，

所以那天出现在画室的只有我一个。张说我的素描线条不行，离学位证还有较远距离，需要好好补课，而同学们的说法却是，我看上去最老实可欺，所以被挑中做跑腿的。

他们说我缺少艺术人的傲气和魄力，平时以同情的目光看我，甚至还难听地喊我“皮条客”，但是他们这次却对我无比羡慕。

据说师傅张映风画了一张素描，上面的女子艳丽无双，我去看了下，画的是甄眉。那天他没有下笔，这画是他凭记忆画出来的吗?

大家一致吵着要请甄眉再来当一次模特儿。

我心里很不愿意，便说甄眉已经离开了模特儿公司，不在那儿工作了。他们又问我要联系方式，哪里能要到呢。

我跟谁也没说，其实我在周末见过她一次。

那天傍晚我到街上的小店吃拉面，很有经验地用画板放凳子上先占位再排队。等的时候看到了甄眉，她手里捧着一碗面，热腾腾的，站在桌子旁边，脸有点红。

她的脸是给气红的，她去买面，两个小青年便把她的位占了，一面还用放肆的目光上下看她。她捧着满满一碗面，放也不是，不放也不是。

我不动声色地对老板说，要最大碗的，面粗点，多放点葱花，黄瓜条也要。

我端着一大碗面走到那张桌子前，叫她：“甄眉！”

她抬眸看我，眼神一亮。

我对她笑笑，一个太极架式将手里的海碗运开抡圆，手腕一翻，再一个天山折梅手把那碗面给扣到坐她位子的小青年头上。一时间鲜香热辣，痛快淋漓，那小青年整个儿呆了。

我趁人家还没反应过来，一手夺过她手上的面“吭”地放在人家面前，“慢慢吃，一碗不够再来一碗。”一手扯住她就跑。

两人沿着弯弯曲曲的街道一直跑，直往偏僻的小巷钻。直到我踢到一个易拉罐，罐子磕磕碰碰一直往前滚，我们才停下来哈哈大笑，笑声响彻整条小巷。

“哎，我说你这人还真不错。”甄眉收住笑声，看着我认真地说。

那时是春天，太阳已经落到地平线下，暮色苍茫。南方的春天气候燠热潮湿，枝头绿叶生机蓬勃。她穿着一件桃红色的套头薄毛衣，映着新叶嫩绿的颜色，显得肌肤胜雪，身段奥妙。

“还行吧。”我低下头去，脸很热。

“你真勇敢。”她继续说。

“哪里……”我更热了。

她不理我，继续说下去：“你跟很多人都不一样……”

我送甄眉回家，下了公车还走了很长的路，她领我到城市边缘的一溜小平房前面，这些平房装修粗陋，外表一致，是那种租给外来工住的农民房。我到这个城市念书已经六年了，但是从来不知道还有这么一块地方。这里方圆数里都非常荒芜，放眼往前，除了这溜像是从地上长出来的平房，其余是一片白地，啥都没有。

甄眉就住在这种前不着村后不着店的地方！

甄眉看了看我的眼睛，说："这块地让一个香港老板买了下来，准备建造一个大型度假村，这一溜房子很快也要拆了。"

"哦。"我故作轻松，"那老板是不是李嘉诚？"

"那我可就不知道了。"

甄眉问我："要进来坐坐吗？"

我的心跳得很厉害，她笑笑说："那就进来吧。"

她打开了右边数过来第三扇门。

门内是一个不到二十平米的单间，长方形的一块，好像为了配合房间，地上铺个很窄长的床垫，窄得人躺上去随时要担心翻身的问题。床垫旁边连着个柜子，家具实在寥寥可数，连张椅子都没有。

甄眉说："这里很少有人来，床垫可以坐。"

她的环境看来很不好，我坐下的时候心很酸。

"我烧点开水。"她要走开。

"不用了。"我连忙说。

忽然我发现这空荡荡的房间除了缺少家具，连用品也是奇缺的。过一阵子，我惊奇地发现，"甄眉，你家没有厨房和卫生间！"

"厨房和卫生间是公用的，在最左边的房间里。"甄眉平静地回答。

我非常不好意思。

我的家境一般，父母早就下岗，靠打零工维持日常开支，为了供我念大学，还是咬咬牙卖断了几十年的工龄。后来被吸收念研，我心里不知经过多少矛盾斗争，最后考虑到高念一级找工作会更容易，酬劳也更高，这才痛下决心。不比那些一心追求艺术的同学，我是经济决定一切，因此也在导师和同学面前不甚抬得起头。

谁知道甄眉的环境竟还比我差上好几倍，简直可以用家徒四壁来形容。

房间不止缺少家具，连原本的建筑也很有问题。墙上不知用的什么涂料，黄黄的，不小心摸上去会粘上一手细细的泥粉。离开的时候，我还在近门槛的地方发现了一道一指来宽的裂缝。往里一看，黑糊糊的，深不见底，用手指探探，结果蘸了一手粘粘的黏液，一股寒气从尾椎骨直窜上来，不寒而栗。

我转头想说什么，看见甄眉对我微笑，"这里很快就要拆了，不碍事。"

出了门，一片空茫，远处城市的灯光好像天边的星子一样，遥远难及。

"这里离城市比较远，我带你去坐三轮车，坐到有公车站的地方就好了。"甄眉说。

她领我往一个方向走了几十步，一条小巷突然出现在面前。乌灯黑火的小巷，除了巷口停着两辆三轮车，静悄悄的不闻人烟。真是太静太黑了，所以到了这么近的距离才发现。

两个蹲在车子旁边的车夫一见来人马上站起来，殷勤地问："老板，坐车么？"

我到了这里竟成了老板，而他们待在这个鸟不生蛋的地方，不知道平日是怎么拉生意的。

“坐这一辆吧。”甄眉示意我坐右边的那辆车，那辆三轮车看上去小一点，也破一点。

一只小手扶我上车，居然是个才十五六岁的小车夫。

“小铁，帮我送他到城里去。”甄眉吩咐小车夫，又对我笑了笑，“我都不知道怎么称呼你。”

“我叫王景。”

“嗯，小铁帮我把王先生好好地送到城里去。”甄眉又重复了一遍。

“小铁……到有公车站的地方放我下来就好了。”我犹豫了一下，“要多少钱？”

“随便吧，这么晚还有生意，都是白赚的。”小铁的话让我一愣。

路很破，破旧的小三轮车在路上颠簸，瘦小的车夫在前面用力地蹬着，他的背弓着，透过单薄的衣服隐约看到脊椎硬硬地拱了起来。他费尽力气，车子却老是离那灯光异常遥远。

我跳下车来，“我不坐了，一起走走吧。”

小车夫肩膀一抖，转过脸来。不知哪里来的光线，我隐隐看到他尖削的脸部轮廓，瘦得像一张皮就罩在骨头上，形状像个骷髅。我不禁狠狠地打个冷战。

他的一双大眼睛嵌在瘦削的脸上，像两个大灯泡，炯炯地盯着我看。

我连忙说：“你还小，我不坐车了，你陪我走出去就是，钱照付。”

小车夫便把头猛的一低，好像点头的样子，不再说话了。

走了一会儿，他小声说：“路不好，这没办法，对不住了。”他的语气透着一丝内疚，好像路是他修的，没有路灯也是他的错。

“你多大啦？”

“十七了。”

“有吗？”我觉得他看上去不到十五岁。

“我满十七好久啦。”

什么叫做满十七好久啦？是快十八了吗？

“这么晚还出来拉车，你上过学吗？”

他转头朝我笑了一下，黄色的牙齿一闪，“送完你我就回家睡觉　。”他没有回答有没上过学的问题。

我又问：“小铁，你跟甄眉姐姐很熟悉吗？”

“熟啊。”他说，“我们一直是邻居，我跟着姐姐到这里来的。”

原来是甄眉的老乡啊，我看见那女孩子肩上无形的重担了。

我看了看手机，已经是午夜十二点十三分了，不知不觉竟走了那么久。送甄眉回来的时候，却压根不知道路途是这样远的。现在看看，城市的灯光依旧像在天边似的，路好像还没走到一半，照边聊边走还牵着空车的速度，看来还得走上两三个钟头。

小铁看我有点焦急，便安慰我说过了这一段路就是平路了，那时就会走得快很多。

我让他先回去，他却不肯。

结果又走了大概十分钟，前面的路突然平坦，再拐了个弯，那些刚才还宛在天边的灯火居然就在眼前。

“大哥你人很好，我带你走近路了。”

小铁开始喊我大哥。

我掏出钱包给他钱。

小铁拈了张五块钱，笑嘻嘻地跳上车就走。

等我坐上夜班车的时候，小铁和他的车已经消失在浓浓的夜色之中了。

让人后悔的是，我居然在车上睡着了，最后还是公车司机叫醒我下车。我下车的时候，天色已经蒙蒙亮了，看来我是蜷缩在后座上穿越了大半个城市。最令人泄气的是，我居然忘了问那个司机我是从哪个站上车的。后来我买了一些日用品，再坐上那路公车，试图靠印象找到甄眉住的地方，但是再也没有找到过。

再见到甄眉，是在画室里。

我迟到了，推开门的时候，发现四个同学连带我的导师全都在。

“今天这么齐全啊！”我一边脱外套一边走到自己的位置，发现没有人答应我，他们的注意力全都在模特儿身上。

我外套脱到一半，心里突然惨叫，那个瞧着我笑的模特儿正是甄眉。

我的同窗和导师当天流的口水可以用来拖地。

事后我埋怨甄眉：“这里很危险。”

“我不能不来。”甄眉说。

“是因为钱吗？”我想起她居住的环境还有她的同乡小铁。

她没有回答，眼睛里闪过一丝黯然的神色。

我带她去吃饭，沿路都是欣羡的目光，可是我只请得起她吃大学饭堂。没有能力的人，又有什么资格对别人说三道四。

这顿饭，吃得很辛酸，我垂下眼睛，一直不敢抬起来。结果发现甄眉露出的一截手臂上有块淤青。

“你的手怎么啦？”那块淤青有拇指甲大小，好像被掐出来的，青得怕人，近乎乌黑了。

甄眉说：“胎记。”

“胎记？”我跳起来，“上次见你……”

她笑嘻嘻地看着我。

我脸又红了，上次在画室里，甄眉浑身如玉，别说伤痕，连个红点黑痣都没有，她浑身肌肤是无瑕的。

然后很长时间她没有出现在我面前

HUA PI

“喏，这样就看不见了。”甄眉“啪”的一声在那块淤青上拍上一张创可贴。

我还想问些什么，她看向我背后：“老师！”

我猛一回头，张映风不知什么时候到了我背后，正盯着我们瞧，见到我，就笑着点了点头。他带着兽性的眼睛紧紧地盯着甄眉，仿佛是在嗅着她身上的气味，像头公狼。

“原来你们是熟人啊，那很好，往后我们画室的模特儿就请甄眉小姐长任了。”他阴笑着走开了。

我看着他瘦瘦的背影直打冷战。

张映风的阴狠全校皆知，就像是金庸笔下的岳不群。他每年担任美术学院升学考试素描项目的评分工作，听说他年年靠考试赚学生的红包钱就达数万元。他根本不靠带学生赚钱，但每年都会挑几个学生带着意思意思，那些落入他魔掌的学生们只是供他消遣和使唤的对象，比如我。

大概收我的时候不知道我家里那样穷，到了后来也就后悔莫及，于是我便顺理成章地成了他这几年的第一跑腿。他说得很明白，考试评分标准完全看他自己，不顺眼的就给不及格，想拿学位证就看他的心情。谁拿他也没办法，学院里明知道他这样却一直不敢动他，一来他的名气具有号召力，二来据说他跟校长也有关系。全校上下，根本没有人敢要跟他对着干。

他对甄眉的垂涎是显而易见的事情，想起刚才他看着我的眼神，我发现这次我的学位证是凶多吉少。

“喂，你很怕他。”甄眉悠悠道。

“谁敢不怕他哪，整一地头恶霸。”我苦笑。

“放心好了，我知道你想要什么，我保准你一定能得到。”

虽然甄眉是那样说，但是每次我跟她见面都是提心吊胆的，唯恐张映风像上次那样突然出现在我们身后。甄眉因之很不满意。但是她不了解，勇敢也是要受到环境限制的。

而甄眉手臂上那块淤青越来越大，很快就不能用一块创可贴遮挡着了。

更可怕的是，某一天，甄眉如天鹅一般优美的脖子上也出现了创可贴。

“你……到底发生了什么事？”我忍不住追问。

“没事。”甄眉还是若无其事的样子，“一个装饰品，你不觉得这款有小花的创可贴贴在身上很酷吗？”

“答应我，不要做伤害自己的事情。”我很痛心。

她瞧着我做了个鬼脸就离开了，她什么也没有说，但是在她转身的时候却有一颗晶莹冰凉的东西落在我手背上。

然后很长时间她没有出现在我面前。

我想去找她，但是不知道到哪里找，模特儿公司说她已经辞职了，我不知什么时候失去了关于她的线索。我又有点害怕她来找我，如果她亲口告诉我难以承受的事实，我该怎么面对呢？

就是这个时候，我看到了那个档案室管理员的招聘启事。

大家可能会觉得奇怪，档案室管理员也招兼职的吗？那是因为我们设计系是个大系，整个系那么多人的档案一起管理会比较复杂，而张映风就以此为由，索要了一间小小的办公室作为他负责专业的专门档案室。这家档案室里面存放的都是他在本校任教以来所有关的全部文件档案，还有部分他的作品。

这档案室处于系大楼一层最边角，门还开在安全楼梯下面，非常不起眼，平日是一直大门紧闭的，只有很偶然的机会才会发现它在夜里亮着灯，给人的感觉像一个储藏室或者是张教授的私人休息室更多于档案室。这次档案室突然招聘兼职管理员，据说是张教授的私人需要。但是听这样的要求，再加上张映风平日的为人，应者根本寥寥。

我也看过那张贴在系楼公布栏的招聘启事几次，但就是提不起勇气应聘。

张映风的要求很简单，下午五点上班，打扫卫生和整理档案夹，七点后可以做自己的事情，但是要在十二点过后才下班。工资是肯德基等快餐店时薪的两倍。

如果应聘这个工作，可以得到不错的酬劳，也不辛苦，最重要的是，还有时间做自己的事情，可以接点外面的活计到档案室里面画。这实在是一份不错的兼职，只可惜老板是张映风。

结果最后张映风还是招不到人，他自己来找我，问我要不要干。

我犹豫了一刻，终于答应了。不完全因为这是一份不错的兼职，更存在点讨好心理，希望他能发我学位证。

一如张映风所说，这档案室是一间小型办公室改造的。一进门就是一张很大的办公桌，深红的桌面没有放一点文具，上面落满了灰尘。桌子旁边放着几张沙发，还有一台饮水机，营造成一个小型休息室的样子。桌子后面有堵墙，墙后面是一排排的档案架，上面排放着整齐的档案夹，上面同样落满了灰尘。我看着这么脏的环境，悄悄吸了口凉气，一低头，发现地上数上来第二三排档案夹都放乱了，有些都掉地上了。

张映风对我说："这些就是你该收拾的。"

档案室最里面还有一扇小门，被五六重的档案架掩藏着。张映风告诉我，门里是杂物室，一般都关着，门锁也早坏掉了，打不开，要清洁用具得到楼层的厕所里拿。

我打量周围环境的时候，无意中接触了张映风的眼神，鸟一般的细脖子伸得长长的，尖削的下巴往前伸，嘴角浮现洋洋自得的微笑，眯成缝的细眼里，流露出冷酷的嘲笑和自得的表情。只有一只老鹰，盯着爪子下无计可施的猎物时，才会流露出这种表情。

这也许是个阴谋，但我无从选择。

我开始在这间档案室里上班了。花大力气搞好清洁后，发现环境还不错。室内有两扇窗，一扇对着学校的东湖，一扇对着校道，两扇窗户风景都不错，看静物久了就可以看人。而系里的人很少往这边走的，入夜后，这间档案室简直比图书馆自修室还安静。

不久后我还找到了一份替人设计公司图标的活。每天把那些档案夹擦一遍，把地拖一遍，我便坐在那张巨大的办公桌前开始设计。老板张映风最近很忙，不但没有要我们到画室报到，也不曾来监督工作，我乐得逍遥。

只除了，每次从设计图纸上抬起头来，看到学生情侣手牵着手笑嘻嘻地从校道上经过的时候，我总会想起甄眉。

想起她穿着一件桃红色的套头薄毛衣，站在绿树下，说我是个不错的人。

甄眉，真是好久没有出现在我面前了。

在档案室工作大半个月了，我也渐渐适应了，开始有了得心应手的感觉，躲在这间小小的斗室里，我居然觉得挺满意的。这天晚上，我画设计过于投入，突然被一些声音吓了一跳。抬头一看，墙上的钟已经快指到两点了。

我伸了一下懒腰，觉得今天的效率不错，打算到沙发上躺一下再继续奋斗。

刚一躺上沙发，那冰凉粘腻的感觉刺了我一下，觉得冷。同时脑子里突然想起，刚才我听到的是什么声音？嗯，好像是有人在打闹的声音。这么晚了，宿舍都关门了，怎么会还有人在打闹呢？

我还没有细想，那些声音又响了起来，而且越来越大，越来越清晰，这回终于听清楚了。

我猛地坐了起来。

那是几个年轻女孩子吃吃笑的声音。她们好像听到什么开心事情似的，叽叽咕咕地在笑，有人的声音清脆得好像银铃一样，有人的声音带点沙哑，听上去很有吸引力。她们全都笑得无忧无虑，畅快极了。

好奇怪！什么人在外面笑呢？难道是那些刚入学的大一生在开晚会吗？真是调皮的女孩子。

我打开门，走廊里只亮着一盏廊灯，惨白的灯光照在地上，什么人也没有。

我循声找去，越走离那些声音越远，转

头摸到安全楼梯，发现那些笑声离自己很近，但是已经没有路可以再走。

我想了想，头皮突然一炸，那些笑声，好像是从那间门坏掉的杂物室里发出来的。

我转身就往档案室跑，一推开档案室的门，我就感觉到一股寒气迎面扑来，那些寒气直往我的衣服里面钻，甚至感觉到自己的骨头也冻得发抖。我不禁又打了个寒战，不祥的感觉再度浮上心头，我把桌上的东西匆匆丢进书包里，关上档案室的门，跑着离开了系大楼。

一直跑到校道上，校道两侧的路灯把昏黄温暖的灯光照了一身，我才觉得没那么冷了，不禁回头看了看我逃出来的档案室。

没有什么异样啊，我的目光游离，突然，我全身的血液凝固了。

那扇正对着这边的窗户里透出一个女生的面容，她的脸色很苍白，眼珠深深凹陷在眼眶里，幽幽地盯着我。

早上醒来的时候，我的头痛得像要从中裂开两半。昨晚的噩梦将我压得喘不过气来，醒来好久还觉得胸口好像压着一块大石头似的。但是我却完全记不起噩梦的内容。

我想昨晚看到的和听到的大概是我用功过度所引发的另一个噩梦吧。

但是当下午五点，我心情复杂地再次推开档案室的门时，一眼就看到了墙上鲜红的“3”字。鲜红的颜料淋漓，从一人高的墙上一直淌到地上。我心里突然一阵气愤。一定是昨天晚上某个女学生的恶作剧！这回有得清理了。

我去找张映风，问他档案室的钥匙还有谁有，在知道那份钥匙还有一条挂在系办公室的墙上，很容易得到时，我点头说：“果然。”

回去后，我花了大力气去刷洗那些颜料，很明显里面添加了某些化学药剂，经过十几个小时，那颜料还没有完全凝固，还是粘腻腻的。最后我把颜料刷洗掉大部分，准备等墙干了，明天弄点白漆再刷一遍墙。

忙完这一切已经晚上十点多了，手脚都有点酸，坐下来，我写了张大大的警告告示贴在门上。

刚贴好，张映风就来了。这还是他请我工作了这么久后，第一次来看我。

他认真地看了遍我写的警告，问我发生了什么事情。我把昨晚听到的声音、看到的女孩，还有今天出现在墙上的红字都告诉了他。

他的脸上露出一丝慌乱，对我说："反正档案也整理得差不多了，往后你就提早一个小时下班吧。"说完，他头也不回地走了。

这是什么意思？我心里隐隐掠过一丝阴影。

"这里还真的有管理员呀！"突然一个女孩的头探进门来，张了张，看见我的时候愣了一下。

"是你呀，师兄。"女孩子落落大方地闪了出来。

我看着这个女孩子圆圆的脸蛋，不认得。

"去年入学的时候要接新生，你接的人就是我。"脸圆圆的女孩子说，"我叫李欣。"

"你还真敢来这里上班呀。"李欣又说，"难道你没有听说过这里的故事？"

"什么故事？"我有点紧张。

"这个档案室，以前是张映风的私人休息室。"李欣说。

"那有什么可怕的。"我装作不屑地笑了笑，"你要不要进来坐坐？"

"不要！"李欣猛的一退，把我吓了一跳。

李欣不好意思地吐吐舌头，"我不进来了，站在这里说就行。"她很害怕档案室，不敢踏进门内，就那样子站在走廊里告诉了我一个可怕的故事。

档案室以前就放着这么多的档案，但是从来不需要专门的管理员，因为档案室的使用者喜欢带他的学生来这里，而那些清一色都是活泼可爱的女学生。她们心思灵巧又勤劳，每次来都会把档案室打扫得干干净净，

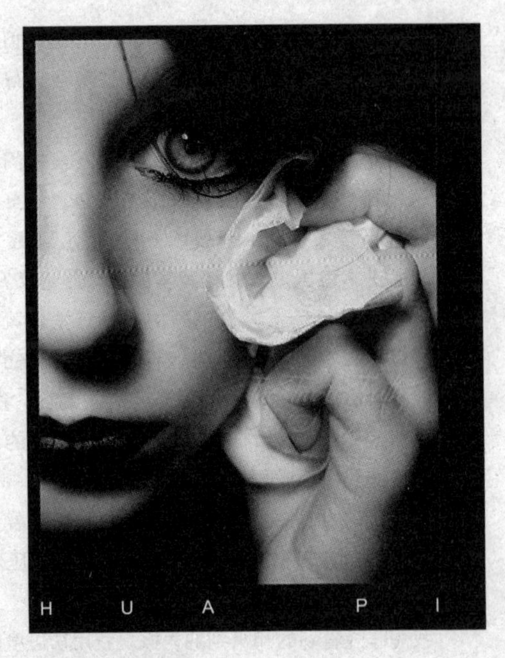

整理得整整齐齐。

张映风那时候才是个副教授，但是粘着他的女生就很多。早个十年，大学生们都是包毕业分配的，他虽然只是个小小的副教授，但是手里却掌握着毕业生毕业去向分配的权力。张映风的坏名声，就是从那个时候开始响起来的。

后来终于出了事。一个快要毕业的女孩子平白失踪了。她寝室的同学说她是接到一个电话才匆匆跑出去的，但是现在她连人带手机都失踪了。她的男友急得发疯，还被公安叫去屡屡盘问，精神快要崩溃了。后来一次问话中，突然眼睛发直地喊："我知道是谁！一定是那个狼心狗肺的张映风！他说要给王茜留校名额！"

公安既而去调查张映风，果然那段日子王茜屡次主动去找张映风，当天还有人看见她在张映风的档案室里出没。但是单凭这些，都无法成为定罪的证据。

王茜的案子最后还是不了了之了。

张映风就从那时候起，不再教本科生，改为带硕士班，而从此也就没有女生敢报他的班了。

“但是这跟档案室有什么关系呢？”我奇怪地问，“难道那个女生是在这里失踪的？”

这么一问，李欣的脸色就有点变了。

她拍拍胸口说：“你别打岔，先让我说完。”

女生王茜失踪的案件虽然当时在学校里传得沸沸扬扬，但是警方无法破案，事情始终无法解决，日子过得久了，舆论便慢慢放过了当事人。

直到某一天，大家在档案室里发现了一个被关在里面的人。

我头发一下子竖了起来，“王茜！”

“不是。”李欣撅了撅嘴，“是一个男人。”

那时档案室已经基本脱离了私人休息室的功能，出事之后，张映风关闭了档案室以避风头。大家觉得那里是个不祥之地，也很少打那边过。直到有一天，两个男生在校道上比脚法，一个不小心把球踢进了窗户，掉进系楼来了。

两个男生进来捡球，经过一排大门紧闭的办公室，忽然听到里面传出奇怪的声音。窸窸窣窣，好像一个大虫子在地上爬，身体摩擦地板发出的声音。

两个男生比较胆大，起了好奇心，便从窗户看进去。空旷的办公室里面没有人。两人又发觉声音似乎从隔壁传来了，便一间挨一间地看过去，结果每看一间都觉得声音是从隔壁传来的，就这样越走越远。

说也奇怪，办公室里面全是空的。

准备离开的时候，他们听到声音原来是从安全楼梯另一侧的档案室里发出来的。

两个人对看一眼，心里都有点发毛，但是都看了那么多间了，这下也不缺最后一间。但是这最后一间在走廊上并没有窗子，要看里面，得

绕到校道上去。

两人拿着球，出了系楼，站在人来人往的校道上时，心一下子安定了很多，决定去看那间档案室。

两人隔远从窗户往里望，没见人，但细心一听，那奇怪的声音确实是从里面传出来的。两人便把脸贴到玻璃上，视线往下扫。

“真的有人啊！”两人跳了起来，飞一般跑去找老师。

把门打开，里面有个男人躺在地上，没有被捆住，但是手脚都软软的不能动。看见有人来了，男人就把脑袋往地上一拱，躬起身体，肉虫子一般一点点地往沙发下面蠕动。

男人旁边放着一个袋子，袋子里面放了两部手机还有个电子辞典。

“是小偷！”老师立即叫保安来。

地上的男人“呜呜”地哭了起来，哭得很伤心，一面哭一面大叫：“求求你们让我离开这里，求求你们！我在这里再待一分钟就会死了。”

众人七手八脚地把他拖出休息室，发现他下身全都湿了，散发出阵阵臭气。

男人瘫在走廊上喘了几口气，脸色才没有那么像死人，但仍然苍白得吓人。

这时张映风闻风赶来，怒道：“你这死小偷，居然偷到我的头上来了！”一面说一面往小偷身上踢了几脚。

小偷虫子一样在地上滚了几滚，身上又掉下来一只手机。这只手机是红色的，韩国的VK560女式手机。

张映风一看到这只手机，脸色立即变得很难看。

这时学校保安来了，把男人拖走，所有的证物都放进那个袋子里，准备一起交给公安处理。

张映风一直盯着那个袋子，眼神很古怪。

后来那个小偷的供词流传开来。据说他在学校潜伏了一段时间，在教室里不停游逛，找准了机会，趁几个晚自习的学生上厕所的时间，偷走了他们的手机和电子辞典。他觉得系大楼里面应该有不少值钱的东西，就趁机进来看看，看还有什么东西可一起拿走。

小偷走进系大楼的时候已经是晚上十点多了，大楼里的廊灯也刚好坏了，过道上漆黑一片，只有走廊末端的厕所的灯光隐隐地透出来。小偷对这种环境很满意，就算廊灯没有坏，他也会马上把灯关掉的，现在里面黑糊糊的，外面的人就更不会注意到里面有人了。

他揣摩着找了间最大的办公室开始撬门，然而里面不过是一间公共的办公室，他连撬了几个抽屉也没有发现什么值钱的东西。对了，只有那种私人的办公室才会有值钱的东西。小偷一面想，一面想找一间最小的办公室。

最后他在消防楼梯下面发现一扇门，按墙的面积来看，里面是一间小型的办公室。他开始撬门。突然他感觉到脖子上凉凉的，好像有人对着他的脖子吹气。他猛地转过身，用手电筒一照，身后什么都没有。一定是做贼心虚了，小偷继续撬着，终于打开了小办公室的门。门一打开，一股凉气扑面而来，好像迎面打开了一个大冰箱似的。小偷打了个冷战，随即看见了一张巨大的横在门前的办公桌。小偷心头一喜，便去撬办公桌的抽屉。谁知这些抽屉竟然比大办公室里面的更空，里面空空如也，什么都没有。小偷气得狠狠地把抽屉拍上。

就在他准备离开的时候，门外传来轻轻的脚步声。

小偷吓得连忙缩了回来，蹲在办公桌下面，心里不断祈求那人快走过去。

这么晚了，还有谁会来系楼呢？难道是保安？一想到这里，他的冷汗直冒。

那脚步声走到门外，突然就停住不走了。

难道那个人发现门被撬开了吗？小偷紧紧地抓住手里的袋子和手电，袋子里面有撬门的工具还有把铁锤，必要的时候，就得把锤子给掏出来了。

他紧张得血液都要凝固的时候，忽然听见那个人在门外说起话来。

是一个年轻女人的声音，自言自语的，低声细语，还咕咕地笑。

小偷壮着胆子，往打开的门缝里挪过一只眼睛。他看到一个苗条的背影背着门在打手机，那个女孩子头发乌黑，发尾挑染了几绺调皮的金色，身上穿着一件淡粉色的衬衣和蓝色的牛仔裤，看样子是个学生。

这时小偷的心里很矛盾，一面想这个女学生打完电话就走了，他再躲一下就可以顺利离开；一面又想一不做二不休，从背后把这个女孩子打晕，再把她的手机也抢走。

正在矛盾不已，那个女学生忽然缓缓地转过脸来。

那是一张怎样的脸哇！小偷顿时吓得半死。

女孩子的脸上没有一点血色，死白死白的，稍稍凸出的眼睛却是红的，红得好像两个血球，似乎里面充满的血液随时会涨破眼球飞溅到他的脸上。她的嘴唇很薄，却是乌青的，唇角还淌出一条青黑的细线。

小偷张大嘴惨叫，却无法听到自己发出的声音。

女孩子向他一步步走过来，他想往后退，但手脚都不听使唤，身体软得像被抽掉了脊骨，动也不能动。

在女孩子把那个红色的手机塞到他衣服胸前的口袋时，他觉得那个女孩子的手冰凉

冰凉的，硬得像石头，寒气透过衣服抚摸着他的心脏。他一下子晕了过去。

后来小偷的供词并没有被采用，他被认为是精神出了问题。

小偷偷到的手机和电子辞典都交还了失主，只有最后那部红色的手机无人认领。这部手机里面的手机卡早已经被取出来了，里面所有的记录也已被消除，外面也没有什么附带的手机附件，唯一的特别之处就是手机的背面有一道很明显的刮痕。

那个小偷后来被判定精神不正常，警方最后把他送精神病院。至于那部无人认领的女式手机，就放在系办公室里，由校方保管，等待它的主人自己出来认领。

本来事情已经告了一段落了，然而某天当系主人打开系办公室的门时，却发生了一件很恐怖的事情。

放着那部手机的保险柜上面，用鲜红的颜料写着两行字：把手机还给我，我是王茜！

说到这里，李欣瞟了我背后墙上淡淡的痕迹一眼，说："那些颜料好像跟你刚刚擦掉的一样。"

"那是谁写的？"我的声音有些发抖。

"你说呢？"李欣苦笑着看着我。当我们的目光相触的一刹那，我感到一股深深的寒意。

王茜的同学和男友都说，王茜用的确实是这款手机，不过，她用的时候，还没有出现那道明显的刮痕。那时学校里用手机的人不少，但是用这款的人却又不多，然而这部手机什么特殊印迹都没有，上面干干净净，甚至除了小偷的指纹也没有第二个人的指纹了，根本无法证实是王茜的。

至于那个小偷，后来他的手脚后来慢慢恢复正常，据医生说他是被长时间束缚导致血液不流通，如果不是被及时解救，很有可能会导致组织坏死，那就永远不会恢复过来，只能截肢了。

最后李欣说："那个小偷被发现的时候，身上根本没有被捆绑，医生说他被长时间束缚，那是根本没有的事。可是，他的手脚确实差点就因为血流不通坏掉了。那么到底是什么东西把他捆绑起来的呢？"

第二天，我在刷墙的时候，李欣又来了。

她交给我一叠东西，里面有一些照片，还有一些复印的文件。

我看了看那些东西，都是关于当年王茜失踪案的。我掂了掂那个大信封，问她："这些东西你哪里找来的？"

"你就不用管了。"李欣说。

"那可不行，万一是公安局的绝密材料，那岂不是……"

"你放心，真要绝密，也不会拿给你看。"李欣低声说，"我爸爸是校务主任。"

"哦，喔，呵……"我嘴里发出几个无意义的单音，"你为什么要拿给我看？"

"因为我希望你相信我，这间档案室真的很邪门。"李欣抬起眼深深地看着我，"我真的不希望你再在这里干下去了。"

李欣对我的关切，明明白白地从她的眼神中流露出来。我想她那么害怕这间档案室，昨天却突然出现在门外，一定不会是偶然经过，她也一定不是突然把我认出来的，她多半是注意我已久，特地来劝我辞工的。想到这里，我的心里一阵感激，正想告诉她，我决定今天把墙刷好，明天就去张映风那里辞工。这时门外突然有人喊我："王景！"

我一看，竟然是甄眉，她把一只雪白的手放在门框上，懒懒地斜倚着门，笑眯眯地看着我。

我直盯着她看，什么话都忘了说。

李欣看看我，又看看甄眉，明白地叹了口气，"师兄，我先走了。"

我的知觉全被甄眉吸引去了，忘了跟她说了什么，或者什么也没有说。李欣转身就走了，留下了我和甄眉。

"这些日子，你到哪里去了？"我问甄眉。深深的思念，担心过她，也有淡淡地怨恨过，但是现在那些感情全都变成天上的浮云了，因为那个人已经真真切切地站在我面前了。

甄眉只是微笑，不回答我。

"你不在模特儿公司上班了，是找新工作了吗？"

"你还在那个地方住吗？"

"你最近……过得好不好？"

我问了一连串问题，甄眉却一个没有回答。

最后我看见她脖子和手臂上的创可贴都取了下来，原来可怕的淤青也消失了，只留下一个淡黄色的痕迹，好像是原来的疤痕揭去，长出的新肉似的，但是对比旁边洁白的肌肤，反而好像旁边那些洁白细嫩的肌肤才是新长出来的一般。

甄眉看着我只是淡淡地微笑，目光闪烁，波光潋滟，她美得让人的心肝脾肺全都融化。

一股热流直冲到我鼻子里，忍不住一把抓住她洁白的手臂，声音哑哑地说："你的身体……痊愈了……"

甄眉任我抓住她的手，她的手臂温度很凉，好像穿不够衣服。我想拥她入怀，她却不动声色地将手臂抽了回去，笑着说：“是啊，修补好了。”

我一愣，才知道她说的是那些淤青，但是她的意思是在暗示她心里的伤痕吗?

后来甄眉常常来档案室找我，档案室竟成了我们约会的地方。我再也没想过去辞工。

她经常帮我收拾东西，有几回缺少工具，我想打开杂物室找工具，都被她拦阻了，很快她就会从别的地方找来工具。她对这地方比我更熟悉。

有一天，李欣来教室找我。盯着我定定地看。

我不自然转过脸去，“我是丑了还是帅了? 还是脸上开了花?”

李欣摇摇头，“我本来以为你正走桃花运，一定满脸春色，谁知却惨白惨白的，像头僵尸。”

我一愣，最近照镜子，确实发现脸色发青，眼底也看见隐隐的黑眼眶，虽然两眼里火苗一般窜着喜色，但也遮掩不住憔悴的神色，这两天嘴角竟还起了一溜小疱。我从小到大皮光肉滑，当同龄人满脸青春痘火山一般爆发时，我却是阿尔卑斯雪山一般高洁，出现这些小疱还真是头一遭。

我摸了摸下巴，“也没那么夸张吧。”

李欣侧侧头，“我也不好说什么，不过你还总是待在那个地方，不害怕吗?”

我笑了笑，“平生不做亏心事，半夜敲门也不惊。”

李欣沉默了一阵，突然说：“那天找你的女生是你女朋友吧?”

她的语气有点苍凉，但却问得我沾沾自喜，“那个……朋友吧。”我掩不住嘴角的笑意。

李欣轻轻说：“你不觉得她的脸色苍白得不大正常?”

我愣了愣，“不觉得。”甄眉的肤色是最吸引我的，从第一眼就被她的肤光胜雪吸引住，反而容貌未加留意。

“一点血色也没有啊。”李欣叹气，“上次我从她身边走过，觉得冰凉冰凉的。”

我想了想，“甄眉她或许有点贫血，下次得打点猪肝汤让她补补。”

李欣静静看了我一阵，叹了口气，“也难怪，她那么漂亮……嗯，你小心。”她要走了。

我没有留她。

李欣的心意我很明白，她对我也很关心，但是对于甄眉，她是不是顾虑太多了？

她一直替我担心，但是现在的我已经豁出去了。

有怪异事件发生的档案室，跟失踪案有关的导师雇主，甚至，不知能否到手的学位证……这些全都不再重要了。在经过那么长一段时间的思念煎熬下，甄眉失而复得，我怎么可能再次放开她。

我在档案室工作了两个多月，快满三个月的时候，张映风突然让我得到了学位证。隔了一步远，他把证件抛到我的桌面上，什么也不说，只是笑笑看着我。我知道同窗中有人为了得到学位证，已经送了不下于一万块的红包，想不到头一个得到学位证的人竟然是我。事后回想，张映风的这个笑容实在意味深长，咧着有点干瘪的嘴巴，露着黑黄的烟牙，眯着小眼睛，似乎完全换了一个人。他狡猾而阴险地盯着我，像狐狸盯着刚从他爪下脱逃的小鸡，有点讥讽，更多的是不舍。

他舍不得让我毕业？不管什么原因，我猜肯定不是因为我们感情太好。

但我当时没有多想，这个意外实在让我惊喜异常。当天晚上，我抱着甄眉笑得快要流出眼泪。嘴里不住地说："我马上就毕业了，我可以找工作了，我不用再看别人脸色了……我很快就可以赚到很多钱……我可以养活你。"

"那真好！"甄眉看着我，眼睛亮晶晶的，"王景，我真喜欢你，你是我第一个喜欢的人。看到你这么高兴，我的忍耐也就值得了。"

"忍耐？什么忍耐？对了，甄眉，我一定会赚到很多很多的钱，我答应你，我一定不会让你受苦了。对了，还有小铁，不要再让他拉车了，他应该去念书。"顺利拿到心悬已久的学位证，再加上前段日子的努力工作，做出的设计得到雇主的好评，已经收到请我到他们公司工作的邀请。本来崎岖的前途突然变得平坦光明，就如当天小铁带我走的那段路一样，我对未来生活的信心大增，开始大开空头支票。

甄眉陪我笑着，她的话自重逢后就少了很多，大部分时间只是默默地看着我。而今天晚上，她比平时更沉默，看着我的眼神有着隐隐的哀愁，但是兴奋过度的我完全没有留意到。

我们兴奋地说到半夜，说是我们，其实就是我一直在说，甄眉默默地在听。

夜越来越深，甄眉突然站了起来。

我连忙也站起来，"你要回去了？这么晚了，不如在这里过一个晚上。"

甄眉什么也不说，突然开始脱衣服，她脱衣服的动作轻盈优美。

我吓晕了，看见她洁白如玉的胴体再度呈现在我面前，我的脑袋轰轰作响，一片空白，再也无法思考。

过了好一阵子，才听到甄眉对我说："我想求你一件事，想好久了。"

我的脑袋里面好像放进了一千只蜜蜂，

在脑壳里嗡嗡乱撞，“什么事？”我迷迷糊糊地问。

“替我在背上画幅画吧。画个美人，不要像我的样子……我老是觉得自己不够漂亮了。”甄眉徐徐背转身子。

她的背上赫然有一大块淤青，就像之前在她手臂和脖子上出现的一样，但是面积比那两个加起来都要大，有拳头大小的样子，看上去很严重。

我的头脑一醒，失声问道：“你的背怎么啦？”

“皮出了点问题。”甄眉苦笑，“所以想请你帮忙画个美人遮挡起来。”

完全清醒了，一把抓住她的手臂，“我带你去看医生！”她的手臂还是冰一样的凉，突然我想起李欣说过的话，心里咯噔一下。

“小事。”甄眉缩回手臂，“替我画吧，我一直想知道那个人体彩绘是怎么一回事。”她很固执，“如果你不肯替我画，我就找别人了。”

我连忙说：“好，我替你画，但是你要答应我，让我陪你看医生。”

甄眉静了一下，眯起眼睛打量我起来，这个眯眼的习惯也不知跟谁学的，以前刚认识的时候是没有的。不过她眯起眼睛的时候，眼神变得很温柔，虽然带着点嘲讽的神气，不过我想那是因为她长得太美了，长得太美的女子都让人觉得倨傲，难以亲近。

她打量着我，浓密的，带着貂皮光泽的眉毛轻轻蹙了起来，她这副薄嗔轻愁的样子真是美丽。她对着我，无声地点点头。

我打量着那块淤青，还是第一次近距离看甄眉染病的肌肤。只见这块东西说是淤青，不如说是黑斑，中间的颜色最深，黑得像墨一样，蔓延到四周，周围一圈便如渐淡的墨色。我本来以为是一种皮肤病，但是皮肤病多半是发炎引起的，表面至少会凹凸不平，不会像这块黑斑这样外表平滑。这块黑斑，竟像是身体里面生了病，从皮肤那里开了洞，透露出里面的病变似的。

我越看越心惊，忍不住问甄眉：“你的背这样子已经多久了？”

甄眉淡淡说：“很小的事情！”

我被她满不在乎的态度惹到了，大声说：“这样子下去不行，一定得去做个全身检查。甄眉，我这几天都有空，明天我陪你去医院吧。”

甄眉回头看了看我，“明天不行，后天吧。”她没有再坚持，而是平静地答应了。

得到甄眉的承诺，我镇定了心神，开始慢慢调颜色。

甄眉的身体明显染病了，皮肤出现了病征，那是医生看病的重要依据，我不能用太浓的颜料，免得引起皮肤感染，终于挑选了淡淡的水彩。

那块拳头大的黑斑，我染上一层淡淡的墨色，变作头发。

“不要画成我的样子，我不算美女。”甄眉再次强调。

“但是在我心中，你永远是最美的。”我说。

我在甄眉的背上画了一个坐着的美女，鹅

蛋脸，丹凤眼，远山眉，樱桃嘴。想起李欣说甄眉没有血色的话，我在美女脸颊上涂了淡淡的粉色，这么一来，脸如桃花，小嘴点上朱红便会太俗，于是我调了紫红色。

美女的样子还是很像甄眉，因为甄眉在我心里是唯一的女子，怎么画也无法摆脱她的形象。考虑了一下，我给美女画了一身唐装衣服，这样感觉就跟甄眉区别开来。

虽然甄眉很快就会去看病，皮肤上的这幅画马上就会被洗得干干净净，但是我不想让甄眉失望，这也是我第一次真正为她画的画。这幅画从深夜一直画到曙光初露，我自认为是我学画以来最成功的作品，那个人皮上的美女眉目宛然，间一抹艳紫，魅艳得似乎随时会跳到你的眼前。

画好了，我用外套裹住甄眉的身体，领她到厕所的镜子前面。

甄眉扭头打量镜中自己的背部，转过头来的时候，一脸感动。“真美！”她说。

听到她说这样的一句话，即使这是幅马上就会消失的画，但我还是觉得整夜的辛劳一点没有白费。

我伸手把她拉进我怀里，轻轻说：“甄眉，比不上你的美。”

我没有想过，这是最后一次面对着她喊她的名字。

她还是静静的，什么也没有说。

我俯头去吻她的头发，她的头发刚洗过，不知道用什么牌子的洗发水，有种清晨湖畔青草的味道。我的双臂紧紧环绕着她，觉得她的身体确实很凉，便想用自己的体温温暖她。她那美丽妩媚的眼睛看了我一阵，深深地低下头去，我的手臂感觉到有凉凉的水滴淌过。

那晚之后，甄眉又一次失踪了，这次是再也没有出现在我面前。

我们本来约好后天，也就是星期二早上陪她一起去医院看皮肤。

但是她失约了。

第二天、第三天，直到一个月后，我也没有看见到她的影子。

我越来越担心，日夜思念，偶尔会产生幻觉。

常常在静夜里会听到走廊上有脚步声，但是打开门一看，根本没有人。

有一天晚上，我在档案室里作设计，门外一种奇怪的“吱扭吱扭”的声音传了过来，似乎来自走廊外面。是甄眉吗？但这次不是脚步声，这又是什么声音？

听上去很像图书馆里常见的书车，能发出这种声音的，估计书车上面垒满了书。

难道是张映风推来了新的档案？不不，如果真的要增加新档案，他也会叫我去搬，怎么会亲自动手呢。

那声音突然停了下来，就停在档案室的门口。

这到底在搞什么名堂？要不要到门口去看看？

我犹豫了一下，还是忍不住走到门口，猛地拉开了门。

门外，的确有个车子停在走廊灯下，但那不是窄长的书车，而是一部平板车。准确来说，那大号的平板车更像是张解剖床，一块平板，接近两米长，架在一个四轮铁推车上。车子上铺了一堆白布，奇怪的是，推车子的人却不在左右。

我探头往四周看看，没有一个人。我的腿有点发软，这次到底是谁的恶作剧？

忽然，我感觉那外面的推车上有些可疑之处，那堆白布似乎有点凹凸起伏，远远地没有看清，好像是……

我又看了那车子一眼，走廊灯照在那块平板上的正中，凹凸起伏的白布上一片暗红的印迹。

难道是……

心中突然一阵恶寒，在恐怖片里看到的情节突然全都涌进心头。

正想关上门，走廊灯突然灭了。

我的心一阵紧缩，掏出了手机。

四周很静，我打开了手机翻盖。

随即发现，手机的荧光背景已经是我身边唯一的光源——身后档案室的灯也灭了。这应该不是大楼的保险丝突然烧掉这么简单吧！

我的双腿逐渐发软，肩膀抵着门框，不知道该往外走还是往里缩。那比黑暗更黑的阴影笼罩在平板车的周边。

我默默地合上手机翻盖，让自己也沉没在黑暗中。黑暗令人绝望，但有时也予人一种保护。

突然，头顶上方亮起了一盏灯，是刚熄灭的廊灯，突然重新亮起。灯光直直地照亮了下面的那张平板。一袭长发，从一侧的台边垂下，无力地荡着。

我像被鬼魇住似的，直直往那车子走去，掀开了那块洇红一片的白布。

面前这一幕是如此清晰，我的双眼顿时模糊一片。

是泪，还有血！

覆满甄眉身体的血。

鲜血溅满她身下的白布，也染红了覆身的白布，触目惊心。她背部的美女图消失了，代替那美女的是一团模糊的血肉，覆在上面的皮肤已经整片被剥去！

在我的心中，甄眉是最完美的女孩子，绝不应该受到这种对待，绝不应该有这样的命运。

这一定不是真的，这不过是我做的一个噩梦，这不过是受到恐怖电影暗示的一个想象！

我狠狠地拍打自己的脸想让自己清醒过来，但到了最后，我能做的，只有跪下来抱着甄眉的尸体痛哭，哭到呕吐，然后晕倒。

平板车上甄眉禁闭的双眼突然睁开，带着幽怨和怜惜。

我醒来的时候，发现自己躺在档案室的沙发上睡大觉。我条件反射地下地开门，走廊上空空的，阳光透过玻璃窗一直照在地上，没有车子，没有白布，没有血，没有甄眉。

我突然有一种想哭的感觉。

如果非得以这种状况相见，我宁愿……宁愿再也见不到她，宁愿祝福她在别处活得好好的。

甄眉不辞而别，从此再也没有到档案室找我。我的心思从失落涣散到强自振作，浑浑噩噩地毕业，最后到了那家作设计的公司上班，过起朝九晚五的生活。

工作两个月后，有一次回到母校，我迎面撞到张映风。我本来想趁他看到我之前先溜走了，但是站在他旁边那个女孩子长得很像甄眉，我震撼之下，跑不动了。

张映风跟我说，这位是王眉，你的未来师母。他意气风发。看到我脸色难看，他又露出了狡猾而嘲笑的表情，这时他的眼珠已经很是浑浊，还是习惯性地眯了起来，下垂的嘴角充满着得意无比的喜色，像是一个侏儒终于能踩到巨人头上所冒出的那种得意的喜色。他低声对我说："对了，甄眉现在怎样了？你的学位证还全靠她给你争取回来的呢。"

他狠狠地戳了我的痛处一刀。

两人离去，我站在原地还是无法动弹。这时，已经走了七八步远的王眉，我的未来师母，突然转头来对我笑了一笑。

我的脸色剧变，震撼难以形容。

乍眼一看，她长得确实很像甄眉，但是近看却有不同，她的肤色没有甄眉那么苍白，双颊有淡淡的晕红，看上去比甄眉健康一点。而这回眸一笑，我看清楚了，她唇上擦的是紫色的口红。

我好像被闷雷打中，再凝神一看，王眉身上穿的竟是一套似曾相识的唐装衫裤！

回去后，我发誓再也不到母校去了。

过了一段日子，偶然遇到过去的同学，闲聊之中，突然说到张映风。我阻止不及，只得听同学说下去。

张映风竟然失踪了。

前段日子他实在风光得很，勾搭到一个妙龄美女，愿意委身下嫁，张映风天天在校园里炫耀自己好事已近，谁知竟然就这样平白失踪。

警方搜查他的家、他的办公室，他的存折里有跟教授收入不符的巨款，还有些跟文化教育界要人交往的笔墨信函，不过这些东西随着他的失踪一点没少，全都存放在他家中。不该有的东西一点没少，还多了一点出来，警方在他的档案室里一间锁死的杂物房里搜到一些奇怪的东西。

那是些女子的用品，手表、发夹什么的，警方经过查证，那些东西所属的两个主人全都在人口失踪档案里面，而这些东西上面全都布满了张映风的指纹。于是警方转而怀疑这些女子的失踪，甚至之前的王茜失踪案全都跟张映风有关。

“现在越查越大了。”同学这样说。

我去找李欣。

李欣不计前嫌，从她爸爸那里把能找到的资料找来给我看。

我看到了警方拍到的照片。

李欣问我：“你看出什么来吗？”

我强作镇定，颤抖的双手互握，摇摇头说：“看不出来。”

我没有告诉李欣，那个手表属于我第一次去模特儿公司请来的模特儿所有，而那个发夹，我曾经看见戴在第二个模特儿的头上。

我也没有问李欣，假如当初我打开了那间杂物房，发现了这些东西，在上面留下了自己的指纹，警方会不会怀疑我是凶手。

李欣送我离开，一边说：“警方怀疑他的失踪跟他的未婚妻有关，但是那个女子跟他一起失踪了，怎么都找不到。如果能够找到，或许能够找到一些有用的线索。”

我苦笑。

当然找不到！

人就算有再大的本事，怎么可能找到一个画在人皮上的女子！

“哎，你知道吗？你来找我，我很高兴。”李欣低下头说，“尽管你不过是为了别人的事情来的。”

风轻轻地掠过她的发梢，她今天也穿了一件桃红色的衣服。

但是她为什么要低下头去呢？我想起手臂上那些冰凉的水滴。

“我以后还会来的。”我说。

阳光从枝叶的缝隙间漏下来，一片深深浅浅的绿。又是一个春天来了，但永远不会跟过去的春天一样。

黑色拼图

第四个真相

文\刘念夕

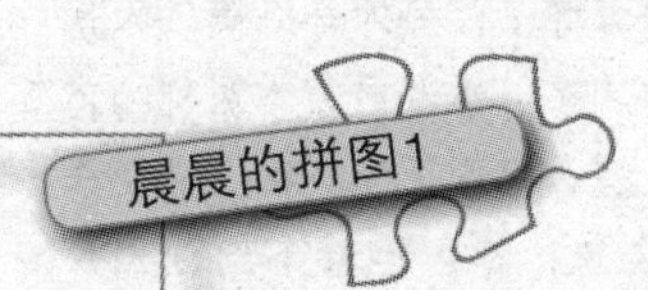

电灯泡炸了。

就在刚刚，我睡醒打算走出自己房间，听到头顶“噼！噼！！啪！！！”三声。

我仰头看了看，天花板上糊的旧报纸有一张估计是被那响声吓坏了，垂下了半边脑袋。

连它也炸了，我心里很平静。以前它就一直闪啊闪的，夜里起床尿尿特不方便，要拉绳子半天，它才会亮（跟刚睡醒的人反应一样慢）。

我的房间很小，却放了许多东西，墙上挂着爸爸妈妈的结婚照片。床很大，妈妈说这是当年她嫁妆的其中之一。我特别喜欢这个大床，有时晚上睡不着觉，我就会横着从大床的一边滚到另一边，反复这样滚来滚去，就很容易睡着了。

我很瘦，穿的衣服总是肩膀掉到一边。脸也是小小的，下巴尖尖的，像妈妈。很多人都说我长大了会和结婚照上的妈妈一样漂亮。

结婚照我天天睡觉前都会看很久。爸爸穿的是黑西服，妈妈穿的是

白长袖婚纱，手里拿着一束小花。两人般配极了。听妈妈说，他们结婚时家里来了很多客人，爸爸的同事给他做伴郎，妈妈的伴娘是学校时的好朋友方阿姨。

我看过那时拍的照片，有一张把伴郎伴娘也拍进去了。他们结婚在冬天，伴郎叔叔穿着衬衫马甲，站在爸爸后面，方阿姨穿着红毛衣靠在妈妈身边。照片上，大家都高高兴兴地笑着。

继续介绍我的房间。

床的四周有写字桌、大衣柜、书橱还有我现在旁边这只插着假花的大花瓶。本来花瓶有两只，分别放在客厅电视机旁边。后来有只花瓶被爸爸弄坏了，另外一只第二天就被妈妈放到我房间了。她说：原本对称的，现在就剩一个，怎么都看不惯。每次从花瓶边经过时我都会想：你再也看不到动画片了，心里一定很难过吧。我对它有种“同病相怜”的感觉。

那次爸爸回来见我在看“铁臂阿童木”，他拿起花瓶就扔。我躲开了，但后来我就再也没看过电视。

就连昨天下午爸爸没喝酒（他除了上班，不喝酒的时候很少）他喊我过去看，我都没去。

“‘美少女战士’你看不看？”他那时声音挺高兴，电视机开得很响。我听到水冰月在喊“给我月亮的力量吧”，她下一句肯定会说“变形”，每次都这样。

但我还是忍住了。我担心爸爸是故意考验我的，就回答“不了，我要写拼音”。于是爸爸就很扫兴地说“哦”。他立刻调到体育频道“拳王争霸赛”了，他喜欢看拳击。

——扯远了，我现在得走出房间。

实在太饿了，找点吃的。

穿过客厅的时候我没犹豫，虽然那儿有冰箱，但我知道里面只有酒，没东西吃。昨晚我就翻过了，只找到一个完全变形（可能是以前被菜盆挤的），也不知究竟放了多久的大番茄，我咬了一口，一股臭味，实在受不了就扔了。

爸爸妈妈昨天又吵架了。他们吵架是家常便饭，所以真正的“饭”就没人给我烧。后来全家在很冷淡的气氛下煮了冰箱里仅剩的三包方便面。刚吃完又接着吵，再后来他们就像以前一样都出去了。

肚子饿得咕咕叫，我把希望全部都押在厨房。厨房在西边，和卫生间挨在一起。它们看起来一样大，就好像原先是一间，后来被神笔马良拿直尺在中间画了一堵墙，就变成两个房间了。

用手摸了半天也没感觉到厨房灯的铃铛，我想可能是藏哪个酱油瓶醋瓶或者是油桶电饭锅后边了，就没再找。反正客厅灯开着，厨房也没那么暗。我家所有灯都要用绳子拉，妈妈很聪明，在每根绳子下面都挂了个铜铃铛，别的房间都挺容易，摸到那个铃铛就行了。厨房有点乱，就不大好找。

现在我在灶台边了，昨天煮面的那只锅正架着。我搬来小板凳站上去，满怀希望地把锅盖掀开，结果很讨厌：锅里只有一把勺子一点面汤。我用勺子把汤喝个精光。

更饿了。只能等爸爸妈妈回来再说——连厨房也没吃的。

我打算从小板凳下来，正好看到边上洗碗池里的情景，我为新发现雀跃不已。洗碗池里堆着昨晚吃面的碗，其中一个小碗里居然还有些面条。这碗可能是妈妈的，她一吵架就没什么胃口。我赶紧把小板凳搬到池子边，我站上去，用手够着把碗里的面条一根根捞出来吃。

我高兴地吃着它们，觉得自己实在太幸运了。

厨房门突然发出声响。我听到妈妈大叫我的名字："程晨！"

原来妈妈在家啊，我难为情地回头。

她却根本没有理会我的意思，嘴巴张得老大。我顺着她的手指看去，碗橱下有一个横卧的黑糊糊的东西。

"天雄！"这回妈妈喊的是爸爸的名字。

她一把将我从板凳拽下，嘴唇不住哆嗦，"他这是怎么了？"

我蹲下，难闻的焦味。看了好一会儿，终于从一截裤管露出的部分辨出。穿着沾我水彩笔颜色的白袜子的脚，是爸爸的。一把亮晃晃的菜刀正躺在他身体旁边。

穿着睡衣的妈妈盯着我看，末了她开始疯狂地笑。

"我的天哪！"她笑着，把我紧紧地搂在怀里。妈妈大颗大颗的眼泪掉在我手背上。

"赵总请这边签字。"阳光明媚的"素文化"办公室，身着制服、秀发垂肩的女子温纯道。

年轻俊朗的台湾老板赵牧乙朝她温和而笑，迅速地将字签好，"今天礼拜四啊，徐理事不是家里有事么？你先走吧。"

"嗯，谢谢老板体谅。工作部分我已经提前处理委托好了，那么我先走了。"女子合上文件夹，表情柔顺。

"需要我开车送你吗？"赵牧乙忍不住问。虽然还是上下级关系，但从三个月前招聘会见到她始，赵牧乙就确定自己找的那个完美伴侣非她莫属。尽管只是国内二类大学毕业，却自主独立，高中起就勤工俭学。而简历上充斥的一枚枚义工协会印章则传递出女子过人的爱心，在自己见过的所有浓妆艳抹里，她鹤立鸡群。尤其是那双眼睛，出奇地清

（注释：1n，日本常用的分隔符号，"进入之门"简拼）

澈，不染半分尘埃。第一次两人对视，他莫名有种熟悉，竟如前世见过。

这就是所谓的姻缘天定吧。

“不，谢谢。”面对老板关切目光，徐日落轻轻带上门。赵牧乙对她的心意，自己不是不了解，总是刻意不让他有机会挑明，只因她很清楚相比一份爱情，自己更需要什么。

我对爱情缺乏必要的信心。

徐日落自嘲般替自己总结，垂下细密的睫毛。

刚才公车上她脑海中总不自觉地浮现老板赵牧乙的身影，他穿衬衫的宽阔肩膀，突起的喉结，肌肉分明的手臂，手指如艺术家般修长，他身上那令人沉醉的湖泊气息，他专心想事时微皱的眉头，眉间的那粒小痣，他的眼神坚定，充满男性力量。

三个月前的招聘会，见到他的那一刹那，她几乎窒息。

她开始相信命运。

牧乙，你我冥冥之中早已注定。

“纠缠不休。”徐日落看着地上自己斜斜的影像轻声道。

出公司后她特地换了套淡蓝色的纯棉连衣裙，让自己洗净铅华，如邻家女孩。

她面前，开阔草坪在阳光下秋意正浓。

一株巨大而年迈的银杏树立在不远处。树下洁白长椅安详。空气中散发着小野菊的凉薄香气。这里是蒙城，她从小生长的地方，她爱这里。

“日落来啦。”一个拄拐杖的老人从她身边经过停下唤道。

“林伯伯好。”她回过神。

这个老人是这家医院的老院长，退休之后常见他一个人在这个草坪边散步。

“您最近身体还好么？上次那个药枕对您脊椎起到缓解作用了吗？”她亲热地拉住老人询问。

林伯的孩子都在遥远的澳洲生活工作，原本说也把他接去，但他坚持要陪已过世的老伴，就一直留在蒙城。

“用了你买给我的中药枕以后确实好多了，咱们日落真是心善的孩子。不过我又要批评你了，老大不小，是时候稳定下来，该交个男朋友啦。”老人慈祥地说。

“我不急，等我妈病好了再说也不迟。林伯您看见她了么？护士小姐说她来这儿了。”

“噢，让我想想。”老人一拍脑门，“嗨，我好像是看见她来着，在那——”

老院长指向那棵银杏树，“刚才我看见她在树底下蹲着，也不知道在干吗。你快过去瞧瞧吧。”

徐日落连声道谢，急匆匆地跑去。

林伯看着她的背影。若不是这些年专注照顾母亲，这个女孩早已结婚生子了吧。心生感慨，唯有一声叹息。

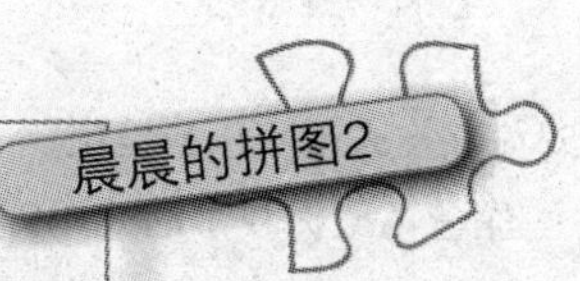

今天周笑笑跟我说她决定去广东了。

周笑笑是我同桌，头发卷卷的，大眼睛很漂亮，人也很大方，总是和我合用蜡笔还有她“迪斯尼”牌橡皮擦。她跟我说这话的时候，眼睛里好像下了场大雾。

昨天老师找她谈话，回来眼睛就通红的。放学时她跟我说，老师找她是因为家里的事。

“我爸爸妈妈要离婚了，张老师问我想跟谁过。”她说。

“那你怎么想的呢？”我咂咂嘴问。

“我喜欢爸爸妈妈，不想和他们任何一个分开。”她就哭。

周笑笑平时跟她名字一样，动不动就笑，现在这样，我心里有点难过。

“晨晨，你说大人们为什么要离婚呢？”周笑笑一边拿面纸擦眼泪一边问我。她家很有钱，爸爸是开车行的。

我平时上学都是带草纸，擦墨水，擦鼻子，擦嘴也用它。

“不知道…反正我家不会遇到这事。你好好想想吧，做个决定。”我不知道该怎么安慰，就学大人的样子拍拍她肩膀。

没想到今天第二节数学刚下课，她就已经做好决定了。

“老师早上偷偷跟我说，让我跟着爸爸，这样可以少吃点苦。”笑笑一本正经地跟我说。

“是吗？”我反应有点迟钝。

“我觉得张老师说的有道理。”她从书包掏出个东西塞在我手里。

“晨晨，你是我最好的朋友，我要走了，送你个礼物吧。”

我看了看，非常惊讶，是一块电子表，以前看笑笑戴过。那表是名牌，带闹钟、夜光、防水一大堆功能，要好几百块钱。是上个月笑笑过生日时，她香港的阿姨送给她的。

“你有了它以后再也不用担心上学迟到了。”

笑笑真是把我当成好朋友看待呢，感动油然而生。我把表戴在手腕

上，心中也升起对好朋友未来不小的担忧。

“你不怕……你爸再给你找个后妈吗？”最近电视剧都在放那种，后妈超凶，一边拿衣架打一边叫小孩子“拖油瓶”。

“我已经想过了，我不怕。”周笑笑认真地回答。我看着她，等这个我们班成绩最好的女生给出理由。

“大不了把后妈杀了，这样就好了呀。”她笑嘻嘻地说。

“妈，你在做什么？”巨大的银杏树下，徐日落担心不已。

母亲佝偻着身形，正用手不住地刨着树边的泥土，已经挖成了一个小坑。

听见声音，她回头，将颊骨凹陷的脸凑近，手放唇上，“嘘。”手依旧重复动作，“我要把它再挖大点，躲到里面去。”

“妈！”徐日落感到毛骨悚然，“你躲到坑里去做什么呀？”

“他们让我对谁都不要说的，嘘。如果说出去，他们就把我用剪刀剪掉。”母亲说完警惕地打量四周，手朝空中比划，“那么大的剪刀，咔嚓咔嚓！把我一片一片剪掉！”无神的双目此刻显得无比骇人，枯瘦的沾着泥土的手，如即将腐烂的树根。日落心里一急，脱口而出：“妈你别疯了，究竟怎么了？”母亲被她吓得坐下“嘤嘤”地哭起来。

“你别怕，告诉我，是不是出什么事了？”日落从包里掏出湿纸巾，心存愧疚地替母亲把手擦干净。她又拿出一粒酥糖剥开，这是母亲入院后最喜欢吃的。母亲看见糖果然乖乖张嘴，安静下来。

短信铃声响起，是赵牧乙。“徐理事记得今晚来我家吃饭，等你。”他刚做完心脏搭桥手术不久的母亲今天生日，多金的父亲赵翰于是专门办了个晚宴。她也在被邀请之列。

“我会准点到。”简短回复。对方又发来一个“可爱状”动漫表情。这次她没回。

只是一周没来，徐日落合上手机。眼前更让她心烦意乱。

“我不能说的。”母亲仍如孩童般皱眉，“除非你跟我保证不告诉他们。”

“好吧。”日落无奈地答道。待会儿一定要问清楚他们是谁，她想着，将母亲扶起。母亲诡异地凑到耳边嘀咕了几句。听的人不可思议睁大眼。

另一个方向。

位于蒙城郊区的第二精神科医院，老院长林伯散完步想去附近买份晚报带回家看。

他拄着拐杖经过草坪边的停车场，右拐再走一分钟就到住院部楼下的那个小超市了。

毫无预兆，一辆北京吉普迎面驶来，引得尘土飞扬。他赶紧侧身躲避。

车在停车场停定，老人不满地看了眼吉普车牌。

他从怀里掏出一方手帕开始猛烈地咳嗽。

晨晨的拼图3

今天是周笑笑在蒙城的最后一天，明天她就去广东了。

下午我们班开了个班会，欢送她。大家把她簇拥在一起，拿同学录让她签名，像对待明星。还有许多人给她送礼物，张老师送了她一本《海底两万里》，几个跟笑笑平时要好的女同学，都哭了。

前排同学跟我说广东很热，我们这冬天冷得穿棉袄，广东人只要穿件长袖就行了。那里路边还有很多椰子树，也不知道是真是假。班上还在传，说广东人喜欢吃蛇，把蛇头剪掉，皮剥光了炖汤，真是太可怕了。

“我不会吃蛇的，爸爸说广东有芒果。那个你吃过吗？很甜的。我只要天天吃那个就行了。”周笑笑对传闻不屑一顾。自从想清楚跟她爸爸后，周笑笑就像换了个人，很冷静。

可我还是有点担心，“你要记得给我写信啊。”

“嗯，我会给你寄好看的明信片，还有大芒果。”背着满书包礼物的周笑笑和我并排走。

口袋里有六块三毛钱，全部家当。为了这个数字，我一星期没买早点。我下定决心给周笑笑买个礼物，就让她放学后陪我逛街。

我们正隔着商场的玻璃柜看里面放的芭比公主。她金色的头发，睫毛长长。可以换四套衣服，三双鞋。有梳子有小包，还有沙发和床让她睡觉，标价一百六。

“好可爱呀！”周笑笑说。我立刻意识到她喜欢的东西我根本买不起。我觉得很难堪，就掉转方向说：“我们再看看别的吧。”

她回答“哦”，但脚动都没动还站那。

“晨晨，那个……不是你爸爸吗？”她突然喊，吓了我一跳。

“在哪？”我赶紧抱书包蹲下，这次是笑笑吓了一跳。她赶紧跟我一起蹲。“你很怕你爸爸呀。”她轻声说。

“我告诉你过吧，我爸爸以前是练拳击的，还拿过全国大赛银奖呢。”我装作很高兴的语气。爸爸运动生涯退役后，就一直在一家健身房做教练。我也想为这自豪，只要爸爸别总像打沙袋那样对我。

“怪不得他看上去很壮呢。”不了解情况的周笑笑用羡慕的表情看我，“边上那个是你妈妈吧，很年轻啊。还是你好啊，爸爸妈妈都在身边。”

“我妈妈二十岁的时候就生了我，当然年轻了。”我骄傲地朝她手指向的地方看去。

寂静午后的医院走廊传来二人的脚步声。

“老朴，我真的不大喜欢这里。”落在后面的女子慢吞吞地道。

头顶，墙壁，四周都是白和天蓝，颜色是真健康，是真舒缓，但她怎么打进来起就汗毛直竖呢。只怪被恐怖片毒害了，老是有这种医院背景。唉！

“喜欢精神病院的人才奇怪。”朴迟苦笑，“小雀你就当过来参观。”

“我放着好好的酒馆不开，陪你跑到郊区参观这？”女子声音提高了不少，但步子还是差前面人一大截。

“又抛脑后了？！女人最重要的是什么？”有着一身黝黑肤色的男警回头反问。

“温柔……爱心和耐心。”女子无比沮丧地答。打上回凌正人那案结掉，王作家返回上海，她就一直被眼前人抓着那次“精英相亲会”的事做把柄。

“看见书上写的没？做女人就要温柔似水，要有爱心耐心。这样才能找婆家。不然我倒要看看下次还会有谁救你。”当时朴迟除了送上嘲讽笑容，还有一本书。

自从应小雀翻开她的“礼物”——《精致女人的必修课》第一页起，她就感觉自己被无底洞套牢了。

精致女人……上帝啊。

“我是觉得这事你们立案查就好了，我没这个必要掺和不是？”她“耐心”地赔小心。

这不是没法立案嘛，朴迟直挠头。

“医院昨天丢了个患者。要是让媒体知道，肯定会这样报道：精神病院监管不严，又跑出个疯子危害社会。”

——想起中午电话里自己朋友苏舟向他诉苦的口气，朴迟只好打定主意拉上对方指定的“著名侦探”再“寻”回人。

尽管这次要挖地三尺的不是精英，是女疯子。

推开走廊尽头那扇门，苏舟早已在办公室里泡好了茶。

“你们总算来了。”他迎上道。

应小雀定睛看去，仅27岁就已成为这家医院副院长的苏舟，戴着副黑细框眼镜，黑色西服露出清爽的柠檬黄衬衫领，果然气质不凡。

“你好，我是应小雀。”她伸出手。

“在下苏舟，常在报纸上看到你的新闻，久仰大名。你今天非常漂亮。”对方绅士握起，五秒后放下。

你不会也是看了那篇“蒙城女侦探与名作家相亲纪实”的“新闻”才久仰的吧？应小雀感到口干舌燥。

“丢的那名患者资料你们准备好了吗？”为掩心虚，她赶紧喝了口茶坐下。

“你小子现在混得不错啊，单独享用间办公室。”同伴还在参观。

“朴大队长还管不管事了？”应小雀没好气地说。

“呃，来了。”朴迟觉醒。

苏舟宽厚地笑笑，将文件夹递上，“这就是那位患者的所有资料，涉及隐私，所以还请两位看完保密。”

“懂的。”朴迟正声道，接过打开。

资料上的两寸照片说不出的朦胧，一名女子清秀如画像，发丝柔顺，只是眼神奇异，像一支没有芯的火烛，又像能淹没一切的碧湖。尽管空洞，却那样地美。

“她叫宁夏。”苏舟缓缓地道出患者栏的姓名。

“24岁，患间歇性精神分裂症，入院两年，未有家属探望。通过治疗但病情并未得到多少好转。患病原因是该女大二期间曾目睹同学坠楼死亡，持续压抑并最终导致病发。出事前住在东区楼3010号单人病房。”跟自己一般岁数，应小雀念及心生感叹。

“昨天下午吃药时还在，精神状态也算正常。到了七点半护士送饭，发现已不知去向。应该是趁七点二十分护士交班无暇顾及时走丢。随后院方连夜展开搜寻，但一无所获。”朴迟翻阅着值班护士记录。

“有没有可能已经出医院了？”他问，

却遭到苏舟摇头否定。

“不可能，医院正偏门都有门卫和电子监控，我昨晚就调出录像看过，没有。”

三人随即用笔记本播放了遍提取的录像资料，证实如此。

“那有没有去天台、地下室找过？医院内部有什么秘密机关或者密道吗？”朴迟想起之前那个案子，再问。对方依旧摇头。

“没你说的那些玄乎的。还有，我们已将整个医院都找遍了。”苏舟揉了揉眼，表情凝重，“所以只能请二位帮忙。”

“没事，反正这两天我们空闲。”朴迟说完又被身边人猛飞白眼。

“苏院长昨夜没睡好？”应小雀问。

她注意到对方眼里血丝密布，一旁沙发上则放着吃半截的面包。

“嗯，昨天我没回去，带他们连夜找人。把医院所有楼层，包括全部病房都检查了一遍。”

朴迟对老朋友肃然起敬，“很有责任心啊，怪不得升官那么快。”

两年前苏舟还只是该院一名普通医师。

“你们还有什么需要了解的吗？”苏舟认真地问。

光看记录不行，得见一见当天的值班护士，应小雀暗想。

正欲开口，办公室的门被猛地推开了。一名齐肩发的女子扶着个穿病服的中年女人闯了进来。

“苏院长！”年轻女子一副恐惧和焦虑的表情。

“她们俩长的好像啊。”朴迟用手肘蹭应小雀低语。

虽然年龄相差甚大，撇开中年女人眼部皱纹、松弛的脖颈及过瘦凹陷的脸颊，二人倒像一个模子刻出来的，应该是母女。

“徐小姐？”苏舟猝不及防地招呼。

看来认识。“你母亲怎么了？又不肯吃药了？”他又道。

果然如此。“不是我母亲怎么，是别的！我问了前台接待，他们说院长去北京开会，现在医院你负责，所以我就过来了。你知不知道，医院出大事了！”女子口气不容置疑，将母亲扶到沙上发坐下后，双手握拳叩击苏舟办公桌。

“怎么连你也知道了……”副院长懊恼道，昨晚他还千叮万嘱要全体搜寻的工作人员保密。

“啊？你知道我要说什么？”女子却愣住。

两人相对沉默了整一分钟。

“难道你不是在说宁夏失踪的事？”朴迟接口。

“宁夏？宁夏是谁？”徐日落反问。

这下连办公室空气都陷入停滞。

“那个，我先来介绍，这位是刑警大队队长朴迟，这位是应小雀小姐。你应该听过她名字……”苏舟尴尬介绍，“这位是我院患者徐美贞的家属徐日落小姐。”

“徐小姐好。”朴迟朝她点点头。

“你是那个破连环碎尸案的女侦探？”徐日落却只顾盯着别处。

“业……余的……”应小雀被她看得头皮发麻，立起身。

天可怜见，每回登报前她都让写清自己“桂源铺”老板身份，但每回都被记者无视。

“既然不知道宁夏，那徐小姐指的又是什么大事？”苏舟皱眉。

“是……”对方环顾室内，欲言又止。

应小雀会意，“需要我们出去吗？”

“他们不是外人。徐小姐但说无妨。”苏舟微笑，示意她坐下。

“呃，你们说的宁夏是怎么回事？”徐沉思片刻道。

苏舟无奈地把事情经过说了遍。

“原来如此。”徐日落望着沙发上的母亲，“我要说的不是这件事。”

几人看去，许美贞正津津有味地吃着苏舟剩下的那半截面包。

“你们医院……是不是还丢了一个婴儿？”她继续问。

在场人惊愕不已。

“胡说！”

苏舟的暴怒引来几名护士在门口朝里张望，窃窃私语。

精神病院哪来的婴儿……朴迟用脚碰边上人，对方只是沉默。

“我是说，你们医院的女医生或者护士有没有丢孩子？”

“没有的事！”副院长气得背过身去。

“可我怀疑，有个婴孩在你们医院失踪并面临着危险处境。”女子一字一顿。

门口偷听的护士们破门而入，神情均是大骇。

“徐小姐！”苏舟脸上青筋暴露无遗，“讲话是要负责任的。这里不是妇产医院，没有所谓的婴儿，请自重！”

“我母亲是目击者。”徐日落毫不示弱。

苏舟眼镜下的怒火突似灭尽。此刻，所有人都在注视他。朴迟想，老朋友接下定会大笑：一个精神病人的话怎能当真。但等到的，却是苏舟支开所有护士，将门锁上。之后缓缓地走到徐美贞面前说出那句“她看到了什么”？

警官顿然心凉。

“她看到一个婴儿正被抢夺。”徐日落叹息。

“婴儿现在在哪？”

“在他们那。”

“他们……是谁。”苏舟单膝跪在自己病人面前，帮她把半截已吞进口中的面包包装纸取出。这几天，他第一次感到自己耗光了所有气力。

“我不知道他们名字。但我想：他们，也是你的病人。”

徐日落感激地看着他，但她的答案却让他的心再度堕入深渊。

“究竟怎么回事？！”朴迟冲过来，将他揪住衣领提起。

两个男人相对无语。

应小雀第一次见朴迟目光如此复杂。

“那个孩子，是宁夏的。”说话的人声音很轻很轻。

晨晨的拼图4

“晨晨，我们再等等吧。”妈妈微笑着对我说。

于是我把蛋糕盒又盖了起来。妈妈今天做了一桌好菜，我面前有糖醋排骨还有冬瓜海带汤，一看就知道美味。

今天她穿了件淡蓝色的连衣裙，看上去美丽极了。

妈妈在附近一家幼儿园做音乐老师，会跳民族舞，弹钢琴也棒。

当年爸爸追妈妈追得很辛苦，因为妈妈在艺校读书的时候实在太漂亮，有许多人追她。爸爸只好让妈妈的好朋友方阿姨帮他传递情书和电影票。不过后来还是爸爸取得胜利，因为妈妈也被“丘比特之箭”击中了。

我看了眼手表，已经八点半了。

今天我也用心打扮了，粉红色花边的白色衣服和裙子，这是妈妈下班后给我买的。妈妈说爸爸不喜欢邋遢的小孩，我洗澡后，她帮我把碎头发用星星形状的小夹子固定在额前。

“爸爸怎么还没回来啊，今天可是我生日。”我撅嘴说，爸爸最近回来越来越晚了，有几天他甚至都没回家，也不知道去哪了。

“你爸爸不会忘记的。我去热菜。”妈妈叹口气对我说，端起一个菜盆朝厨房走去。趁她不注意，我抓了块排骨塞到嘴里。

门口传来钥匙转动声，我赶紧把骨头吐掉，冲到门口。是爸爸回来了，手里拿着皮包，在换鞋。

我闻了闻，爸爸身上没有酒味，看来今天表现很好。我欢快地拽住他衣摆，“爸爸，我们都在等你吃饭呢。”

他看了眼厨房，把我手撇开，但没使大力。

“你们先吃吧。”他说。他看上去心事重重，但脾气跟以往比好多了。他径直走向他和妈妈的卧室，我好奇地跟去，爸爸却关上房门。

妈妈把菜端上桌。“你爸爸呢？”她问。

我眨眨眼示意。她会心一笑，解开围裙。“喝酒了吗？”她继续用只有我才能听到的声音问。

“没，不过好像心情不大好。他让我们先吃。”

“啊……”妈妈愣了下。

我狼吞虎咽，眼睛盯着蛋糕。这次生日蛋糕很漂亮，刚才打开看过了，雪白的奶油上有个拿着棒棒糖的粉红色Kitty猫。

“能不能先吃？”我用眼神跟妈妈交流。

“蛋糕得等爸爸一起吃。”妈妈眼神这样说。

我立刻把视线收回自己的小碗里。温柔的妈妈摸摸我的头，举起筷子，想了想又放下。

爸爸开门出来了。他拎着个黑色大行李箱，将它放在门口。折回客厅喊妈妈的名字。

妈妈脸色煞白，站了起来。“天雄。”她一副“你这是要做什么啊”的表情。

爸爸把一张纸放在桌上。“我已经重新修改过了，把这房子也给你。”他对妈妈说。

“你先吃饭吧。”妈妈重新坐下，给爸爸递过筷子。

我把一口饭咽下，看着他们。

“我吃过了。你早点签字吧，这样对谁都好。”爸爸满脸不耐烦。

妈妈眼睛泛起泪水，递筷子的手还停半空。“就陪孩子吃块蛋糕吧，今天是晨晨七岁生日。”妈妈这句像用了很大力气。

爸爸显得有点儿吃惊，我调皮地朝他吐吐舌头。他转瞬露出“厌恶”的神情。“不了，我走了，直到你同意签字为止。”没有半点儿犹豫，转身。

“等等！”妈妈扣住他的手腕。“你要走可以，把这纸也带走。程天雄，我知道你在想什么，我决计不会让你如愿的！”

她眼里闪着火焰般光，我看呆了。

爸爸回头恶狠狠地看着妈妈，“你这个疯女人！”他手臂一甩，妈妈的脸颊被手击中，身体倒下。

“不要打我妈妈！”我丢下碗抱住爸爸腿哭喊。

头发被揪住，我整个人被爸爸的扔到墙角。

他转身大步离开。

我听到一个小小的断裂声音。

桌上的那张纸被电风扇吹起，落在我脚边。

1n 晨晨的拼图4

“宁夏的孩子？！”

听到女声咆哮，朴迟抓衣领的手蓦然放下。

应小雀正努力克制自己情绪，“开什么玩笑……她是个病人！”

入院两年，未有家属探望，东区楼3010号病房，间歇性精神分裂，资料上的一个个词汇此刻在脑海飞速掠过。

那么，孩子又是哪来的？

眼光又落在手中的文件夹上。照片上，女子娴静，端自看她。

还那么年轻，已经历如斯苦难。

24岁。

与自己一般的24岁。

“是的，是宁夏的孩子。半年前，当我们发现她已经怀孕时，她的体质已不能做引产手术。上个月，就在我们医院，她秘密地诞下了一个早产女婴。由于它事关医院声誉，从此有专门人员看护她的单独病房。所以本院很多医生护士在内都不知情。

“一周前，看护她的护士下楼给她买糖回来，发现女婴已经失踪。我们里里外外都没找到。宁夏由于早产，身体出现恶化迹象，而她又因为这病并没发觉孩子丢失。所以我们就把这事瞒下来了，这是我的责任。”苏舟说完，疲惫不已。

四周归于沉默。

“孩子父亲是谁？”应小雀咬唇。

“不知道。”

不知道。宁夏，一个手无缚鸡之力的年轻女孩，在你们精神病院治疗期间怀孕，还生下了个不知父姓的婴儿。

现在，宁夏失踪，她的女儿生死未卜。

你这个副院长当的，何其了得。

应小雀冷笑，“我本以为这样的丑闻只有大城市才会有。”

“精神病人遭受暴力”一直是她关注的课题，却不想这么快就面对实例。

据国外学者提供的一份统计报告显示，有3%的病人在入治精神病院期间，会遭受来自同伴或无良医护虐待及冷暴力，而女性病人更容易成为其牺牲品。

3%，多么让人心惊的一个数字。

她走到徐日落身边，“告诉我，你母亲还说什么了？”

“她说话不连贯，我只能猜一个大概，好像是：她看到他们在抢一个婴儿，那些人还威胁她，如果说出去就把她……用剪刀剪掉。其他的，恐怕你们还得问她本人。”对方面色为难。

“不过，我了解我妈，她不是说疯话！她只是因为病的关系，心智退化，语言缺乏逻辑。上礼拜我来探望，当时她没提任何关于这的事。而这次来，她明显表现恐惧，她反复跟我说，他们威胁了她。”徐日落用渴求信任的目光补充道。

“好吧，我愿意相信你母亲所说的是真话，但不知徐小姐是否介意我现在跟她说两句？”

“没问题，不过，我希望你跟她交流的时候不要太大声，我妈很容易被吓着。”

“OK。”应小雀朝朴迟看去一眼，他点点头。

“阿姨好，我是小雀。”沙发上那双拿饼干的手被温柔地握住。

患者用浑浊眼神打量她，喉咙里发出“咕咕”的古怪声音。

苏舟拿开饼干，起身立到一边。

患者被握住的手挣脱温柔，应小雀看着它们骨节惨白地向自己靠近，停在自己脑门上，接着手指手掌慢慢地摊开。

她整张脸此刻已尽罩于女人手下。

朴迟顿时悬心。却见女患者孩童般满足的神情，小雀在指缝之下朝她自在笑着。

女人终于松开手。

“阿姨，您是在哪看见那个孩子的？”小雀试探地凑近对方耳边。

女病人笑容诡异，吐出令人恐惧不已的短句。

应小雀僵硬站直。

“徐小姐，你母亲住哪号病房？”

“3013。”苏舟抢先答。

“带我们去。”朴迟皱眉道。

“我妈跟你怎么说的？”几人穿过小草坪到达对面楼时，徐日落开口问。

刚才将母亲交给护士，她随他们而至。

应小雀只是看着眼前的“三层分布示意图”，默默摇头。

“本层共有五间女患病房，一间护士值班室，一间储藏室。其中3010、3011为单人病房，其余房为四人间。储藏室钥匙只有护士长手里才有，平日上锁。值班室位于单人病房对面，方便照看特殊病人。”苏舟介绍。

“知道了。”女声淡漠。

“难道……就在这间病房里？”朴迟喃喃地说。

他脊背涌上一阵寒意。

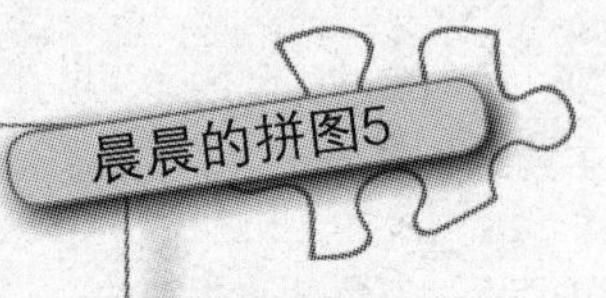

某年某月某天。厨房。

黑糊糊的东西躺在离我们不到半米的地方。

“晨晨……你爸爸已经死了。”妈妈抱着我，不知道过了多久，她对我说。

“唔。我知道，妈妈。”我回答，其实还是有点犯困。

“晨晨……是我们害死了他。”

妈妈总是喜欢承担不必要的责任。

“不是的，妈妈。这是他自作自受，不关我们的事。”我安慰她。

肚子还是饿，不过我想起客厅桌上有还没拆开的蛋糕。

也就在这时，我突然想到刚才自己在厨房的一切举动居然都是想象，存在两天时差：爸爸妈妈其实在家，桌上现在有一桌好菜，水池里也没有什么泡面，我也没有捞着喝汤。

因为泡面是前天中午做的，妈妈早在昨天就把碗洗干净了。

“可昨天夜里是因为……晨晨……你告诉妈妈，现在我们该怎么办？”妈妈犹豫半天还是没把话讲完。

“把刀放回去，其他什么也别做，报警。”我认真思索了一番。

现在报警是最好时机，我们刚起床。

“警察会不会抓我们？”她还是不放心。

“不会的，要么妈妈你装疯子吧。电视上常这样演，这样警察就不会怀疑到我们头上了。”我灵机一动。

“装疯子？”

“嗯，你装疯子就什么麻烦也没有了，妈妈会这样做的吧。”既然妈妈喜欢白操心，这样也行。

“晨晨真聪明啊。”妈妈说完笑了。

后来妈妈被医院几个医生护士小姐带走，也是这样的笑容。

1n
晨晨的拼图5

应小雀于三层值班室门前止步。

“苏院长，查案需要，麻烦你现在将护士与本层所有病房全体病人集合。”

“好的，集合到哪？”

“就这边大厅就行了。对了，婴儿丢的那天你们是怎么找的？3013号病房检查过了吗？”

“由于宁夏生子这事隐秘，我没惊动太多人。当天就带了两个知晓内情的护士以查夜名义到各个病房转了一圈。3013房也去了，当时病人都在睡觉，没听到婴儿啼哭，负责这房的护士也报告没有异常，所以我就退出来了。怎么？你怀疑婴儿在3013房？不可能，丢孩子的次日中午，病人在食堂吃饭时我带人又都查过，这间根本没有可以藏人的地方。”

“是吗？”女声淡淡反问。

苏舟领了无趣，只好扶了扶镜框，叫来一个护士吩咐下去。

五分钟后，医患集合于大厅过道。

朴迟费劲地咽下口水。

长这么大，他还是头一次这么近距离观察这么多精神病人。

以前听人说，精神病患者与常人不同，很好辨认。外表邋遢，眼神要么涣散呆滞，要么极端天真无邪，总之一看就很有问题。如今才知道纯粹是以讹传讹。此刻面前的病人统一齐耳短发，穿着米格条病服一排站立，光凭外表和眼神他根本不能分辨。

好在手中又多了一个厚厚的记录他们各自档案的文件夹，他赶紧先翻到3013病房记录。

“呃……这间病房除了刚才见过的徐美贞，还收治着37岁妄想症患者李里海，44岁抑郁症患者孙梅，42岁的癫痫症患者王斯。她们均是入院十年以上的病患。”

李里海是个矮胖的国字脸。孙梅则像出自鬼片，身材瘦弱脸上无半点儿血色。王斯看上去确实斯文，圆脸好像是近视眼，脚始终在抖动。三个病患的两寸资料照和真人比对都有点怪异。他浏览病史完毕，努努嘴示意身边的徐日落接过，将文件夹传递给小雀。

徐日落却一副心不在焉的样子，自顾低头摆弄样式老旧的腕表。

递文件夹的右手只好悻悻收回。

"徐小姐赶时间？"朴迟问，突然又觉得自己此话唐突，"我的意思是……如果你不方便，尽管去忙好了，这里本来就是警方的分内职责，你母亲提供的线索我们会重视的。"

"您误会了，我没事。现在我也很想知道真相，证明我妈所见属实，而不是胡搅蛮缠。到现在那个……还没找到不是吗？"徐日落环顾而笑。

朴迟无奈地打量对方。这个长相酷似香港演员梁洛施，有着齐肩棕色秀发的女子，虽着朴素棉裙，身形柔弱酷似她母亲，神态却与徐美贞天差地别，想必性格更为了得。从见面伊始她就透出某种震慑气息，适才望向自己的眼神竟似十足挑衅。

人不可貌相，大概就是说的这类吧。

他胡乱地想着，被男人的干咳声惊醒。

"那个，你们下面是要问话么？"苏舟杵他。

他赶紧四下搜寻某女踪影，"呃，小雀人呢？"

却发现3013房的三个病患，连徐日落也都不见了。

"她们去病房了。"苏舟答，"你把人召集在这，不会就晾着吧。"

"当然不是。"正准备跟去的警官满脸尴尬。

小雀她们想必是去找那个女婴了，他倒不如乘机排查失踪案核心人物——婴儿母亲宁夏的线索。

之前听苏舟介绍，她失踪前住3010单人病房。

"请问这里有没有宁夏失踪当天的值班护士？"朴迟清清嗓子。

"那天是我们两个当班……"怯生生的声音传来，两个带粉色护士帽的护士出列。

"小莎，雅雅。"苏舟介绍，"要不，你们到办公室或者宁夏病房里谈？"

他炽烈的央求目光看得朴迟哭笑不得。

到现在还想瞒。

"OK，麻烦两位护士小姐跟我去3010病房，我想了解些情况。"但自己又怎么忍心让朋友为难。

"那好，你尽管问吧，她们会配合你的。我现在去应侦探那看看情形。"苏舟摘下眼镜揉揉双眼，便急忙奔去。

"应小姐读书时代是读的什么专业？"

3013病房，应小雀正在四下搜寻，跟来的女子犹疑。

三个住这的病人杵在门口，一言不发。

"唔……生物系。主要是研究植物群种。为什么问这个？"

"我以为你是医学生呢。总听说你和案子、尸体什么的打交道。都说医学院的毕业生相对理性。总归不是男人，难道你面对那些不害怕吗？"

"呵呵，习惯就好。再说查案只是我的业余爱好，本职是商人。"

"商人？"

"嗯，我开着家小酒馆叫桂源铺，在槐树街11号，是有工商执照每月按时缴税的本分商家。哈哈，徐小姐哪天有空一定要来喝一杯，带朋友过来也行，给你对折。我铺里自酿的竹酒味道超一段。回头给你张名片。小心左边，你把架子上的手电筒碰掉了。"

在抱歉声中，应小雀停手环顾四周，食指轻叩下巴。

这间病房看上去确实没什么问题，桌上东西摆放整齐，床上下铺被子也叠得齐整。这里的窗户为防病人寻短见都是特殊小格设计，已过四点，窗外夕阳正好。能藏婴儿的衣柜鞋柜刚才也打开看过了，压根没有。难道真是她判断失误？可刚才问徐日落母亲时，她为什么要那样说呢？还是这间房里有她仍有没留意到的地方？

当时徐美贞在耳边说："房间，盒子。放出来，放出来。"

前句此刻一筹莫展，后句又是什么意思？究竟放什么出来？按字面理解，是说婴儿被囚禁在盒子里？

新生儿中女婴体重平均在3.12千克，身长35到50厘米。丢失的婴儿已经快两个月，体重身形应该再大一码。可这房间并没有任何可以装婴儿的盒子或纸箱。

又想到自己较真，瞎琢磨半天的，没准只是病患一句疯话。应小雀心中郁闷万分，一屁股坐在床上。

突然感到几道凛冽目光扫来。她定睛看去，原来是苏舟进来了，与病人一齐看她。

"我早说过了，这房没问题。"他于对面床铺坐下，语气虽如此，却似无比失望。

应小雀皱眉，难道徐美贞指的是其他房间？有许多盒子的地方，莫非是储藏室？可据苏舟说，它一直锁着，钥匙只在护士长手里。

"可我想，我妈就是在这看到那个女婴的。"徐日落的接口引起惊异。

"你是怎么知道的？"应小雀和苏舟同时问。

"我刚记起，下午在树下找到我妈时，她跟我提到过这么一句，说是睡到一半的时候看见的那个婴儿。之后她就被他们威胁了。以此推断，是这病房没错。而威胁我妈的人，应该就是这三人了。"徐日落倚在椅背上，抚摸手腕上的老旧电子表。

"你们究竟干了什么？！"苏舟腾地站起，朝门口之人怒吼。

三个女病人吓得面如土色，不停地摇头。

到底藏哪了呢？应小雀再次在脑海中整理线索：

徐美贞：睡到一半目击，"房间"，一个婴儿被抢夺，被威胁，"盒子"。"放出来"。

医院对3013搜查：病患正睡觉，未听婴儿啼哭，负责该房护士说没有异常。次日检查无果。

婴儿本身：其母宁夏住3010，于上月诞下早产女婴。护士下楼买糖回来，确认失踪。

等等！未听见啼哭的早产女婴，难道说……

她将苏舟拉到一边，听着他的轻声回答，脸色越来越暗。

她踱步到三个病人面前，良久看着她们。

就在刚刚，她意识到，自己面前是真正的精神病人。

真正的疯子。

“所以，或许盒子不是盒子，婴儿也不是婴儿。”女子心中漾起无力。

“徐小姐和苏副院长能出去一下么？记得把门关上。”她到窗边将窗帘拉上。

待人走后，她将门反锁。房内顿时陷入雾状暮色。

恰如孤岛。只能孤注一掷。

她朝三个女人招招手，打开随身带的包，取出一个小木盒子。

这是周一陪女友逛街时，她买下准备“回敬”朴迟的礼物。

她还没来得及送出手，此刻却派上用途。

木盒表面的红珊瑚珠闪烁着迷离的光。

苏舟俯耳于门，应小雀此刻单独和三个精神病人在一起，他没有办法放心。却听得里面这般一句：

“嗨，我们交换玩具怎么样？”

“嗨，我们交换玩具怎么样？”应小雀手心摊着那个木盒。

三人一声不吭，眼睛纷纷看向中间那个国字脸女人。

“什么玩具？”国字脸女人——妄想症患者李里海眯眼，目光警惕，看得应小雀浑身发毛。

“你们前些日子不是多了个新玩具吗？你们也把它放在盒子里对不对？每天晚上你们都用手电筒照着玩对吧。那么给我看看好不好？我的玩具也很好玩哦。”强迫自己镇定下来后，应小雀笑着将木盒递给她。

“你能保证不跟任何人说吗？”另外两个女病人立刻簇拥上来，其中一个瘦弱的女人刚要开启木盒就被应小雀强力按住。

“当然。不过在我看见你们的玩具之前，你们不许打开我的玩具。”

“好吧，我告诉你玩具在哪儿。”国字脸咧嘴一笑。

两分钟后，房门开合。

应小雀直直地走了出来，头发凌乱，似乎刚刚经历了场战斗。她的鞋好像拖着个什么东西，眼神没有焦点地从苏舟面前经过。

苏舟仔细看去，她脚上牵绊的是只白色的他们医院的枕罩，她似没有察觉般拖着它费劲儿行走。

“你怎么了？！”他抓住小雀手腕问。她的眼睛终于看他，默默摇头，眼泪大颗落下。

病房内传来“哇哇”怪叫，徐日落大步冲了进去。

“啊！！！”

只是几秒，女子发出惨声，退到门边，身子瘫软下来。

他放开应小雀的手，奔去接住。

应小雀径直走向大厅。

徐日落的手指向屋内，“……孩子……”嘴巴复发出难以辨别的“咿呀咿呀”之声。

苏舟大梦初醒，丢开徐日落跑入房内。

里面模糊不堪，一些物体如雪片般于空中纷纷扬扬，一个开着的手电掉在离房门不远的地上，电筒光束正丑陋地射向自己的脚。靠衣柜的角落里，有抹不规则形状的莹绿。

他视力不好，于是拉开窗帘。

阳光肆意铺满，苏舟终于看清：空中飘洒的是填充枕芯的丝绵。地板上掉着两只跟应小雀刚才踩着的一样的枕套。右边底铺的被子边角已经拖在地上。枕芯丝棉满地都是。三个中年病人正蜷缩在衣柜边，眼泪汪汪，用脚小心翼翼地把一个木盒子颤抖着踢远。

他捡起一看，一只塑料做的蝎子栩栩如生，上面涂着夜光涂料，底下是个黑色弹簧。刚才那抹莹绿应该就是它了。这里怎么会有整蛊玩具？他突然想起适才门边听到的对话，目瞪口呆。

视线再落床上，他发觉左边底铺白色被子上有团小小的东西。夕阳怜爱地在它身上投下金色光晕。

他的手一歪，木盒哐当掉地。

苏舟泪眼模糊地走向那团光晕，将它抱起。

一个早已死去的裸露的，极小的女婴。

女婴身上青筋细现，全身小块状淤紫。

由于早产的缘故，即便两月了，她也只有1.06千克，身长不到30厘米。这些数字他每十天都要重新测量一次，他比谁都清楚。

“露儿……”他轻轻唤道。

这个生于尾夏的女婴有名字，只有他知道。

当初给她取名时他想，她是神赐的露水般柔弱的孩子，如今……

如今，神收回了它的慷慨。

而这个孩子，真如露水一瞬而过。

寂静的病房，徐日落回过神来，看向那个走向窗口的男人。

他抱着小小的孩子，面朝光。笔直站立。

病房寂静，光亦是寂静。

徐日落垂下眼睑。

她很久很久以前便知：

这光，这般亮堂，却终有照不到的地方。

另一边大厅内：

朴迟低头步出3010房间，通过刚才对房间的观察和护士的问话，他的心中升起更多疑虑。

一个柔软却此刻迎面袭来。

“老朴，我去迟了。太迟了。”

他的伙伴在众人注视下，将头静静地靠在自己肩上。

我扶了扶书包肩带。

周笑笑刚才和我分开了，兜里的钱还在，我没来得及给她买礼物。

“晨晨你要小心呀。”临走的时候她跟我说，帮我把书包里的学生帽找出来戴上。

学生帽很难看，蓝黑墨水的那种颜色，而且女生的尺码都偏大，除了在看台上看学校运动会戴着遮太阳，我平时从来不戴。但笑笑说得对，现在是非常时期，我得认真伪装。

我把辫子藏帽子里，遮住半个脸，镜子里的自己看上去很像男生。

现在我还在百货商店里。

周笑笑是我故意支走的，因为自从发现爸爸起，我就没心思陪她了——刚才经她一指我才发现，爸爸现在在身边的一起逛商场的女人根本就不是我妈妈。

从背影看，那个女人穿的很时髦，脚上是高跟鞋，头发卷卷的，根本和我朴素的妈妈不是一个世界的。

他们正在离我不远的柜台挑选玩具，拿起的好像是个变形金刚。

是在帮我选玩具吗？我只是一秒钟就否定了这个想法。

爸爸从来不给我买玩具，何况变形金刚也不是女生玩的。

那是在给谁买？

现在，他们又拿起了一个绿色的忍者神龟模型，往结账台走，互相交谈着什么。那个女人提着袋子，把头靠在我爸爸肩上。

我气得握紧拳头。真想冲上去呀。

但我还是克制住了。老师说过“小不忍则乱大谋”，而我从支走笑笑的那一秒钟就决定要跟踪他们，看看他们到底要做什么。

这时那个女人回头喊了一声，好像是个名字。

“木木！”

我压低帽檐，朝他们的方向又走近了点，这下总算把那个女人的脸看仔细了。

眉毛细细的，皮肤很白，嘴巴上涂着亮晶晶的口红，脸长得挺好看。

我盯着她，觉得似乎在哪见过，可一时间怎么也想不起来。

她朝我在的方向警惕地看了一眼，我立刻转过身拿起一个火车头储蓄罐装样子。

她又喊了一声“木椅”，脸色很焦急。

木椅，木头椅子？这个名字太搞笑了。

“天雄，这孩子跑哪去了？”我听见她问爸爸。

“不知道啊，刚才不还在这吗？”爸爸和蔼的声音传来。

他们两人朝我的方向走来，我赶紧朝“安全地带”靠了靠，低下头假装系鞋带，心想绝不能暴露目标。

“你书包拉链开了。”一个不知哪冒出来的小黑影对我说。

我吓了一跳，抬头看，是一个跟我岁数差不多大的陌生男生，皮肤白净，一看就是有钱人家的小孩。他穿着印着米老鼠的衣服，牛仔裤袋里鼓囊囊的，正斜着看我。

“你为什么躲在这里啊？”他继续对我说。

脸立刻红了，我的安全地带其实就是个铁皮垃圾筒。它边上有几个大纸箱，两个叔叔在点货，我缩在箱子后面。

“不要你管。”我哼了声。

“我帮你拉吧。”那个小男生不介意地笑笑，让我侧过身，帮我拉好书包拉链。

低头的时候帽子突然掉了下来，我赶紧

捡起，难为情地跟他说了声谢谢。

“原来你是女生啊。”他吃惊地说。

“我在跟同学玩捉迷藏，所以就……”我费劲地跟他解释，心里却很沮丧。

他眼睛亮亮地朝我做了个“嘘声”动作，“那你接着躲吧，藏好了，别被人发现。玩的时候玻璃弹子滚这儿了，我是来找的，现在得出去了，我妈在找我。”

我“噢”的一声，但立刻想到他就是刚才那个女人喊的人。

“你就是那个木木？木头椅子？”我一把拉住他。

“嘿嘿，是牧羊人的牧，甲乙丙丁的乙，你刚才听到我妈喊我啦。对了，你叫什么？”

我呆在那里没有回答，于是他跟我礼貌地挥挥手。

“我真得走啦，再见。”

明亮的眼睛扑向那个女人的怀抱。

“妈妈！”他欢快地叫着，那个女人笑眯眯地摸他的头。

“你刚才去哪了啊？”这回是爸爸的声音，用温和得让我几乎忘记了的那种口气。

他把买好的玩具袋子递给帮我拉书包拉链的男孩子。

“喜不喜欢？”爸爸问他。

那个男孩在袋里一阵翻，“哇，都是最新款的，好棒啊！”

他复又扑到我爸爸怀里。

“谢谢老爸！”

很久很久以后，我相信自己也能忆起，此刻听到的仿佛来自云端的这句话。

说这句话的小男孩，一脸幸福的表情。

他的眉间有粒小小的黑痣。

10 晨晨的拼图6

“在最短时间内，我们必须要找到宁夏！”咖啡色的大厅沙发上，女子手握纸杯，目光坚定。

刚才护士给她体贴地递来一杯温暖果珍。

找到宁夏，这是她此刻唯一能为那个孩子所做的事。

看着状态已经缓和的应小雀，朴迟欣慰不已。

“刚才我问过护士，据她们说，宁夏出事前，有奇异举止。还有，我觉得宁夏的房间也有些问题，我在她床底下找到这个。”他从怀中掏出一个黑色小本。

“什么奇异举止？”应小雀放下纸杯，接过黑色记事簿翻开。

里面是一幅幅铅笔绘画。

总是拿气球的小女孩小男孩，一个个长方形，好像是房子。天上是三角形拼接的“云朵”。

有幅画则是他们钻进巨大的气球里面，边上许多漂浮的“爱心”。还有个“爱”字。

还有一幅上面画了许多星星，下面是一个半圆形和两个圈。半圆形里面还有个小图形，像三岔口。

这些画充满稚气。

封面却有两个刚劲的字体，写着本子主人的姓名：宁夏。

“据说宁夏在出事前一段时间，每天傍晚五点的样子，都去那边走廊尽头的露台站半天。也不知看什么，护士叫她回去也不肯。还有……”他压低声音，“这个封面签名还有那个‘爱’字……我认得，好像是苏舟的字体。”

“苏舟？”

“嗯，过去他给我留过字条，他的字力道大，方方正正，很有特点。我认得，错不了。”朴迟直挠头。

“原来如此，我们现在去露台吧。”女子果断起身。

“去看看宁夏在哪，究竟能看到些什么。”

住院楼三层露台。

秋风带着微凉，徐徐拂过。

穿薄衫的女子开始埋怨自己为什么要穿A字裙。

裙子和丝袜是女人不可或缺的朋友。——某书第三页第四行。

真是见鬼。她下定决心一回家就换回牛仔裤，以及将《精致女人的必修课》扔进垃圾箱。

想到这些，心里舒服多了。

此刻夕阳正好，她远眺，一片旷野。

精神病院建在郊区，周围都是农田，鲜有高楼。

再往下看，是医院宽大的草坪和环抱它的几株树木。病患们在草坪上或散步，或几人一堆坐谈。

草坪边是对面医院楼以及早前他们开车进来的停车场，映入眼帘的白色雨棚巨大而狭长。一辆车正从中驶出。

“等等，你说护士见宁夏在这的时间是傍晚五点？”应小雀猛地回头，紧张地问。

“是啊。”朴迟也低头看去，“怎么了？”

“五点，五点啊！这么简单的推理，我们怎么这么笨！”女子一拍脑门，“你赶紧去病房叫上苏舟，告诉他我知道宁夏可能躲在哪了，之后到停车场找我，要快！”

“啊？”朴迟怔住。

“五点是下班时间，警官先生，自己好好想想吧！”应小雀丢下句话就跑远。

“我懂了！”朴迟呆立片刻，随后大叫，脚像装了发条。

PM 4：47

蒙城精神病院停车场。

徐日落靠在墙边大口喘气，刚才跑得太急了。

朴迟见状轻拍她背。

苏舟则疑惑地看着女子指向自己的车——黑色三菱蓝瑟。

“这辆车是不是你的？”应小雀问。

“是啊。你怎么知道？”苏舟望向朴迟。

“小雀你也太能整了吧，我记得我没跟你说过啊。”对方却一个劲儿地摇头。

“朴迟是没说，但我见过。”应小雀朝苏舟扬起手中本子，“宁夏的画里有你的车，用半圆形和两个圆圈表示，你的车标她也画进去了：三岔口图形。本来我当是奔驰，但刚才找了圈，停车场没有奔驰车，想到三菱和奔驰车标差不多，而整个停车场有三部三菱：一辆越野式军绿吉普，一辆大红色跑车，另一辆这个，最靠里的黑蓝瑟。我分析了下，你个性沉稳，不像会开那么出挑的跑车，而以你目前的年薪收入又很快排除了价值至少百万的吉普。因此只剩这辆了。当然，我的推理还有个前提，今天在你办公室看到你桌上有把汽车钥匙，知道副院长是开车一族。”

在场皆是叹服。

“你带钥匙了没？开后备箱的钥匙。”应小雀又催道。

“带了，怎么了？”

“刚才我敲它，里面有回声，我想宁夏应该就在里面。”

“什么？！”男人立即手忙脚乱。

被大家包围着的后备箱渐渐打开——

一个抱膝而坐的长发女子进入视线，见到光线，她微阖双眼，再睁开时目光如湖，露出甜美的笑容。

“你怎么才来呀。”她钩住苏舟的脖子，亲吻他的面颊。

“你怎么才下班啊，我等你很久呢，还睡了一觉。你这个没关好，我就钻进来了，嘻嘻。”她少女般调皮地吐吐舌头。

苏舟默默将女子抱起，放下。

但女子显然不想离开他的怀抱，嘟起嘴唇。

“宁夏。”他低呼女子姓名情不自禁地吻下她的抗议。

“我也等你很久了，苏院长。我想，是时候说出你的故事了吧。”于周遭一片目瞪口呆中，应小雀轻声叹息。

此刻这两个本属于黑色悲剧的男女主角竟毫无悲色，反而更像被世界祝福，绝顶幸福的一对新人。

“我爱她。从两年前，我还只是个普通医师，从她病房经过，她折的纸飞机落在我脚边的那刻起。”苏舟看着自己爱人微笑道，对方用脸顽皮地蹭着他的胸膛。

“宁夏是个病人，而这份爱情注定会被大众唾弃。但我依然选择义无反顾。所以应小姐刚才说错了，我的个性并不沉稳，也或许，我本来就是表面沉稳但内心期待疯狂的人。而宁夏，给了我疯狂足够的理由，如你们所见，她非常可爱。从爱上她的那刻开始，我的心中再也容不下其他女子。但我一直在克制，直到今年，我因为工作突出升为

副院长。”

“于是你通过职权将她调到了单人病房。并立刻开始了与她的地下情？”应小雀接口。

打一开始她就感觉不对劲，精神病院的单人病房一般是为有暴力倾向或病情严重的病人准备，很显然，宁夏两者都不是。她两年都未有家属探望，也排除了家里花钱让她住高档病房的可能。

“嗯。我终于找到机会可以更好地保护她。宁夏的病情相对平稳，不发病的时候与常人无异。我向她表白，我们相爱了。”

“老朴，这就是本案第一个真相，咱们的委托人要找的‘病人’还有个身份是他的‘爱人’。”应小雀自嘲道，“那么孩子又是怎么回事？既然敢生下来，为什么不敢认她？是害怕舆论中伤还是只想保住自己饭碗？”

“不！不是这样！是因为院长的缘故……”男人悲怆道，“医院孙院长对我有提携之恩，宁夏怀孕后，我本想公布于众，带她和孩子远走高飞。我真的不在乎什么功名利禄！可孙院长知道后，坚持不让我这么做，说我是他的得意副手，若那样身败名裂，便可惜了我的大好前途。他说让宁夏继续留在医院也是为她好，医院能更好地治疗她，没准她还有彻底康复的机会。他找我谈了好几次，我为了宁夏才妥协的！却没想到……”

“没想到孩子却成了牺牲品，死在了三个精神病人手里。也就是本案的第二个真相，对吗苏院长？你千辛万苦瞒着大家，却仍被他们发觉了孩子的存在——3013离宁夏的病房相距不远，想必是某回孩子的哭声引起事端，随后乘护士外出买糖，宁夏没有察觉或根本不在房间的时机将你女儿偷走。他们是疯子！自然不会把你的可怜女儿好生对待……你女儿就这样不明不白地死了，虽然没有证据，但我想这事主谋就是3013病患李里海。你知道她有妄想症，而你的女儿在她看来，只是玩具。”女子声音越来越轻，如斯残忍的事实，揭开谁不心痛。

那对男女紧紧相拥，苏舟痛苦万分，宁夏表情茫然。

“怎么了？是露儿她醒了么？”她偏过头悄悄地问自己的男人。

爱人泪流满面。

“对哦，我的露儿呢？你们有没有看见她？”宁夏突然挣脱怀抱，问在场人。

朴迟不忍再看，将脸别到一边。

徐日落则蹲下身子，捂脸哭泣。

苏舟将宁夏拉回怀抱，“不要找了，咱们露儿去一个很远很远的地方玩了，暂时不会回来。”

“那她会给我们打电话吗？她有没有说什么时候回来？”爱人好看的眉头此刻皱成一团。

在苏舟前回答她的，是停车场内一声尖利的鸣笛。

五点，医院下班了。

1n 晨晨的拼图6

徐日落认真看向镜中的自己。

她长得不算很漂亮，但长大后很多人夸她气质好。瓜子脸，额头很宽，每次总要像现在这样，梳出刘海放下才能掩饰——读书的时候老师说宽额头的人命富贵，这是唯一让她能接受这点的原因。嘴唇相对薄了些，皮肤也不是特别白皙，但恰到好处，五官搭配自然。眼睛相对最突出，双眼皮，还是不常见的圆眼睑。此刻它正炯炯有神地盯着反射的自己。

她喜爱自己的眼神。属于抗争、反对、不屑，虽然平日总是隐藏。

从医院出来后她又回了趟老家取衣服，待抵达赵家别墅已是晚上七点。洗漱间外再过半小时即歌舞升平。

但她很清楚，自己绝不会做那个徒有亡国恨的“商女”。

“女人因为秘密而更有魅力。”

突然想到这句电影台词，不由得抿嘴而笑。

她的秘密何其多。

此刻若闯进一个熟人，定会认不出她来。

身穿紧身长袖老式婚纱，胸前一串长长的珍珠项链，头发斜着盘起。脑后别着紫色小茉莉绢花。耳垂上也是白色珍珠。

她满意于自己生出某种错觉——我不再是我了。

她掏出手机打了一个电话，对方听到她的声音即欣喜若狂。

“那好，我在房间等你。”末了电话那头说，她笑容灿烂。

对方至今只跟她通话过几次，但对她印象甚佳，并似乎已认定她日后会是赵家儿媳。这不得不承认是她老板赵牧乙的功劳。

她将口红放回包内，将洗漱室的门小心地打开一条缝隙。

两个仆人正在专心地摆放长条案上的餐具，客厅再无他人。

很好，她拖起裙摆，无声地溜出洗漱间，绕客厅边的楼梯而上至二楼转角某个门前。

门未锁，她轻微旋转，以送生日礼物为由拜访对方卧室，真的再合适不过。

奢华的房间映入眼帘，她将门顺带反锁。墙上是法式复古宫灯，她的高跟鞋径直从有天鹅图案的俄罗斯手织地毯上踏过。

里面小套间内，梳妆镜前一个臃肿的卷发女人侧身专注打扮。

“日落你来啦。”对方欢快地说，正拿笔描眉。

“嗯，方姨。”她语气淡定。

“路上堵车了吧。肚子饿坏了没有，好在马上就有自助餐吃了，我让牧乙爸请了意大利厨师为这次宴会专门做点心。”女人仍未转身。

“是牧乙继父，不是亲爸。”徐日落更正道。

对方终于稍带不满地转过身来，“这孩子……”

徐日落想，她接下去那句应该是“怎么说话呢”，但与自己料想的一样，对方根本只是半句就说不下去了。

“对噢，我刚想起来，你和牧乙他亲爸没结婚吧，这么说来，现在这位倒也算是爸爸了。”徐日落恍然大悟般说道。

“你……你，你是！”今晚的寿星公像被雷劈到般，嘴夸张成O状。

“我是徐日落啊，方姨。”她笑，“怎么？你以为我是谁？”

她朝女人一步步走近。

“美贞……美贞！”女人抱头躲闪。

“美贞？哪个美贞？你是说徐美贞吗？咦，知道她的人可不多了，你是怎么认识她的？她是我妈哎。”

“什么？……她是你妈？不，不可能啊，美贞女儿……明明叫晨晨……”女人像见瘟神一样看她。

“嗯，徐美贞的女儿是叫程晨，她丈夫叫程天雄。嘻嘻，你既然看上去跟他们很熟，那你知不知道美贞的丈夫当年是怎么死的？”

对方已在拼命捂住胸口，“我不想知道，不管你是谁……赶紧给我出去！”

“出去？放心吧，我待会不用你请也会走，这么肮脏的地方，我哪怕过一夜也铁定会做噩梦的。怎么？你又不知道我是谁了？刚才你不是说出我名字了吗？我的好方姨，你真的老了，听说你只是心脏不大好，怎么连脑子都不好使了？还是贵人多忘事？我是晨晨啊。你不是在我一两岁的时候还常常到我家抱我来着？”

“我不信。你……你！你究竟是谁？！”臃肿的身躯费力地扶在梳妆台上。

“嘘，小声点。很多事被外人知道可不光彩。你问我究竟是谁？呵呵，这问题提得有水平，我喜欢。看来方姨确实要自己确认一下我的真假了，那就来吧，来啊！”

女子不由分说抓起中年女人的手，摸向自己脸颊。“真是奇怪，你不是和我妈在学校时就是无话不谈的知心好友吗？怎么连这么简单的问题都没办法解决？你看，这是我的眉毛，和我妈一样吧。你手哆嗦什么？我带你确认。瞧瞧，这是我的鼻子，够挺的吧，像不像我爸？噢，你现在按的是我的嘴巴，放松点啦，别把我口红弄花了，我可跟你刚才一样，抹了小半天呢。”

徐日落咂咂嘴，蓦地大力丢手。女人跌坐地上，不停喘气。

“药……药。”女人突然手用力向梳妆台够去。

“药？”徐日落眼珠儿咕噜一转，从梳妆台举起一个小的白色药瓶，“呀，我忘记方姨你身体不好了，听说不能受刺激啊？是这个药吗？哦，能即刻缓解心脏不适？果然是外国货好啊。不过，方姨你不是见过大场面的人吗？怎么心脏这么快就不适了？"

"给我……快点……给我药。"对方的身子就像一条可怜的肥蠕虫。

"你要药啊，也行啊。这样，你听我说完一个探案故事我就给你怎么样？放心，故事很短，而且你听了我说的真相部分一定会觉得很妙。呵呵，话说我今天在别处也听了两个真相，现在说的，算是第三个啦。"徐日落清清嗓子。

"话说有个警局接到报案，到现场一看，一个男人烤得一团焦黑死在厨房的地上。他的老婆小孩正围着他伤心哭泣。一问，说是她们也不知道男人什么时候死的，醒来到厨房时才发现的尸体。警察通过现场分析和尸检，得出结论：男人是前夜在给厨房换灯泡的时候不小心触电，触电之后说不出话来，最后在亲爱的老婆孩子还在睡梦中，他就吱嘎吱嘎被电糊了。对了，他死那天刚好还是他女儿七岁生日。你说，这是不是个让人同情的悲剧故事哇？"

对方睁大眼睛看着她，呼吸越来越微弱。

"方姨你不说话啊，真聪明，知道好故事肯定没这么简单对吧？"徐日落拉过女人的手，温柔地抚摸。"现在我就说解谜部分了噢。话说这还得回到男人死的当夜。当夜究竟发生了什么呢？嘿嘿，其实发生的都还算正常啦，就是这个男的和老婆吵架了。你是不是想问他们为什么吵架？我告诉你，是因为这个男的一直瞒着家里在外面有女人，还生了个孩子。他当晚就拍桌子死活要跟老婆离婚，连女儿拉都被掀开。

你说这个男的是不是很可恶？老婆为家整日操持，他却在外面搞情人。所以他老婆受不了啦，冲到厨房拿起菜刀就要自杀。那男人当然就去拉了，他还想着组建新的快乐家庭呢，现在这女的要是死了，他名声上过不去。于是两个人就在厨房里抢啊抢的，后来不知道是他们碰到什么电线还是别的，总之突然厨房灯就不亮了。这时候男的已经把刀抢在自己手上了，知道这女的死不成，心里当然轻松了。就喊女儿拿个备用灯泡过来，他家的备用灯泡放在她女儿房间里。她女儿一听厨房里的动静，好像不吵了，心里别提多高兴，毕竟那天是她七岁生日啊，就回自己房里拿了灯泡到客厅交给她爸装。

"哎呀方姨，你的手怎么越来越冷了？这个故事还没完呢，现在才是高潮部分，听我继续跟你讲：就在她爸接过灯泡的时候又出事了，她爸看见她手上戴了块新的电子表，就很生气，问从哪来的，女儿说是同学送的。他不信，说要那个同学的电话号码验证，可正好前一天女儿的那个同学转学了，根本没有电话，也没办法解释。那个男人就非说是女儿偷的，你说，哪有这样的爸爸，怀疑自己亲女儿是小偷？可那个男人就这样蛮不讲理，还把女儿的手按在砧板上，拿刀就要剁手指，说'三只手'的女儿不如不养，一直到她老婆求情，女儿也违心地承认了这事才作罢。之后他就开始换灯泡了，再之后就触电了。你问我他老婆和小孩那时在干什么？嘻嘻，怎么这么没有想象力的啊。当然就在看咯。

"方姨你身子怎么在抖啊？觉得他老婆和小孩行为不可思议？才不呢，你想想，那么坏的一个男的，老打小孩，还天天想着离婚，他触电了，不就是老天对他最好的惩罚吗？如果救了他，回头他还是恶习难改，又抛弃家庭。还不如就让他'吱嘎——吱嘎'下去对吧？所以那对母女就什么都没做，看了一会儿，就回房睡觉了。"

徐日落讲到口干舌燥就停了下来。她面前的老女人就在她说"吱嘎吱嘎"的时候，颤抖加剧，翻出了眼白。

徐日落放下女人手，盯着自己的手看，女人临死前在她手心抓出了好几道指甲印，很痛，但没出血，所以她忍了。

现在连她也找不到话说了，于是她从包里取出一张纸盖在女人的眼睛上。那是她为这个女人五十大寿准备的贺礼——一份"素文化"公司股权转让协议，上面有四个董事会大股东的签字。

就在这周，她先后向这四个理事收购了高达51%的股权，加上老板赵牧乙送给她12%的股份，她此刻想让公司易主已如囊中取物。

"你是不是想说你儿子对我这么好，为什么我还是要报复？"徐日落将纸仔细折好放回包里，站起坐在梳妆镜前的皮凳上解开盘发，用湿巾将眼睑上厚重的咖啡眼线擦掉，口红擦掉重新涂上粉色唇彩。

之前那是八十年代结婚女人的装扮，并不适合她的装扮。

与小时候见到的那张结婚照上的妈妈一模一样。

现在，摘掉繁复的珍珠首饰，她终于在镜中见到了真实的自己，一张无情的寡淡的却常被人误会作"有气质"的脸。

她把包的拉链拉上，将门锁转开，又坐回地上。

她把沾着自己指纹的药瓶拨开，丢在女人身边。

"只因为他投错了胎啊，方姨。"她轻声解答。

她包里的手机振动声传来，她取出查看。

——您的新短信来自周笑笑

"周笑笑"，她念着这个名字按下打开。

——晨晨，你成功没？一定要让那个坏人破产啊！有资金缺口随时找我，我会再帮你想办法的。要记得，我们是一辈子的好朋友。

"一辈子的好朋友。"女子喃喃重复，收起手机。撩开衣袖，将一直被压得紧紧的物体露出：一只在她七岁时，好朋友送给她的电子手表。这个好朋友后来虽然与她天各一方，却始终跟她有联络。而那块表，在父亲将自己抛到墙边的时候就停止了走字，但她这么多年来一如既往地像护身符般戴着。

她心里突然很委屈，很难过，很想流泪。

现在她也必须得流泪了，人生处处如戏。

就连刚刚朝死人解释剧情的她不也依然隐瞒了一个秘密么？

那个小小的微不足道的秘密，本该是今天揭晓的第四个真相。

女人因为秘密而更有魅力。

今天此刻这场，该表演准儿媳推开门正欲送礼物，见准婆婆心脏病突发，倒地遂痛哭流涕拿药救治，发觉对方已撒手人寰的戏码了吧。

她理当配上一声足够响亮的尖叫。

女子终于泪水决堤。

她用力摇着自己的战利品：一具女尸，嘴唇渐渐开合。

——“啊……啊……啊！！！”

我常常做梦见到那个短暂的场景。

大家总说，梦是假的，是与现实相反的。

所以每次醒来的时候，我都要再确认一次它的真实。

现在我家只有我一个人了，我还躺在我的大床上。

我的大床特别柔软，我只要睡不着的时候就会在上面滚来滚去。

大床上原本可以看见爸爸妈妈的结婚照。

但前天结婚照被娘家远房伯伯取下来了，放在了墙角。

我趴在床上，还是能看见它。

照片上，爸爸打领带穿着很帅的西装，妈妈穿着白色婚纱，戴着珍珠项链，头发盘得很高。

现在，爸爸死了，妈妈进了精神病院，医院给她下了确诊通知书，好长好长的病名，我根本看不懂。

昨天我在妈妈的衣橱里找到了那件白婚纱。它上面还罩着一层塑料纸，肯定是妈妈不想它被弄脏。

昨天伯伯说要给我改个名字，不跟爸爸姓了，跟妈妈姓徐。问我，晨晨你新名字想叫什么？我就歪着头想啊想，一直想到太阳落山。

就叫“徐日落”吧。

我的命运不是早晨，太阳公公不喜欢我。我还这么小的时候就给了我那么多不幸。

我是日落，是属于黑夜的小孩子。

现在，属于黑夜的小孩子又想起反复做的那个梦：

爸爸丢开了紧紧钳在砧板上的我的手。

"给我滚！"他凶狠地对我说。

我没有偷表，是周笑笑送给我的。但他一定要逼我承认。

我忽然想起他对那个小男孩的温柔神情，站在原地发呆。

爸爸见我不走，甩了个嘴巴过来。我麻木地应声倒在地上。

妈妈现在只会哭啊哭的，太没用了。

我退出厨房，爸爸又用厌恶的表情看着我们。

"这日子叫人没法过了。"他说。

他现在一定很想身边的是那个头发卷卷的女人还有那个小孩吧，他们一起生活就会很好过吗?

眉间有痣的叫牧乙的小男孩，也是爸爸的孩子。

我应该叫他"弟弟"吧，但好像爸爸根本就不愿意这样。

我也不愿意。

爸爸看了眼顶上，估计是准备换灯泡了。

他会把灯泡从纸罩里取出，下一步是站在板凳上用手把坏灯泡拧下来，再把新灯泡拧上去。

家里的灯泡都是爸爸换，我看过好几次。

"妈妈。"我用手招妈妈过来，手里拿着一个水杯。

妈妈已经精神崩溃了。

就在十秒钟内，我莫名其妙地想起欢送周笑笑的那期班会上，张老师语重心长地跟她说的一段话。

他说："笑笑，你以后一个人在家的时候一定要注意煤气和用电安全。煤气用完了要关上，千万别用湿手碰电线还有电源，会触电的。很多小孩子就是不注意这些白白死掉了。"

湿手碰电源会触电，会死。

爸爸很讨厌，他不要我和妈妈了，我跟周笑笑保证过，我爸爸妈妈绝对不会离婚。我阻止不了他离婚。

所以，现在我要他死，他必须死。

开关仍是通电状态，爸爸站上板凳，拧下坏的灯泡，放在灶台上的时候碰落了那把被抢过的菜刀。

"真他娘的见鬼，早离婚早脱离苦海。"爸爸又说脏话。

他换只手拿起新的灯泡拧上。

"做梦！"妈妈手中的水就在这时泼向空中。

我醒了。

房间灯泡自从炸了就没人换，此刻一片漆黑。

从未有过的孤独感就这样席卷了我。悬疑志

作者简介

刘念夕，籍贯上海，八十年代末生人。

2004年至今——日本《西市》周刊悬恐专栏作者。

中国《山东广播电视报》签约剧评。

创办写手团体"桂源铺"。

其个人及成员短篇作品散见于：《推理》《男生女生》《试胆》《最推理》《推理志》《E尚》……

异故事讲堂

YI GU SHI JIANG TANG

鬼事连篇(2)/种子/插班生/伤口的弧线/TIME

鬼事连篇(2)

文\朱琨

三 暴怒

住医院的日子是无聊且漫长的，由于白方和我都受了点伤，所以去西安只能往后推一推了。李伟的女朋友每天都会来看他，每及此刻都会把我和白方羡慕得口水流出多长，白方一边啧啧称赞一边和我说："你看人家的女朋友，唉，你看咱们的。真没法比呀。"

我瞪了他一眼，纠正道："你是想媳妇想疯了吧？你有女朋友吗？我倒是有一个准女友，想转正恐怕还要等一阵。"

不过今天他们吵架了，起因是一件小得不能再小的事。

李伟的伤快好了，他女朋友想让他伤好后去她家坐坐，看看她的父母。这段时间他们没少跟着急。可是李伟另有打算，他说手里还有两个案子，想伤好后回去结了案再去。两人没说妥，一来二去就红了脸，李伟也是火暴的脾气，把他女朋友刚塞到手的苹果狠狠地丢到了地上，用数十分贝的声音怒斥道："我说不去就不去，你再叨叨我以后永远不去了！"他女朋友

没说话，眼圈红红的。

李伟对面床是一个五十多岁的大叔，长得憨厚耿直的样子。我们来时就住进来了，一直没说过话。看他们吵架了，起身走到李伟身边坐下："兄弟，怎么了？有什么事好说，别发脾气嘛。你要是不嫌大叔啰唆我就给你说道说道，你先听我讲个故事，听完了再说，好吧？"

李伟刚才和女朋友发了脾气这会儿看来也有点后悔，就点了点头问："大叔，怎么称呼？"

"我姓胡，胡建国。叫我大胡吧。腿不太好，在这儿观察一段时间。"

这时我和白方也凑了过来，大胡点着了李伟递过来的烟，开始讲这个故事：原来大胡家住市郊县南关，他说的这事是他一个叫胡振东的侄子身上发生的故事。胡振东比他小十几岁，是胡建国大哥的大儿子，说这事是二十多年前，那时候他才二十出头。胡振东从小就脾气不好，初中毕业后也没上高中直接回家务农。后来城南开了一个采石场，他就托人帮着找了一个晚上下夜的工作，这样不耽误白天干活，晚上还能补贴着家用。

其实在采石场下夜没什么大事，就是晚上看着白天采出的石料、工具什么的。那年的冬天特别地冷，大年初一的晚上下了一场铺天盖地的大雪，已经到凌晨了。胡振东蜷缩在炉子跟前，一边烤火一边听着收音机。

忽然，炉中的火苗腾地猛然涨了一尺多高，屋里的电灯也跟着啪地熄灭了，门呼地被吹开，北风卷着雪花吹进屋里迷得胡振东睁不开眼。伴着吹进来的风雪从外面走进一个人来。是个男人，看不清年纪相貌，裹着一件灰棉袄，低着头走到了胡振东面前。胡振东以为是打劫来了，抄起地上的火钩子也站了起来，警惕地问："你是谁？"

"我原来也是采石场的工人。"那个人的声音像是从水缸里发出的，很闷，没有声调。

"你不干了？那还来干啥？"他下意识地抓紧了手里的火钩子。

"我求你帮个忙？"

"干啥？"胡振东越来越感觉对面这个人有点不对头。

"我的尸体在四号石矿东南角三米处，你能帮我挖出来安葬了吗？我会谢谢你的。"仍旧是那毫无顿挫的声音。

胡振东听这话吓得差点背过气去，也就仗着年轻胆大退了两步问："你不是人？"

"不是！"

"让我给你料理后事？"

"对！"

"我……我不管！"胡振东回答得倒干脆。

"我会感谢你的！"

胡振东把头摇得像个开了三档的电风扇，道："不行。我不想沾死人晦气。"

"我会重谢你的！"那个鬼还不死心，"我叫杜宝富，是采石的时候被石崩砸死的。他们一直没有找到尸体。你要是能帮这个忙我一定会重重感谢你的。"

听着他没完没了，胡振东的脾气上来

了，他抡起手中的火钩子说：“我说我管就不管。你再麻烦我真不客气啦！”冷风袭身，雪花乱舞。那个人一下就消失了，胡振东抬起头，原来刚才只是南柯一梦。

过了一个月，胡振东开着借来的东风三轮儿去市里买东西，回来的时候天已经黑了。到县城还要走一段山路，恐怕得半夜才能到家，所以他加快了速度。车刚上山走了没几步，就发现前面出现了一个人，穿着灰棉袄一直在向他招手，再仔细看就是那个死鬼杜宝富。一看是他，胡振东这气就不打一处来，心说：“你怎么总和我做对？我还真不信那个邪的歪的，今天非追上你问个清楚不可。”真是童男胆壮不怕鬼，他开着三轮就追了上去。

杜宝富走得不快，但胡振东怎么也追不上，越追不上他就越追，追来追去追出了一身汗。就这么追了有四十多分钟，胡振东听见路边有人喊他：“胡振东，停车，停车……”听声音还是一个女的。他也感到奇怪，这个时间这个地方怎么还有人认识他，就把车停下了。不停还好，车刚停稳他就差点儿吓尿了裤子。原来，东风三轮已经停到了悬崖边上，再多走半尺就能见着他爷爷了。

自打这事以后杜宝富再没有出现过。在胡振东又一次进城的时候还是在刚上山的地方认识了一个叫春铃的女孩，从小是个孤儿，也住在县城。后来胡振东就和春铃结了婚，一年以后有了儿子胡宗强。

胡宗强出生没几天，胡振东的父母就先后病倒了，到医院怎么也查不出病因，虽然病不致命但也没少花钱。没过几天家里莫名其妙地着了火，幸亏发现得早没有造成大的损失。胡振东越来越感觉有问题，就怀疑上了新出生的小胡宗强，总有一种这家伙是杜宝富投胎的感觉。

“要真是那样这小冤家非要了我的命不可。”胡振东开始对自己的儿子越来越冷淡。

有一天春铃出去办事，胡振东在屋里喝酒，小胡宗强哭了起来。开始胡振东还去哄一哄孩子，后来越哄越哭，胡振东就急了，他抱起胡宗强道：“再哭我掐死你。别哭了！”说完拿起一床棉被盖在胡宗强身上就又转身回屋喝酒。

春铃回来的时候胡振东已经喝多了，半歪在桌子上打盹。她进里屋找孩子，发现棉被下的胡宗强已经窒息气绝多时了。

看孩子死了胡振东也傻眼了，他有点怕负刑事责任。春铃默默地擦干了眼泪，平静地对他说：“我原来在采石场记过一段时间账，你没注意，但那时我就认识你了。本来冤魂的怨气就很重，你没有帮杜宝富使他要报复于你。是我当时喊你停车才救了你一命。再后来我找人帮你给他做了超度才得这几年平安。原指望和你白头偕老，没想到你竟然杀死自己的孩子。无论你是不是有心的我都不会原谅你，咱们夫妻的缘分就到这儿了。”胡振东没想到妻子这么冷静，也这么绝情。从此以后他再也没有见过她。

这件事给他的打击很大，妻子没有报警，但她永远不会原谅自己。三年后，他才经人介绍又和另一个叫王小澜的女孩结了婚。同年，王小澜给他生下了他的第二个儿子胡念强。

胡念强自从生下来身体就不好，一年有十个月住在医院里，但无论怎么检查就是查不出有什么病，眼看着孩子身体一天不如一天。后来胡振东听说父亲有一个老朋友据说能掐会算，可以捉鬼拿妖，实在没有办法了，本着死马拿活马治的想法就去找这个父亲的老朋友：宋半仙。

宋半仙本名宋春来，私下里大家都叫他宋半仙；由于在“文革”中被弄瞎了双眼，也有人偷偷叫他宋瞎子。宋半仙大约六十多岁，小矮个子白面皮，戴着能把多半个小脸儿遮住的大蛤蟆镜，听完了胡振东的陈述要了胡念强的生辰八字算了一会儿，然后才开口：“你原来应该还有一个孩子吧？那是修炼三百年的囚牛（一种古兽，龙的第一子）投胎，囚牛主阴，生时会使亲人遭小难而积大福；日后可飞黄腾达。后来他死于非命，现在阴魂不散，会害了你现在这个孩子。”

胡振东夫妻听完自是大惊，忙问有什么办法。宋半仙沉吟许久，道：“要送走他不容易，我可以试试。四月十五日子时是最好的时间，如果那天不行那我就无能为力了。”

四月十四日夜，胡振东家。

宋半仙把胡念强放到正在的八仙桌上，然后拿出一张准备好的“驱鬼符”贴到他身上。接着又点了三柱香，右手持桃木剑左手掐着“大宝轮决”，对胡振东夫妻说：“你们回屋里，无论听到什么声音看到什么东西切记不可出来。我一会儿会叫你们的。”

胡振东抱着妻子坐在床上，开始的时候没什么事，可是时间刚过十二点，就听外面电闪雷鸣，下起大雨来。屋里没有开灯，漆黑一片；风带着窗户的响动声大得惊人，竟然像鬼泣魂号一样瘆人心肺毛骨悚然。隐约间四下响起一种奇特的声音，如牛吼，似猿鸣，又宛如受重伤后无力回天的猛虎咆哮。开始声音很小，也只有一声。后来慢慢多了起来，好像有成千上万只同时出声，透过重重阻碍却也清晰可闻，如在咫尺。外面兽影幢幢，但无论如何也看不清是什么模样的东西。过了子时，声音越去越远，终于几不可闻。雨，也停了下来。

宋半仙的脸色更白了，手里的木剑也不知去向。他满头大汗，坐在椅子上；八仙桌上的胡念强双目紧闭，不知是睡着了还是已经死了。

“宋师傅，怎么样了？”胡振东过去问道。

“我斗不过他！”宋半仙悠悠地说

“啊……那……”

“他没有伤你孩子，因为他看到了这个。”说着宋半仙举起手中一个金灿灿的东西。

“长命锁？这是怎么回事？”胡振东疑惑不解地问。

“原来那个孩子叫什么名字？”

“胡宗强，咋啦？”

宋半仙摸索着长命锁上面的名字念道：“胡念强！他是看到这个才饶了你们的。”

胡振东脸上已经挂满了泪水，因为这个名字是前妻给孩子取的。

“虽然他已经走了，但这个孽是你一手造的，所以你自己要把它化解。”宋半仙道。

胡振东瞪圆了眼睛，问：“那我要做什么？”

“给胡宗强立牌位，从今天起你一日三炷香不能间断，一直念强成人。希望这可以化解他的怨气，否则怨气集结就会出大乱子的。”

“好，我一定办到。”胡振东的头点得像小鸡掉进了米缸一样。

后来胡振东果然这样做了十多年，直到胡念强十八岁。而胡念强也一路顺风，去年前往法国巴黎高等音乐师范学院学习钢琴爵士乐。

胡大叔的故事讲完了，我们还沉浸在这个近似于《聊斋》的离奇事件当中。许久，李伟才问道：“胡大叔，你说的都是真的？”

“当然是真的，我这么大岁数还编故事哄你玩呀。小伙子，脾气是一把带毒的刀子呀，掏出之前先想几分钟该不该掏。想好了再发你的脾气也不晚。”胡大叔的眼神里露出慈祥的神情。

我正想发表一下看法，这时候手机响了。是李洋打来的。这个死鬼再次让我有了一丝阴冷的感觉，虽然现在还是夏天。

“喂……”我的声音多少有一点颤抖。

“老朱，是我，李洋。”一个熟悉又陌生的声音相隔三个多月再次传来。

“你……”我有点不知道怎么表达，“你没有死。”

“我需要你的帮助；只有才能帮得了我。我相信你不会拒绝。”

“你在哪里？你到底是不是还活着？”

“记得，你一定要帮我！”

电话挂掉了。我的手有点儿发烫，头也痛得要命，好像整个脑袋要炸开的感觉。我把身子蜷缩在被子里，用手拼命地按住两个太阳穴才感觉好了一点。

不知道过了多久，反正天已经黑了的时候我才从被子里出来，头已经不是很痛了，却很想吹吹风。李伟的女朋友正在喂他吃水果，我走到窗边推开窗户，一边贪婪地吸着夜幕中的微风一边问李伟：“你们这么快就和好了？呵呵。”

“和好？谁和谁和好？”李伟似乎有点不知所措。

“你们下午没吵架吗？还装什么，我当时又不是不在。”我真不明白他们这样幼稚的掩饰是否有意义。我要是刚从幼儿园毕业还可能有点儿用。

李伟和他女朋友互相看了一眼，对我投来两道莫名其妙的目光，“我们不仅今天没有吵架，而且这段时间一直没有吵过。你是不是记错人了？还是这两天太累睡糊涂了？”

我听了他们的话真差点儿把两个耳朵气得换了位置，“今天下午胡大叔讲故事的时候我们都听到了。要不是你们吵架他也不会讲呀，不是讲给我听的吧？”

白方从被窝里探出脑袋，伸了一个懒腰大声对我说：“朱华，我看你是让妒魔吸走魂了吧？你做什么梦呢？急诊观察室从我们来到现在就只有我们三个人？哪来的什么大胡二胡的，而且你进来一直在睡觉，还在梦里呢吧？你怎么不找找你梦里的那几百个光身子美女？”

一时无语，我真的是在做梦？不对呀，我的手机里有李洋下午给我打的电话呢，想着我拿出了手机看来电显示。

手机上清楚地显示最后一个电话是住院前一天我妈打给我的，我今天的确没有接到任何电话。

“我难道真是做梦？还有梦这么真实？我今天下午明明听了一个很奇异精彩的故事和接了李洋的电话，怎么都成了梦境？”我自言自语，头又开始痛了。

白方点着了烟，狠狠地吸了一口，道：“好了，别想了。看来我们得晚几天去西安了，因为你要直接转到精神科去。”

我知道他在说什么，不过计划是不能变的。

四 懒惰

可能最近没有休息太好的原因，精神总是比较紧张。不过我可不像白方那样认为自己有点神经病，可能是受伤加上太累以至于把前几天那个真实的梦境当成了现实，虽然那是如此真实的一个梦。

“我现在对你的朋友中是否存在李洋这个人或者与你说的李洋是否是一个人产生了怀疑。”白方半歪在沙发上，手里拿着一支刚刚点燃了的香烟。

“你这话什么意思？你不会真认为我有神经病吧？我不就昨天做了一个梦嘛，你真是拿着鸡毛当令箭——小题大做！”我滋生出一种强烈的不满情绪。

“你误会了，我的意思是慎重，也许我们都错了呢？人在精神高度紧张的时候是很容易产生幻觉的。这不是你的错。所以我感觉我们有必要查清楚再去西安也不晚。”他从沙发上慢慢站起来，看着我说。

“查什么？怎么查？”我越来越感觉到白方太过于小心，而且还是在怀疑我。

“你不要疑心，查一下对我们没有坏处。去你的同学、老师

甚至派出所那里调查一下李洋。反正到目前为止我掌握的情况基本上还都是你说的。”

我不置可否，转身去冰箱里拿了一瓶茶饮料。这是我的习惯，夏天家里的冰箱里总会有很多这东西，然后对白方说:“我们已经出院三天了。我感觉我们在耽误时间。不论怎么样去看看没有坏处。况且那一万块钱是真实的吧？一定出了什么事。”

就在白方沉吟不语时，外面响起了急促的敲门声。

李伟难得穿着警服来我家，一进门就大声喊道:“你们都在太好了，我又有一件非常邪门的事需要你们解决。”

“你真是人民公仆，伤一好就上班。”白方笑道。

李伟一把夺过我喝了几口的茶，仰脖全倒进了嘴里，然后意犹未尽地说:“没办法，上面给的压力太大，限期破案。而且这事太过于奇怪，我只能找你们了。”

“到底什么事？”白方来了兴趣，往他跟前凑了凑。

李伟似乎不经意地四下看了一眼，才压低声音道:“这段时间以来，市殡仪馆和各大医院一直在丢尸体，到目前为止已经有上百具了。几个月一直没有破案，后来市里就从各局抽人组成了专案组专门负责这个案子。很倒霉，我就被抽上了。”

“丢尸体？以前出现过吗？”白方问道。

“以前也丢过，不过也就一两具，没有这么多。现在已经连丢了几百具新尸了，而且死亡年龄都是三十到五十岁之间的。”

“没有一个人见过具体情况？”白方又问。

李伟的脸上闪过一丝不安的神色，道:“这就是我来找你们的原因。这些尸体丢得匪夷所思，有人看见它们是自己走出去的。”

“自己走的？你的意思是这些尸体是走丢的？”白方显然来了兴趣，甚至连我听着都感觉有点儿悬。

“对！我们有确凿的证据证明它们是自己走出门的。原因不清楚，所以找你问下，你了

解这方面的东西不？”李伟露出恳切的表情。

白方看着李伟，许久才道：“如果你们真解释不了的话。那我看只能是‘控尸术’了。”

“那是什么？”我从来没听到这个名词。

“‘控尸术’是一种古老的法术，在古今中外的文献中屡见不鲜。传说古埃及法老胡夫就是运用此术让死去的奴隶为其建造金字塔；我们常听说的湘西赶尸也是一种初级别的‘控尸术’。而且‘控尸术’也算是一门学问，最高的级别叫尸奴主，他控制的尸体就是尸奴，可以为其做任何事情。而要实现控尸的方法中外也都各有不同，中国有丁巴教（中国少数民族普米族所信仰的一种宗教）的咒控、道家的符箓控术等；而外国的就更五花八门了，最简单有效的就是古巴比伦人利用一种专门控尸的虫子进行控制尸体的法术，那种虫子就叫控尸虫。”

白方说得嘴角冒白沫，我和李伟却好像听阿拉伯语课，面面相觑如入云雾。

他大概也看出我们听不懂，也就不说了，最后补充了一句：“大概就是这个意思。”

“你的意思是有人用这种方法偷尸体？什么目的?”李伟问他。

“如果有可能的话你可以安排我们去殡仪馆守几天，我倒想看看这家伙用什么手段来偷尸。”白方的眼中闪烁出沉着镇定的光芒。

凌晨二点，市殡仪馆尸库。

我们已经连续在这儿守候一个星期了，没有任何发现，不知道对手是否有所察觉。就在我昏昏欲睡的时候，李伟用胳膊肘捅了我一下，轻轻地道：“快起来，来了！”

“什么来了？”迷蒙中我抬起头看到两具赤裸的男性尸体灵活地打开尸库的门，向外面走了出去，行动宛如活人。

“门都锁了，它们怎么出去？”我有些疑惑地问白方？他做了一个禁言的手势，摆手招呼我们悄悄地跟在后面。

晚上的殡仪馆异常静谧，外面的大门已经上了锁。前几天发生丢尸的事情时吓坏了不少人，后来无论怎么防备还是有尸体丢失，所以就在入夜后将大部分的门都锁死了。这两具尸体走得很快，我们几乎是一路小跑跟着。它们在楼里转了几个弯，来到了运尸的角门外。运尸的角门很小，只能让一个人躺着从里面出去。它们竟然从这里钻了出去。

我们三个人面面相觑，李伟恨恨地道：“又跑了。”他就忘了从这儿也能出去。

“它们到底要去哪？”我问道。

不过没有人回答。

……

第二天深夜，市郊区拆迁工地。

浓浓的雾气笼罩着整个工地，能见度低得在我看来要用游标卡尺来计算了。说来也怪，刚才来的时候怎么就没有这么大的雾呢？

李伟大概是怕我和白方闲得难受，今天

一早又带来了这个线索——一个扑朔迷离的工程队。据他说这个工程队很奇特，无论接什么工程，一律都是晚上十点以后开工。第二天早上五点收工。而且只要他们工地一开工，无论何时何地都会大雾弥漫。公安局早就怀疑这个工地不正常甚至与丢尸案有关，但是派来的人在这儿总会迷路。

白方用绳子拴在我们三个人的腰上，然后就像瞎子一样慢慢地往前摸着走。每走一步都得试试深浅，以免落到沟里去。刚走了几十步，前面的李伟就停了下来，我一下子撞到他的身上。

“怎么不走啦？”我问。

“这雾有问题，一定是人为弄出来的。”这是白方的声音。

“人为？为了掩饰什么不可告人的目的？”这是李伟在问。

“应该是。你们等下。”白方好像从包里取了什么东西出来，接着对我们说，“转到我身边来。”

大概过了五分钟左右，我感觉周围刮起了旋风。开始的时候风很小，仅仅在脚下打转，后来越来越大，竟然将我们三个人包围了。

“跟着我走。”白方拉了拉绳子，我和李伟搭着他的肩跟在后面，而旋风就随着我们在身边转动，将浓雾刮出一条路来。

就这样又走了十分钟，我们在一堵破墙后面停了下来。前面不远处，传来一阵阵的车辆轰鸣声。借着传来的亮光，可以看到前面已经没有雾了，几辆卡车和两辆推土机在一群赤裸的人群中穿梭来往，这群人的手中都拿着工具正在挥汗如雨地工作。

“他们怎么没穿衣服？”李伟问白方。

“两个蠢材，你再仔细看看。它们就是那些丢的尸体。”白方怒道。

“我他妈也没问你，你吃多啦？骂我干吗？”我嘴里这么说，可心还是差点儿跳出体外。

李伟可能和我也差不多，看来刑警的胆子不比常人大多少，他憋了半天，才道：“一群尸体在干活？谁让它们干的？”

“这得问你了？”白方回答他说。

“那我们应该怎么办？”我问

白方想了一下，反问道：“老李去查一查这个工程队的负责人，我们回头去拜访他一下如何？”

“好，交给我了。”李伟沉吟着点了点头

刑警办事到底和一般公务员不一样，仅一天工夫他就通知我和白方，找到那个工程队负责人郭大鹏了。

不过他带我们去时，我倒小吃了一惊。我真不明白为什么有钱人把自己的房子都选在郊外，李伟开着他们分局的“切诺基”足足跑了四十分钟，我们才见到工程队承包商郭大鹏的那个别墅。

“真远，要是犯个心脏病脑溢血什么的连去医院我看都来不及。”我一边抽烟一边发着牢骚。

终于到了，给我们开门的是一个很迷人的少女，冲我们微微一笑地问道：“你们找谁？”

“我们是市规划局的，找郭总谈点事情。”李伟的眼神有点直。

她没有说话，轻轻地关上了门。几分钟以后，她打开门请我们进去。

这回我算开了眼，真的见了什么叫有钱人，感觉这家子他×的快赶上白宫了，四个字“金碧辉煌”。当然，白宫我也没去过，不过应该和这家差不多吧。

郭大鹏有四十多岁，看见他能使我联想起大号啤酒桶。他摇摇摆摆地站起来伸出肥大的巴掌笑道：“欢迎欢迎，很少有人来这儿找我谈生意。几位是怎么找来的？”

李伟笑着和他握了握手，道：“我们也是朋友简介，呵呵。麻烦郭总了。”

郭大鹏一摆手，道：“坐，别客气。”说着坐下来微微喘着气，一挥手又说：“这桌上有烟有火。你们谁抽烟自己点。”桌子上摆了一个漂亮的水晶花瓶，郭大鹏手一挥手正好将花瓶碰倒，撒了些许水出来。

“丽丽，进来扶花瓶。”郭大鹏往后一靠，把身子埋在沙发里，道，“接着说，你们什么业务来着？”

……

下午六点，公安局食堂。

谢绝了郭大鹏的晚饭，我们在公安局食堂一人要了一份饭，边吃边聊。我用馒头捅了捅白方，问他：“刚才你怎么去趟厕所去了多半个小时，干啥去了？”白方一笑，没有回答我的话：“偷尸的人就是他；而且他的工程队就是由那些尸体组建的。”

李伟正在吃一块肘子，听到白方的话差点儿把骨头也咽下去，他擦了擦嘴，问道：“你是说他那个工程队全是死人？”

“不止工程队，他家里只有他和他媳妇两个活人。”

我感觉有些不寒而栗，虽然这次并没有看到什么恐怖的事情发生。想了想，我问白方：“那刚才回来送我们到门口的管家、收拾桌子的中年妇女丽丽还有那开门的小姑娘是什么？”

“他们都是死人！那些都不是他媳妇！墙上有他们的结婚照。”白方的声音又开始变得像白开水一样干巴巴的没有味道。

一时没人说话，一片沉寂。

“他们都是死人？”我终于开口打破了死一般的静谧。

“对，他掌握了控尸虫！这是一种非常可怕的东西。它们可以控制尸体达到尸奴级别，为你做任何事。但是控尸虫的反噬也是很可怕的！”

第二天一早，沉睡中的我被李伟的电话吵醒了，他告我，郭大鹏出事了，现在人民医院住院。当我赶到的时候郭大鹏躺在重病监护室已经奄奄一息了，全身都被绷带包着，正在述说着他的遭遇：“是的。那些尸体是我偷的，因为我需要它们；控尸虫需要它们。我没有尸体来源，只能去偷了。”

“那你是怎么得到控尸虫的？”白方问他。

“我原来是盗墓的，和一群兄弟昼伏夜出提心吊胆，但日子还过得去。后来有一次我们在四川盗了一个墓，懂考古的老二说竟然是

商代早期时三星堆人的祭祀坑。在这个墓里我就发现了那本书。那是一本用后楔形文字（古巴比伦文字变体，较原楔形文字好认更易于书写，距离现在时间略近）写成的羊皮书。他们都没要，我也是鬼使神差地就留下了这本书。后来我托国外的朋友找专家翻译了这本书的大部分内容。专家告我说那是一本导致巴比伦王国灭亡的巫术书。并建议我毁了它。”说到这，他停了下来喘气粗气。

“你没舍得，是吗？”我问郭大鹏。

没想到我的话一出口，他竟哭了出来，哽咽着说：“是呀。我按照它的要求在云南西双版纳找到了控尸虫的母虫，利用它吸引了大批的公虫，它们是群居昆虫。后来经过我的培养训练它们终于可以为我做事了。我什么也不做就可以得到大把的钱，没想到……”

李伟皱了皱眉，问：“昨天是怎么回事？”

郭大鹏开始痛哭，边哭边道：“我不知道为什么。昨天它们都乱了，那些尸体疯了；它们杀了我的妻子，烧了我的房子。我欠了大批的贷款，我完了。我一无所有啊……”

“那些雾是怎么弄的？”我又问他。

“那也是那本书里写的。用来带尸体出去时做掩饰的。”他仍然在哭。

“你不知道控尸虫的反噬是非常可怕的吗？”白方轻声地摇了摇头，“耶稣基督说过，对于懒人，无论有的还是没有的都会被夺过去；你从开始就注定了会失败。虽然你可用控尸虫来控制人体为你干活，可一旦丢失了母虫，你就会变得一无所有。”

我不想听郭大鹏杀猪一样的号哭，走出屋子到外面透气，白方也跟了出来。

“为什么这么巧？我们昨天去过他家今天那些控尸虫就乱了？到底是怎么回事？”我不解地问他。

白方从口袋中拿出一只精致的小瓶子，慢慢地拧开了瓶子口。从里面飞出一只拇指大小，纯白色的虫子，有些像放大了长翅膀的鼠妇（椭圆形，条纹灰色，民间俗称“潮虫子”）。它先是探头看了看，然后振翅飞向了蓝色的碧空。

“这就是控尸虫的母虫！只要在周围找不到母虫的气息，那些控尸虫一定会乱。这是对他的惩罚！”

我点燃一根烟深深地吸了一口，虽然我感觉有些不以为然，但并没有指责他什么。

“他看母虫一定防守严密，你是怎么弄到手的？”

“不干活的时候把母虫放在家里是很危险的，而且用死人来做看守更是他犯的一个大错误。死人毕竟是死人，无论它怎么像活人。别忘了我是干什么的？”白方自信地回答。

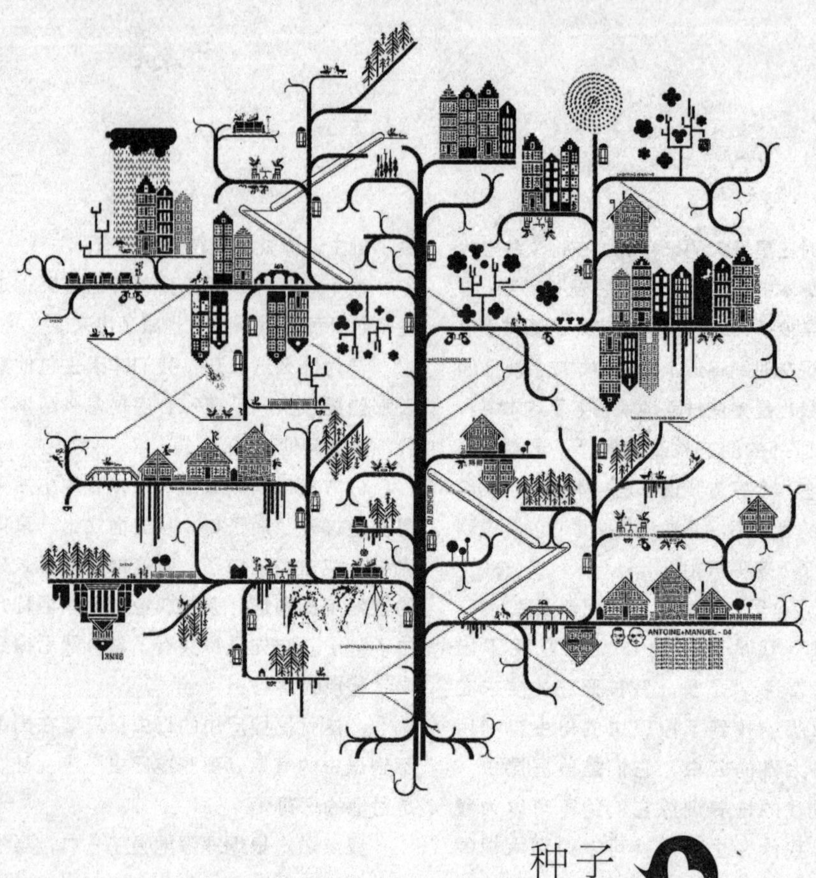

种子

文\王雨辰

我开始在家里翻找，终于，在母亲床下的木板隔层里找到了那个用厚厚的油纸包起来的灵牌。我拆开一看，感到一阵不解。牌位上赫然写着的，居然是我的名字。

“种瓜得瓜，种豆得豆。”这句古语不知道传了多少年，一切都是有因才有果么？或许该说什么样的种子发什么样的芽。

若不是站在眼前的这个颓废男人，我恐怕不会知道这个故事。即便是隔着老远，我也能闻见他身上混合着酒臭味和多日不曾清洗的酸味。他随意地将一件皱巴巴的西服套在已经变色的“白衬衣”外，皮鞋已经完全失去了光泽，只有架在高耸的鼻梁上的那副金丝边眼镜和后面的那双虽然低垂却依然犀利的眼神还能提醒我，这个男人以前过着高高在上的非常优越

的生活。

“我出生在一个令人羡慕的家庭。”他使劲舔了舔干裂的嘴唇，我倒了杯水给他，喝完后，他开始谈起那个关于种子的故事。

（下面是男人的口吻。）

虽然是名门望族，却有着外人无法了解的痛苦，无论我们家如何风光，如何显赫，但始终都是单传。

每代下来，都只有一个儿子，家里的长辈总是战战兢兢地抚养这个孩子，即使是以前可以有三妻四妾，但始终只有一个能继承香火的，再要生，要不就是女孩，要不虽是男孩也会夭折流产。

人丁兴旺关系到家族兴亡，这是几千年来以家族形成个体的中国社会不变的法则。我们家虽然竭尽所能到处寻找办法，似乎也只是徒劳无功，后来想开了，也就算了。

我的父亲是一名富裕的儒商，下海前是大学教授，做生意则一帆风顺，而且又赢得了极好的名声。我从小就在钱和墨水中长大，不过在他的教导下，我没有成为书呆子，也没变成尖酸刻薄唯利是图的商人，我平稳地按照家里为我设计好的路走下去，成为一名外人仰慕的成功者。

但路有时候也会出现岔口。

我娶了一位我非常爱的女人为妻，但结婚六年都没有任何生育的迹象。表面看上去和谐的家庭却始终蒙着一层阴影。在我看来，没有孩子多少有些痛苦，但却不影响我的生活，而双亲则急得满头生白发，而这个年代又不比以前可以讨妾，借腹生子我们家更是干不出来。

妻子经常会在睡梦中流泪，我明白她的痛苦，这也令我更加烦恼。我和她早去医院检查过，可两个人都没问题。妻子也一度提出离婚，但被我严厉地拒绝了，如果为这个事抛弃她，那我就真不是人了。

我的母亲，也是我父亲的大学同学，是在四十岁的时候才生下我，当时她也是冒着极大的风险。而那之后她的身体每况愈下，经常腿疼，可是无论什么天气，每天早上她都起得很早。

终于有一次，幼年的我悄悄爬起来跟着她，看她做什么，我望见她居然在寒冷的清晨披着单衣，走到客厅，不知道从哪里拿出一个长形的木制品。

似乎，是一个灵位。

母亲将牌位放在正对客厅的窗口，居然跪了下来。

我想过去搀她起来，但好奇心让我躲在一旁看了起来。

母亲哭了起来，那声音非常地悲凉。我一时没了主意。哭了片刻，母亲站起来，收起牌位回到自己的卧室。

几十年来，母亲天天如此。我一直想知道那牌位是谁的。或许是母亲的好朋友？父亲说母亲年轻的时候交友很广，颇有女中豪杰的味道，而且又是重情重义之人，如果这样想，只是凭吊一位故友倒也说得过去了。

家里的气氛让人窒息。日子就这样一天天过去，我极力想化解父母和妻子之间的矛

盾，可是三人之间的隔阂却越来越大，直到有一次，父亲居然外出许久，我问起母亲，她只是说去老家为我讨要生孩子的秘方。

父亲回来的时候非常高兴，仿佛人都年轻了几岁，而老两口对妻子的态度也忽然转变了，这反而让我们俩觉得颇为不适应。我以为维持几年的坚冰或许真的打碎了，然而事实证明我错了。

父亲不是一个人来的，他并没有带来什么秘方，而是带来一个即将临盆的孕妇。父亲说她是乡下的友人，由于家里已经超生，不敢在村子里生，所以顺便带她过来，让她在城里生娃，也算帮乡里人做点好事，而且农村认为不添丁的家里来个孕妇也可以讨个好彩头，我自然没有怀疑，因为父亲经常帮家乡人的忙，什么工作调动、资助贫困生之类，以前都做过。

不过，这个有着黑红健康脸孔的女人死死地盯着我看，仿佛看怪物一般，接着又看了看妻。她忽然抚摸着自己圆滚如西瓜般的肚皮笑起来，那笑容却比哭难看。

我走过去帮她接过行李，那女人忽然低头摸着肚子小声说：

“娃啊，记住他。”

我以为自己听错了，但她又重复一遍，我不禁有些纳闷。看到父亲热情地招待她，似乎和以前对待家乡来的人的态度有些异样，但家里向来是父亲做主，只要父亲不愿说，我从来不多问。

两个礼拜后，那妇人生了，是个小男孩，很可爱，不过右手有六指，父亲说没什么大碍。我和妻子去医院看她，但她似乎根本没有为人母的开心，反而是一副非常痛苦的表情，那女人摸着孩子嫩嫩的小脸，又对着我和妻子小声嘀咕着：

“娃啊，记住他们。”

我开始讨厌这个女人了，是的，当时我的确心生厌恶，甚至怀疑这个女人不会是要把孩子交给我们家照顾吧，父亲一直都是好人，对别人的要求从来不会拒绝。

但我多想了，没几天，那女人和那孩子都消失了，仿佛从没来过，而父亲则忽然劝我和妻子去散散心，出去好好旅游。

家里待得郁闷，我也正想如此。临走前，父亲兴奋地和我告别。

我和妻子去了以前就很想去的地方，这次旅游犹如再次回到蜜月的时候一样，当旅行结束回到家里，我发现居然已经过了一年了。果然玩起来时间过得飞快。

但我没想到，奇迹居然出现了，回来一段时间后妻子出现了强烈的妊娠反应，去医院一查，居然怀孕了。或许真的是那名孕妇给家里带来了好运，检查后医生还说是双胞胎，当我高兴地将这个好消息告诉父亲的时候，正在沙发上看报纸的他猛地站了起来。

“双胞胎？”父亲颤抖着声音问我。我觉得他非常奇怪，但没有多想，以为他是开心得有些失态。

父亲低着头，不停地嘟囔着，我隐约听到他在说什么怎么会这样一类的话。很快，他意识到自己的失态，马上堆起笑容，说好事好事，接着失神地走到卧室去了，一边走还一边叹气。由于我沉浸在了即将做父亲的幸福中，并没有太过在意父亲的异常。

妻子的肚子随着时间渐渐隆起，很快就要临产了。

医生告诉我们，妻子这几天就要生了，父亲担心我的身体，于是叫我回去睡。我已经向单位告假，在医院照顾妻子很久了，的确有些疲惫，于是，那天夜里我自己回家休息，而父母则留在医院，有消息就随时通知我。

本来是四个人的家忽然只剩我一个人，当然有少许不适应，我并非是个胆小的人，只是那天心里惦记妻子，所以总觉得有些心神不宁。

躺在床上无论如何也睡不着，不知道怎么回事，脑子里总是浮现出幼年时看见母亲对着那牌位祭拜的身影。

好奇心一旦涌起，就如同决堤的洪水。

我开始在家里翻找，终于，在母亲床下的木板隔层里找到了那个用厚厚的油纸包起来的灵牌。

我拆开一看，感到一阵不解。

牌位上赫然写着的，居然是我的名字。正当我奇怪这牌位的时候，空旷的客厅外忽然传来一阵银铃般的小孩笑声。

我把牌位重新包起放好，走到客厅里。

笑声依然如远处飘来的雾气一般弥漫在冰冷黑暗的客厅里面——出来的时候我发现房子停电了，而这种事情在我家是极少发生的。

跟随着那笑声，我走出了房子，外面比客厅里更冷，北风呜呜地刮着，但还是可以清晰地听到那孩子的笑声。

当我走到屋外的庭院角落时，笑声开始微弱了，渐渐变成了啼哭的声音，我被这声音搞得五心烦躁，于是想干脆不管了，既然睡不着，不如去医院陪陪妻子。

我正要转身，却感觉到脚底有什么东西在慢慢隆起，仿佛有什么东西在土里蠕动着。

我移开脚，慢慢蹲下来，开始用手慢慢地刨开脚底的土。

这个庭院种植了一块草坪，向来是父亲打理的，草长得异常丰茂好看，旁人看得羡慕不已，经常向父亲讨教，但父亲总是闭口

不答。不过，我发现我脚底的这块土非常松软，似乎刚翻新不久。

我的手指触及了什么软腻的东西，如同搁置久了的肥肉，又像豆腐，我急急地打开手机照了过去。

伴随着手机幽暗的灯光，我看到的是一截苍白的手，准确地说是小手，婴孩的小手。

那手有六指。

我已经没有勇气再挖下去了，但是当我努力要支撑起身体离开的时候，我发现那孩子的手紧紧握了起来。

旁边的土开始出现更大的动作，抖动个不停。手机的光也暗淡下来，无论我怎样去按也不再显示。

黑暗里我闻到一股腥臭味，那是土壤中夹杂着腐败肉质的味道，那味道非常熟悉，儿时的我帮父亲翻新土地的时候，经常会找到一些被动物藏匿在土里的吃剩下来的残尸。

有东西顺着我的脚踝慢慢地爬了上来，我的身体如同被绳子绑住了一样，那不知名的家伙居然一直爬到我的耳朵边上，细细地说了一句话，声音虽然微弱，一下子就淹没在呼啸的冷风中，但我依然听到了。

“我认识你。”犹如牙牙学语的孩子说出来的话一样，却根本没让人觉得可爱，话语中没有夹杂任何的生命力。

手机忽然响了起来，我慌忙接起电话，身边的一切又消失了，只有脚下的土依旧松软。

电话中父亲焦急地告诉我，妻子要生了，我胡乱应了声，连忙赶到医院。

焦急地等待了几个小时，天蒙蒙亮时，神情疲惫的医生走出了手术室。

“母子平安。”他勉强笑了笑，接着揉揉眼睛，伸了个懒腰，朝更衣室走去。

可是当我把孩子抱出来的时候，发现只有一个。

“不是双胞胎么？”我抓住刚才那个医生问道。他奇怪地告诉我，只生了一个，并且说这种事经常发生，产检偶尔会有失误，双胞胎变一个，一个变双胞胎，都是可能的。

既然医生这么说，我也不好再拖着人家。我又低头看了看孩子，忽然发现孩子的右手居然是六指。

父亲过来安慰我，说没什么大碍，不影响什么。而我则将孩子交给父亲，自己进去看妻子，她很虚弱，不过看得出非常开心，但我却笑不出来，因为我觉得那绝对不是我的孩子。

孩子的六指很快切去了，伤口也好得很快，日子回到了普通而幸福的状态。当然，除了我，他们三人对那孩子都很喜欢，而孩子也的确十分可爱。我不得不挤出笑容强作开心地照顾那孩子，但那天晚上的事情却如烙印一般让我难以忘记。

在两代人的照顾下，这孩子成长得很快，他继承了家族的优点，漂亮聪明，但他还是多少有些怪异，他从来不肯叫我爸爸，这让我更加厌恶他。父母和妻子经常安慰我，但我却对那孩子更加冷淡起来。聪明的他也知道，所以他从来都是黏着那三个人。

终于有一天，我忍不住了，我把妻子支开，让她带着孩子出去散步，而自己则把父母叫到客厅。

“前年那个村里来的孕妇现在怎样了？”我直接问父亲。他一听这话犹如遭到电击一般，身体抖动了一下。我看见他苍老的脸孔和白发，忽然觉得有些不忍，或许我正触及这个老人心里最脆弱的地方，但一想到那个古怪的孩子，我又硬下心来。

“你一定要知道？”父亲没有抬头看我，我嗯了一声。

“我不会告诉你的，或者说，只有到我死的那天才会告诉你，那样就算你怎么怪我，我也不会知道了。”父亲幽幽地说完，便拉着同样神情默然的母亲走出了卧室，留下我一个人傻傻地站着。

父母的态度让我更加怀疑，但我表面上还是做出一副放弃追查的样子，父亲也以为我真的不想过多探究。但是很快，我借口出差，来到了老家。虽说是故土，其实我根本没来过，只是从父亲那里得知有这么一个村子。

我到了之后才发现，这儿的确是个普通得不能再普通的地方，同中国成千上万个村落一样普通，那里的人也一样勤劳朴实。我忽然想到，如果那个妇人根本不是这里的人，我岂不是白跑一趟。

不过很幸运，父亲的确来过这里，而且还住在当地一个远方亲戚家里。这个老实的村里人告诉我，他知道那个孕妇的下落，并且带我找到了她。

这个女人仿佛知道我会来找她，平和地招待了我，她的家比普通人的看上去要豪华得多，已经接近城里的标准了。

我把心中的疑问告诉她，并希望看看当年的那个孩子，女人冷笑了一下。

“你不该问我，孩子的下落应该去问你父亲。当年我只是负责把孩子卖给他罢了，别的我一概不知道。他告诉我你们夫妇没孩子，所以要收养一个，我们家穷，什么都没有，唯一就是孩子多，一年一个娃，送人的送人，卖的卖，我和我男人根本养不起，有你爸爸这样的富人出得起高价，我当然开心了。”她如连珠炮一般说着。

“可是我没看到那个孩子。”我连忙说道。妇人又冷笑了一下。

“呵呵，想不到他看上去慈眉善目，居然也做这个勾当。看来我猜得没错，一个孩子值当不了那么多票子。可怜我的娃，居然做了种子。”她的脸上闪烁过一阵嘲讽和悲戚之色，但也只是一瞬间，很快又回到那副冷漠的脸孔。

我不明白地望着她，她见我真的不懂，就继续说道：

“生不出娃的家里就是少种子，种什么得什么，你父亲把我的娃买去做了种子，好让你和你婆娘能生出一个来。”说完，她站了起来，转过身不再理会我，我还想问，却被她回绝了。

离开的时候，我听到房里响起呜呜的哭

“前年那个村里来的孕妇现在怎样了？”我直接问父亲。他一听这话犹如遭到电击一般，身体抖动了一下。我看见他苍老的脸孔和白发，忽然觉得有些不忍，或许我正触及这个老人心里最脆弱的地方，但一想到那个古怪的孩子，我又硬下心来。

声，撕心裂肺。

回家的路上，我想到了关于埋小鬼的说法——东南亚的赌场中经常会买来刚出声的婴儿，然后让一些有道行的修士禁锢他们的亡魂，镇压在赌场之中，为赌场招财进宝。未能生有子嗣的家庭也会偷偷地将小孩的尸骸埋在家外墙角，为家里做招财招子的看门小鬼。难不成父亲真的做了那事？我不敢再想下去，只能赶快回家。在火车上，我一闭上眼睛就能看见房子外面角落的草坪下有一堆新土，犹如一个坟。

回来的时候草地长得更加茂盛了。我忽然想起有人说过，死人是最好的肥料，如果一块地上的花草长得很好，那下面一定埋了人。

到家的时候已经是下午，又是个懒洋洋的秋日下午，在家门口，我看到那孩子一个人站在庭院里玩耍。

他真是我儿子么？或者是那个种子结出来的果子？我的脑子乱得很。

我猛地生出一种想过去抱他的冲动。阳光照在那孩子光滑如缎的脸上，红扑扑的很好看，他挥舞着像藕节样的手，仿佛在跳舞似的。

我慢慢地走过去，却看到他高高向上伸展的手上，在阳光下显得有些异样。

我清晰地看到原本被切去的六指好好地长在那伤口上，仿佛在嘲笑我的愚蠢一般。

孩子背对着我，他迎住了太阳落下的长长黑影正好叠加在那个土堆上，土堆又开始耸动起来。我站的地方离孩子只有十米远，却宛如相隔天涯。

土堆中伸出的小手抓住了孩子的脚踝，但孩子仿佛什么也感觉不到，那双手也是六指，却已经腐烂接近白骨。

我再也无法忍受了，那就是我儿子，我不允许任何东西抢走他。我扔下衣服和行李，冲过去抱起他，亲着他的小脸。

“我认识你。”怀中的孩子忽然说道，声音和那天晚上听到的一模一样，他不安分地从我手里挣脱出来，冷冷地望着我。

“我认识你，而且我把你的孩子吃掉了。”他哈哈地笑了起来，那笑容分外熟悉。

就像那个村子里的女人。孩子笑完后就晕了过去，我抱着他，看了看那手，又成了正常的五根手指。

父母和妻子吓坏了，还好孩子很快又醒了过来，只不过依然躲着我。

这不是我想要的生活，我再也无法忍受了，于是我拿出翻新草地的工具跑到外面。父亲仿佛知道我要做什么，猛地朝我冲了过来。

“不要啊！”他老泪纵横地拉着我的手臂，曾几何时这双手是那么地强壮有力，但现在却如此软弱，我几乎感觉不到他的力量。

“爸，我一定要解决这事。”说完，我将外套脱掉，大步走到外面，对着那土堆挖起来。

父亲瘫倒在地上，而母亲也尖叫着跑过来想阻止我。

“你会后悔的！一定会！”母亲如疯子般诅咒着我，披头散发的样子非常可怕。我瞟了妻一眼，她正流着泪抱着孩子。妻从来不会阻拦我任何事情，在她眼里，我永远是对的，绝对不会犯错，就像父亲在母亲心目中一样。

只有那孩子，却咬着指头带着嘲笑和好奇的眼神望着我。

随着工具的翻动，草坪支离破碎地翻开了，果然，我找到了那个深埋的婴孩，虽然四肢开始腐烂，但脸部依然清晰可见，我小心地把那孩子的尸体拿出来。

结束了，一切都结束了。我扶着那孩子的脑袋，喃喃自语道。

当我将尸体缓缓脱离泥土的时候，忽然发现似乎被什么东西扯到了，低头一看，原来婴孩的脚踝处居然还有一只手，一只只剩下骨头的手，正死死地抓着尸体的脚踝。

居然有两具尸体？我回望母亲，她面无表情地望着我。

我拂去面上的泥土，腐败之气更加严重。那下面是一具稍微小一点的尸骸，似乎已经掩埋很久了。

我将两具尸体都拿出来，用白布盖着放在草地上，阳光冷了下来，妻子和小家伙一直盯着那尸体。

回到屋子里，妻子和我坐在一边，父母坐对面，在灯光下他们仿佛一下苍老了几十岁。

“第二具尸体是谁？”我问他们。

“你的孪生哥哥。”母亲低声说。我震惊了，我何时有个哥哥？

“我们家族向来只能有一个传接香火的后代，但是我们家都是生双胞胎，而为了镇宅和保护家族的兴亡，必须将其中一个活埋在家里的后院，绝不能有两个男丁同时存在，而且埋下去就不能再开启出来，否则家必败。你以为这些财富地位是怎么来的？那是你的兄弟、我的兄弟、你爷爷、你祖爷爷的兄弟的命换来的，或者说，这本身就是一笔交易罢了。”父亲忽然如释重负地叹了口气。

“你一直没有后代，我非常着急，所以从那个妇人手里买了个孩子，我想你一定也知道了。同样，我把那孩子活生生地埋了下去。造孽啊，多好的孩子，我只是希望作为种子可以让我们家开枝散叶，或许可以改变这该死的命运。但没想到还是双胞胎，可生出来却又只有一个，我实在不知道该哭还是该笑。每一个活下来的男丁，都会沿用死去的兄弟的名字，表示已死一次，不会再被世间的命格所牵绊，当然可以做任何事情都一帆风顺。”父亲垂着头，我很难相信一向被外人称道善良富有爱心的父亲，居然会杀死一个襁褓之中的婴儿。

而这一切却又都是为了我。

我终于明白，为什么母亲要去祭拜那个牌位，为什么那个牌位上的名字和我的名字一样。

我到底是谁，只是一个借着已经死去的兄长的名字活下去的人么？

“家败了，家一定败了。罢了罢了，这样或者本身就太累了。”父亲忽然站了起来，摇摆着身体走了出去。

母亲一言不发，只是转身回到卧室，出来的时候拿着那个牌位。

那天晚上，我们把那两具尸骸和牌位都烧掉了，火光中我儿子的样子变得非常痛苦，并且大病了一场，病好后父亲的生意也开始一落千丈，我的工作也丢了。上个月，父母二人先后过世，相隔不到一个星期，仅存的财产也用于为他们操办后事了。

现在的我只能靠着妻子微薄的收入支撑家用，当然，我还一直在找工作。

说到这里，男人忽然开心起来。我很难想象一个人从高峰跌落到谷底、经历这些事情还能笑出来。

“不过我很高兴，因为我儿子终于开口叫我爸爸了，有了他，做任何事情都有动力，我会一直努力下去的。”说完，他这才拿出自己的资料。

忘记说了，他是来报社应聘的。我友好地接过来，并告诉他最好收拾一下，下午再来见社长。他兴奋地走出去，临走前还热情地给了我一个拥抱。望着他的背影，我觉得对他来说，得到的远比失去的要多得多。

（注：本文选自王雨辰作品《每夜一个离奇故事4》终结版，本书已由中国友谊出版公司出版上市，敬请关注）

插班生

文\王雨辰

刘霍凯开始剧烈而又痛苦地挣扎起来，他四处张望着，忽然扑向餐桌，谁也不知道他要干什么。他拿起了切烤鸭的小刀，犹豫了一下，但是很快便切向了自己的喉咙。

最近的信好像特别多，我又收到了一封，不过这次是初中同学的聚会邀请。其实几天前我就在报纸上看到了，和以前的聚会不同，这次组织者力求做得轰轰烈烈、路人皆知。

将近十年未曾提起的日子忽然像倒垃圾一样被翻找出来，我努力回忆他们的相貌，避免一下子见面的尴尬。

即便如此，还是有很多人我叫不出名字，我相信他们也和我一样，因为大家能记得的只有少数印象深刻的风云人物，像我这样默默无名的人，实在不值得占用大脑的存储空间。在这种情况下，大家都会非常有默契地长长地哦一声，然后大笑着拥抱，接着说你不就是那谁谁谁么，对，就是谁谁谁。

虽然我对这个班级没有半点好感，留有印象的人也屈指可数，但依然抱着好奇的想法去了。

当然，有些人，比如我前面说的风云人物，大家还是记得的。

宋易就是其中的一位，他当时是班长、学生会主席，成绩优异的他还是运动健将，这样的人很难让人忘记。如果当时年级里某个男同学傻了吧唧地站在一堆女生中间说宋易这小子是谁啊，马上会幸福地死在千手观音掌下。

一如众人的预料，宋易也是混得最好的。据说由于条件优秀，加上他家厚实的政治背景，他已经是市委最年轻的机关秘书了，这就是所谓的前途不可限量的人。不过宋易也是个非常谦和的人，他热情地同大家拥抱，甚至可以准确地叫出每个人的名字，这让大家受宠若惊。他的相貌相比以前更加成熟、大气，直看得女生们依旧是眼带桃花，而我等也只好摇头，感叹原来这世界还是有完美事物存在的。

“欧阳，哈哈，好久没见，现在都是大记者了吧？”我不是太习惯拥抱，当他扑过来的时候我伸出了左手。

“不错啊，你还记得我是左撇子嘛。”宋易热情地拍了拍我的肩膀，寒暄几句后我入了席。我回头望去，身材修长的宋易站在门口多少显得有些落寞，他左顾右盼，似乎在等什么人。

同学会最重要的事情就是吃，所以我免去了前面的烦恼，几乎是踏着点来。席间大家吃得很尽兴，但更多的则是询问各自的状况，相互发着名片。坐在我斜对面的是当年班里的刺头，虽说我们是重点班，但其实也就比其他班要重点罢了——别的班五十多人，我们班七十多人，人多基数大，自然考得好的也多。所以班级里也不乏害群之马。

刘霍凯就是其中一个，当然，大家叫得更多的名字是“祸害”，不过也就是小孩子顽皮。他身上沾惹了一些地方痞子的习气，在班上没人不怕他，几下没说好就报以老拳，只是对宋易非常尊敬，不敢造次。他现在倒混得不错，据说还是公务员，也真难为他单位，还能供得起他这尊佛。此君脾气十年不改，依旧是大大咧咧的，只是整个人肥了一圈，头上也秃了不少，想必长期酒桌应

酬不断，嘴唇带着暗紫色，脸颊也像发好的两片香菇，耷拉在嘴边。宋易似乎对他很礼貌，开席前还特地给了他一玻璃杯酸奶，说是常年喝酒对身体不好，开席先暖暖胃。刘霍凯有些不情愿，不过还是喝下去了。

菜一道道端上来，直到端来一盘海带丝，海带切得很细，细到让人很不舒服，也很嫩。刘霍凯起初还好好的，忽然脸色一变，盯着那盘海带发呆。

“吃啊，老刘。”旁边坐的人见他发呆，推搡了一把，没料到刘霍凯嗯了一声，还是不动筷子。

“你们不觉得那海带丝很古怪么？”刘霍凯忽然说道，他的声音很低，一下便淹没在了高声笑谈中。我听见了，笑着问他为什么。

“不觉得那盘海带丝像一堆死人的头发么？”刘霍凯依旧低声说着，似乎想躲避什么，又像是怕被谁听见。

我望了望那盘海带丝，黑糊糊的一片，的确很像头发，我仿佛还可以透过那些头发看到里面埋藏着一只死盯着我的眼睛，或许是刀工过于精细了，也可能是心理作用，我顿时吃不下了，胃口大倒，心里相当后悔听了祸害的屁话。

“逗你哪，欧阳，没想到你还和以前一样那么天真，真他×容易上当。”刘霍凯忽然抬起头高声笑着，接着挑起一大筷子海带丝塞进嘴巴里。

大家跟着笑了起来，我无奈地摇摇头，果然江山易改本性难移。

宋易忽然瞪了刘霍凯一眼，刘霍凯尴尬地笑了笑，低头猛吃。只是我再也没有了胃口，只吃了几片烤鸭。

酒席刚到一半，刘霍凯站起来去小解，但是他没迈开几步，忽然脸色大变，双手按住自己的喉咙，似乎被什么东西卡住了，接着跪在地上剧烈地咳嗽。

我走过去想扶起他，可是刘霍凯的身体很重，仿佛粘在地上一样，他的呼吸越来越沉重，脸色也变得闷红起来。

大家纷纷围过来，有的说估计噎住了，也有的说可能是犯病了，但刘霍凯自己却一句也说不出来，他只是看着宋易。宋易铁沉着脸，一边吩咐人去打120，一边望着刘霍凯。

宋易的眼神冰沉如铁，或许，从政的人都是如此吧。

刘霍凯开始剧烈而又痛苦地挣扎起来，他四处张望着，忽然扑向餐桌，谁也不知道要他干什么。

他拿起了切烤鸭的小刀，犹豫了一下，但是很快便切向了自己的喉咙。

那刀虽然小，却极其锋利，只一下，便割开了喉管，鲜血如注般喷洒出来，大家下意识地退开，生怕血飞溅到自己身上。

所有人如同看戏一般把刘霍凯围成了一个圈子，120虽然打了，但还要等上一段时间，我也不知道该做什么，于是去拿餐布想按住刘霍凯的伤口。当我穿过密密麻麻的人群，拿着东西冲到刘霍凯身旁打算为他包扎的时候，却惊诧得说不出话来。

刘霍凯把手指头伸进自己的伤口，往外拼命地抠着什么，他的呼吸声越来越重，但又非常沉闷，如同破了的鼓风机，发出呼呼的声音。

我不知道他在干什么，在场的人完全惊呆了，即便是在电影里，大家也没见过这种情形。

刘霍凯从自己的喉咙里掏出了一堆黑色的丝状物，我知道是刚才的海带丝，但我觉得更像头发。

鲜血浸透了地毯，可地毯是红色的，也看不出来什么，只有等血干了，才能看到一片黑色。

医生来的时候都大吃一惊，虽然把他抬上了车，但还是摇头。我也知道，即便是按住被割开的喉管，也最多只能活半小时，而刚才刘霍凯流出的血就足够致命了。

宋易一言不发，但是我看见他低垂在身体两侧的手在发抖。

刘霍凯就这么死了，他本就圆胖的脑袋似乎憋得更加肿大，眼睛翻了出来，像极了死掉的胖头鱼。好好的同学聚会被搞成这样，实在晦气。虽然说祸害活千年，但刘霍凯才三十不到就去了，看来古语也未必准确。

刘霍凯的暴毙让酒店吓了一跳，至于后面的事情那就是他的家人与酒店的纠葛了，我就不得而知了。反正酒席不欢而散，大家都败兴而归。有几个女孩子多愁善感地哭了，不过很快就转头谈论化妆品去了。

事实就是如此，你很难解释刘霍凯在大家心里到底是什么位置，或许家养的宠物暴毙，都会比他的死更加让人伤心吧。

但是我回去之后，意外地接到了一个女人的电话。

作为班花，胡悦的确很难让人忘记，记得整个初中我只和她说过几句话而已。她为人并不高傲，甚至可以说非常温和，只是成绩并不佳，或许美貌与智慧难以兼得。并不是说漂亮的女孩就一定没脑子，而是她们为漂亮所累，花在其上的时间太多了。大家智商都差不多，你花的时间少，成绩自然好不了。在宴会上我看见她沉默地坐在一边，并没过多地招摇说话，所以也不曾注意了。

不过她能给我电话，倒让我非常惊讶。

因为我和她接触并不多，我初中换了三个班级，胡悦这个班实际上我只待了小两年，算长的了。

"能出来一下么，我有话想对你说。"胡悦的声音很好听，但是却带着战栗，似乎很冷，或许说应该是很害怕。

我晚上没事，能去见见美女也无所谓，不过我忽然想起，在酒席上胡悦看见刘霍凯总是躲躲闪闪的。当刘霍凯死去的时候，他只看着两个人，一个是宋易，一个就是胡悦。

我依稀觉得这两人似乎和刘霍凯有着千丝万缕的关系，甚至怀疑以刘霍凯的能力，根本无法做公务员，或许，他可能抓着了宋易的某些把柄。但是宋易依旧单身，何来把柄之有。

胡悦把我叫到了离她家不远的公园。冬天依然非常寒冷，南方的湿气即便穿了盔甲也能慢慢渗进你的骨头，我只有加快步伐，好让自己暖和一点。

胡悦身着黑色大衣，穿着皮靴，背着包站在灯下，和十年前相比，显得更加成熟了。

"你找我是为了死去的刘霍凯还是宋易？"职业的习惯让我开门见山地问她。

胡悦笑得很勉强，脸色苍白，在路灯下我看着觉得非常不真实。

"刘霍凯死了，那不是偶然。"胡悦小声说着，如果不是四周寂静，我几乎只能看到她薄薄的嘴唇扇动了几下而已。

"我之所以找你，是因为只有你是可以信任的。"胡悦抬起头，带着祈求的表情望着我。

"我不明白，如果需要我帮忙我会的，但为什么说只有我是可以信任的？"胡悦的话让我很诧异。

"因为，我要你陪我去趟母校，就是现在。"胡悦思考了一下，终于说道。

我没有拒绝，虽然我觉得这个要求很荒唐，但我认为表面看去即便是最怪异最荒谬的事情，绝对有它的理由和合理性，不必去强行追究，真相永远会在海水落潮时浮出来。

很久未曾来到母校了，虽然白天的时候有人提起去看看，但想想学校还在上课就作罢了。其实我觉得大可不必来了，因为十年前的建筑物几乎一样都没留下来，我们所希望的作为心底留念的东西已然不在了。

但胡悦依旧在寻找什么。

她把我带到了一片空地前，我依稀记得这片地就是我们曾经的校舍，只不过已经变成运动场了。

夜晚的校园很安静。

我不惧怕走在安静的山间小路上。

但是我惧怕待在这种反差极大的地方——白天非常喧闹，但夜晚却空无一人，本来就冷落的地方不会让人恐惧，但曾经有人的地方会，因为你会在心底去对比。

或许我们害怕的不是黑夜，还是人。

“你到底想告诉我什么？”空旷的操场很冷，我跺了跺脚。胡悦低着头，看着月亮。

“你是初二转来的，所以，你不认识那个人。”胡悦的声音犹如月光一样散开，洒落在银白色的地面上。

“有些人生来就是给人尊敬和羡慕的，像宋易；有些人生来让人厌恶和惧怕，如刘霍凯；可是还有一些人，或者说这种人更少，生来就是被人欺辱和发泄的。”胡悦斜靠在操场的塑料栏杆上，双手提着包放于身前。

（下面是胡悦的口吻。）

你可能无法想象，整个班的人都去欺负一个人是什么滋味。我们所谓的重点班在外人眼里那么风光，可其实承受着更大的压力。压力不可怕，但可怕的是如何去释放和发泄。

繁重的功课和家长的期盼让那些孩子有些变了，当他们发现欺负同龄人比玩游戏、打篮球、大吼大叫更能发泄自己的情绪时，就会一而再、再而三地去做，而这种事情，是会上瘾的。

开始，我们只是一些恶作剧。是的，班里的女孩子也参与了，其实无非是撕掉他的书，偷走他的笔或者别的什么，选择那人作为对象，也不过是因为他看上去如此地懦弱和胆怯。

如果，如果当时他生气或者反抗了，或许事情不会演变到那个地步。

但是他默默忍受了，甚至对我们还施以痛苦的微笑，这纵容了我们，几乎所有人都知道，无论对他干什么，他都不会生气，不会告诉老师。

事情越来越过分：在水里放粉笔，在他的盒饭里放沙子，用圆规扎手，辱骂，殴打。我们也不知道自己在干什么，可能都是孩子，可能有时候邪恶和天真只是一线之隔。

刘霍凯做得最过分，有一次他拿着偷来的电动理发刀，强行当着全班的面把那孩子的头发全部理干净，而且，还强迫他把头发吞了下去。

（胡悦的声音有些颤抖。“头发？吞了下去？”我吃惊地望着胡悦，很难想象这些所谓的优秀的干部或者富家子弟居然会做这种事。他们一面残忍地折磨着自己的同学，一边又在家里扮演着乖乖仔、乖乖女的角色。）

他终于愤怒了，但已经晚了，虽然只是简单的一句怒吼，但丝毫没有让大家住手，反而引起了变本加厉的报复。

日子一天天过去，只有在考试的那几天，大家忙于复习，他才可以稍微舒服一些，而考试一结束，他又沦为大家放松的玩具。

可是我们忘记了，那时候我们毕竟是孩子，我们不知道玩具也会坏的。

（胡悦的声音开始混乱而可怕，声线忽高忽低，我难以相信她那美丽的红色嘴唇还会说出什么。她稍微平静了一下心情，继续说下去。）

期末考试后，我和宋易还有刘霍凯的几个兄弟非常无聊，于是刘霍凯提议把那个人喊出来玩。

于是由我来打电话，把他叫了出来。

果然，他来了，他看见刘霍凯后有些畏惧，不过看到我和宋易也在，又稍稍放心了些。

在班里，只有我和宋易没有过多地欺负他，只是经常在旁边看笑话，偶尔太过分了也会阻止一下。

因为宋易不屑，而我则不忍。

他很小心地说着话迎合我们，但还是说到了宋易。

宋易的母亲，其实是未婚生子的，这点知道的人不多，宋易很忌讳这个。据说他的生父是一位高官，而母亲则是宋易父亲的保健医生。

于是几个人开始打他，打完之后却还是不解恨。

那时刘霍凯问有什么新奇的办法来玩玩，宋易推了推眼镜，望着躺在地上的那个人。

“活埋看看。”宋易笑了笑说。

我一开始吓坏了，后来才知道只是把整个人的身体埋进土里——那段时间学校在维修校舍路面，土被翻动过了，那几天要过节，所以工程队也撤了，不过即便如此，我们还是累得一身大汗。

他无助地恳求我们不要这么做，但大家只是笑嘻嘻的，仿佛在做游戏一样。

（“那当然，对你们而言，玩具没有发言权。”我冷冷地说，胡悦愣了一下，叹了口气。）

我们只是让他的头露在外面，这样，远远看去仿佛一个人头摆在那里一样，大家还找来一些石子垒在他面前，装作祭拜的样子，接着哈哈大笑起来。

谁知道天开始下雨了，冬天的雨很冷，我们忘记了埋在土里的他，一哄而散跑回家了。可他还在雨里大喊，叫着“别离开我”。

等到我们想起来赶回去的时候，他已经没有反应了，脸冻得通红，歪着脑袋望着天空。

这次大家真的吓坏了，甚至平日里和小霸王一样的刘霍凯也跟傻子一样没了言语，只是宋易依旧低头不语。

宋易说，既然是放假，学校里又在施工期，应该没人看到，干脆将他埋进土里。

这个提议得到了响应，我们把他挖了出来，又重新埋进去，而且尽量将坑挖深些，并且远离了本来要施工的地方。

我永远记得那个傍晚，低矮的校舍旁边，几个少年满头大汗地挖着一个大坑，旁边躺着一具早已经冻僵的尸体。

就这样，那人消失了，班里没有发生任何异样，大家只是稍微有些不舒服，觉得没有欺侮的对象了，压力更大了。再后来，他的父母来闹过，但也不了了之。

再后来，你转来了，大家以为你会是第二个他，不过没想到你却和他不一样。

（胡悦说到这里，忽然看了看我，我没有说话，只是望向别处，她叹了口气，继续说。）

虽然初中、高中甚至大学毕业，十多年过去了，那个梦魇却一直纠缠着我们。我和宋易交往过一段，但后来分手了，因为他要娶市委办公厅主任的女儿，但他警告我，不准把那事情抖搂出去，还为刘霍凯和他几个哥们想办法安排了工作。可是就在上个月，也就是埋下那孩子的日子，我们都收到一封奇怪的信。

信上说，他活得很好，那天他并没有死，只是身体暂时假毙过去了，不过醒来后他不愿意再回来，一个人去了远方生活，现在他过得很好，并希望宋易开个同学会，大家好好聚聚，因为他说要不是那次的经历，他也不会改变了，反倒是要感谢我们几个，再说，都是孩子时干的荒唐事情，自然不必追究。

所以宋易搞了这个同学会，并且力求每个人都到，但他却没有来。后来的事情你知道了，刘霍凯死了，同学会结束后，我越来越害怕，我知道很快会轮到我了，我对宋易这么说，但他不相信，并且说今天晚上他会亲自来翻找尸体，如果不在，自然没那么多事情。

胡悦终于说完了，接着，看了看表。

“我不明白，既然有宋易，为什么还叫我来？”我奇怪地问她。

胡悦望着我，缓缓地说：“因为今天我看

我经常梦见他，不放心就去看了看，结果尸体还在，而且居然栩栩如生，甚至他还在生长！

到，只有你真的想去救刘霍凯。”

我望了望胡悦，笑着说：“希望你没找错人，其实，我很胆小。”胡悦也笑了笑。

我们等了半小时，依然不见宋易。

但胡悦收到一则短信息。

短信只有几个字——救我，在教室！

胡悦吓呆了，我和胡悦立即跑向教学楼。

一间间找过去，却不见宋易，最后胡悦说，不如去和以前班一样的教室看看。

果然，看见一个人躺在课桌上，胡悦马上冲了进去，我也跟了进去。

胡悦刚刚靠近那人，却马上倒了下去。我想过去看看究竟，但感觉手臂一阵刺痛。

课桌上的人爬了起来，手里握着一根筒状物。

“还好，还好多带了些。”这是我听到的最后一句话。

强烈的灯光刺痛了我的眼睛，原来我还在教室，但手已经被反绑了。

眼睛还有些迷糊，但可以分辨出前面站着一个人。

是宋易，他依然满脸骄傲地望着我。

“幸亏我做事从来都留一手，所以我从我母亲那里多带了两支针剂。你放心，只是普通的七氟烷混了些中草药罢了，最多让你暂时麻痹一下身体。我没料到胡悦居然带了你来，看样子她似乎预感到了什么。”宋易冷笑了一声，从地上把绑住的胡悦拉起来。

“你知道么，校舍的翻修工作是我进行的，我以保留学校那棵百年古树的理由没让他们去动那块地方。我经常梦见他，不放心就去看了看，结果尸体还在，而且居然栩栩如生，甚至他还在生长！生长知道么？那已经不是人了。刘霍凯已经死了，他几个哥们也死了。我知道杨起死了，当年就死了。他死了十几年了，可尸体根本没腐烂，连头发指甲都在生长。我把尸体挖出来了，就在这里。”宋易抬起胡悦的头，我顺着宋易的眼神望过去。

在我左边的墙角坐着一个人，仿佛睡着了一样，头发和指甲很长，看不清楚相貌。但是我看到那人的右臂上，被割去了一块肉，伤口还没完全好，继续渗着血。只是他的体型很小，别说是与宋易相比，就是娇小的胡悦也比他大一号。宋易开口道：

“我不想死，更不想失去现在的一切，下个礼拜我要结婚了，我不想让你再纠缠我，包括那个该死的不停敲诈我的刘霍凯。

“于是我忽然一闪念想到了个办法，一个借杨起来除掉你们的办法。

“你知道么，我祖上学医，知道像杨起这样死而不腐的尸体有多么神奇，只要吃下他的皮肉，远比那些所谓的下蛊要管用得多，而且关键是什么都不会留下，没有证据，一点都不会有。

“所以开席前我给了刘霍凯一杯酸奶，混合着杨起血肉的酸奶。当时我还要装着期盼杨起能来的样子，真是可笑。还好那个笨蛋想都不想就喝了下去。本来想让你也喝了，不过想想如果酒席上同时死两个人，还如此诡异，多少有些不妥，所以，我就把你叫到这里。

“我没想到，当刘霍凯发作的时候我有点害怕，但更多的是兴奋，原来这东西真的有效。杨起的仇恨让刘霍凯死都不知道怎么死的。有了这个，我想除掉谁就能除掉谁，一点痕迹也不留，谁也不会再敢说我是没爸爸的野孩子，再也不会有哪个无能的废物骑在我脖子上对我颐指气使了！”

宋易英俊的脸变得狰狞起来，我完全不认识他了，或许说，我压根没认识过他。

“来，亲爱的，不会有痛苦的，喝下去就没事了，就当是我对你最后的爱。”宋易拿起一杯水强行灌进胡悦的嘴巴里，后者竭尽全力反抗，却没有用。

那水杯的底部，沉淀着一缕缕如同丝状物的皮肉，水泛着浑浊的暗褐色。

我的脚还是麻木的，但还是想挪过去。

但我没有动，因为我发现有人先动了。

坐在我旁边的那个杨起，或者说杨起的尸体，踉跄着爬了起来，走向宋易。

宋易没有看到，他背对着杨起，只是想把水灌进胡悦的嘴里。

但他从胡悦更加恐慌的眼神里觉察到了什么，他的手抖了一下，水倒进了胡悦的嘴巴和鼻子里，呛得她剧烈地咳嗽。

宋易放开了捆绑着的胡悦，呆滞地望着杨起。

杨起撕下手臂伤口的肉，塞进了宋易的嘴巴里，并让他吞了下去，然后就瘫软在地上，尸体迅速腐烂了，只剩下一具骸骨。

宋易拼命地往外呕吐，但一点用也没有。

他的双手按在课桌上，忽然剧烈地抖动了一下。手指头开始冒出一滴滴血珠，在灯光下晶莹发亮。

从他的每根指头里都突出了一根针，那种圆规上的针头。

宋易就这样被固定在了课桌上。

接着，他大张着嘴，对着我，还在努力地向外呕吐。这次，他的确吐出了一些东西。

一只骨瘦如柴的细长的手指头渐渐从宋易的嘴巴里伸出来，接着是整个手臂。

蜿蜒柔软如同一条黑蛇。

那只手臂上还残留着伤口，很多被针扎过的密密麻麻的伤口和淤紫的伤痕。

手臂伸向了摆在宋易旁边的教学用具，它拿起了一只巨大的圆规，并且将有针的部位对准了宋易的喉咙深处。

宋易看着，惊恐地喊了起来，虽然听不清楚，但可以勉强听出是在喊胡悦和我救他。

胡悦已经缩到墙角不会动了，而我的麻醉效果仍然没有退去。

圆规缓缓地伸进了宋易的喉咙。

鲜血开始一束束地从宋易的嘴里喷出去，他的身体开始剧烈地抽搐，手指头上的针也被弄歪了。

当圆规扎进去三分之二的时候，宋易不会动了。

当脚开始有些许知觉的时候，我过去解开了胡悦的绳子。

“我，我也会死么，和宋易一样？不，不要，我不要死。”胡悦惊恐地望着我。我也不知道该说什么，只好随意安慰了几句。

事情如此结束，让很多同学非常感慨，他们未曾说什么，只是暗自担心，担心得对吃喝相当注意了。许久不见，都日益苗条起来。

胡悦也渐渐从那次的惊吓中恢复过来，只是好像变了个人，少言寡语。我偶尔会和她通通电话，她有些失神，总是说着同一句话。

“为什么，为什么我会没事呢？杨起不会这么简单放过我的。”

我无法回答。有段时间很忙，就无暇顾及，待缓过来的时候，胡悦消失了，问了很多人都不知道。

终于，在纪颜父亲的笔记中，我偶然看到一段关于不腐尸的记录。

“人死而不腐，非常理，有异格，脱六道而无法转生，唯有妇人食其血肉，体内形成胎儿，方可轮回再生。”

我终于知道杨起为什么独独放过了胡悦，或许宋易的疯狂举动，都是杨起安排好的。

只是，我不知道胡悦会有一个怎样的结果，笔记没有再说下去，或许，她在某个角落，等着把杨起生下来，或者说是杨起等着自己再次回到这世上，只不过是以另外一个身份罢了。

十二年前的那些天真的孩子，无法知道和理解那时的无心举动会对一个人产生怎样的伤害，而杨起如果能反抗，能坚强起来，或许那天的同学和我会看见一个和大家一样性情开朗的年轻人。

我将笔记放回书柜，自己手臂上的针眼依稀在目，却已然看不清楚了。

（注：本文选自王雨辰作品《每夜一个离奇故事4》终结版，本书已由中国友谊出版公司出版上市，敬请关注）

伤口的弧线

文\老家阁楼

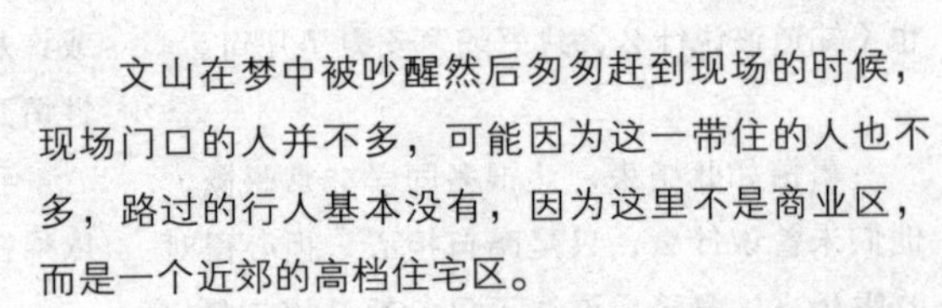

文山在梦中被吵醒然后匆匆赶到现场的时候，现场门口的人并不多，可能因为这一带住的人也不多，路过的行人基本没有，因为这里不是商业区，而是一个近郊的高档住宅区。

守在门口的警察让文山进去，文山没有急着进屋，而是站在门口左右张望了一下周围环境，“由大到小”是文山处理案子的一贯方式。只是一眼，他心里便先有了一个轮廓——这所房子是个独立小楼，门口有三米宽的绿化带，然后才是马路。而邻居们，就是前后左右的小楼也都相隔个五六米左右，如果在屋里大声叫喊，邻居们不一定听得到吧。但是如果是在夜里呢？毕竟这是一个很幽静的社区啊。

文山走进屋去，屋里倒是挤满了人，同事们比他先一步到达了，在各自忙碌着取证，来取尸体的工作人员早到了，因为文山没来，所以他们必须等

死者穿着白色睡袍，脖子上有明显的刀痕，很深，沿着刀痕有大量的血涌出，一直漫延到地板上，在木纹地板上形成了一摊血泊，而一把水果刀正静静地浸泡在那摊乌黑的血泊里。

一下。老刘走过来，和文山打了个招呼，“刷牙没有？”

“没呢。”文山笑笑。

“尸体在卧室，你跟我来。”老刘的资历是局里最深的，局里的人没几个能让老刘瞧得上眼，可文山是个例外。

文山跟着老刘走进卧室，小宝正在拍照，过肩的长发一丝不苟地扎成了马尾。文山戴了手套在尸体旁边蹲了下去。他并没有去碰尸体，只是仔细观察。

这是一具女性尸体，年龄在四十至五十之间，皮肤白皙，体态微胖，良好的保养是文山不能准确认定年龄的因素。不过，泛黑的眼圈也显示死者最近睡眠不怎么样，她遇到了什么麻烦事吗？和死因有关联吗？

死者穿着白色睡袍，脖子上有明显的刀痕，很深，沿着刀痕有大量的血涌出，一直漫延到地板上，在木纹地板上形成了一摊血泊，而一把水果刀正静静地浸泡在那摊乌黑的血泊里。文山心想，看来刀上的指纹是提不到了。

死者的姿势是坐在地上，半趴在床沿，因此床单上也沾满了大量鲜血，不过由于床单是纯棉质的，上面的鲜血已经干涸发黑。文山用手捏了一下床单，心想这样的床单一定很贵，躺在上面一定很舒服。想到这儿的时候他抬头看了小宝一眼。

“死因就是这个吗？”文山指了一下死者的脖子问老刘。

“目前看是这样，不过还要等法医的报告出来。”老刘说。

文山点点头，站起身来，这样的现场他是见得多了，没什么特别，他杀，流血过多致死。下一步，他便要去周围转转，判断一下是劫杀、仇杀还是情杀，然后划定嫌疑圈子，寻找凶手，程序就这样，这就是他的工作。侦探和小贩其实也没什么区别，依足程序做好分内的事罢了。

老刘跟在后面说：“报案的是死者邻居陈女士。她每天早上会来叫死者一起晨练，今天早上她到这儿的时候看到门是开的，便进来，然后发现了死者。”

"她有碰到现场吗？"文山问。

"没有。陈女士是一个知识分子，还算冷静，第一时间报了警。"

文山来到客厅，这里很凌乱，像是被洗劫过一样。"这里被抢劫过吗？"

"看样子是这样，但又不像，因为被翻乱的只是客厅而已，死者卧室梳妆台上的首饰和现金都没有丢失，并且根本就没有被翻动过。"老刘说完对工作人员挥了一下手，让他们去把尸体搬走，这屋子的空气中始终有一股夹杂着腥臭的味道。

"文队，你来看一看。"卫生间里突然探出一个脑袋，对着文山叫道。

文山和老刘走了进去，干警小张指着马桶对文山说："呵呵，文队，他们用牛奶冲厕所呢。"

文山伸过头去看了看，马桶内果然积着乳白色的液体，他白了小张一眼，"你怎么知道那就是牛奶？"

"我看像牛奶，我天天喝牛奶的嘛。"小张有点儿不好意思，他是一个刚毕业分配来的年轻人，有着年轻人的机灵和莽撞。

老刘拍拍小张的肩膀笑着说："作为一名合格的警察，你必须先收集样本，经过化验以后才可以下牛奶的结论。"

小张脸涨红了，他赶紧去找了收集袋来取那个"牛奶"样本。

"老刘，那位陈女士呢？我想见一下她。"文山说。

"哦，她在门口呢，我带你去。"

陈女士是个高瘦的北方女人，短发，戴着黑边眼镜，果然像个知识女性。

"你好，"文山伸手和陈女士握了一下，她的手有点冰凉，早晨的天气是冷了点，"我是市局刑侦处的文山，能问你几个问题吗？"

"当然可以。"陈女士抱着胸，她本来是准备晨练的，身上穿得单薄了些。这时工作人员抬着尸体出来了，陈女士看了看抬着的黑色装尸袋，眼睛里有一丝悲哀。

"这里有点冷，我们到屋里去吧。"文山建议，陈女士点了点头。

回到屋里，文山和陈女士在沙发上坐了下来。

"陈女士，你和死者很熟吗？"文山问。

"是的，我们是邻居，很多年了。每天早上我都会和她一起晨练。"

"死者叫什么名字？她还有其他家人吗？"文山这时掏出了笔记本和笔。

"汪丽珍，这里只有她和她丈夫一起住，可是近来她丈夫很少回家，他们有点矛盾。"陈女士说话条理很清晰，回答也很到位。

"她丈夫叫什么？在哪里工作？"文山一边记着一边问。

"赵国华，是一家贸易公司的老板。"

"那么，他们没有孩子吗？"

"原来有一个儿子，五年前车祸死了。丽珍很可怜，好不容易把儿子拉扯大，丈夫事业又有了起色，结果……她想再生一个，可是她已经五十二岁了，怎么能说生就生呢？”陈女士轻轻叹了口气。

“五十二岁？”文山很惊讶，这让他没想到，优越的条件果然能让人显得年轻，自己只有三十三岁，就常常被人以为四十岁了。“那么，请问陈女士，死者她本人有工作吗？”

陈女士摇摇头，“没有，以前好像是个会计，儿子死后她大病了一场，就没再工作了。”

文山快速记录着，脑子也没有停下来，“陈女士，你是说她丈夫并不常常回家？是不是他们的婚姻生活出现了问题？”

陈女士想了想，犹豫了一下才说：“我也是常常听到丽珍抱怨才知道一些的，本来这样的事我不应该说。据我所知，是她丈夫外面有了女人，并且同居了。”

“哦？”文山应了一声，其实他心里正是这个预感，一点都不意外，“有多久了？”

“大概一年多了吧，这一年多来丽珍就不断自怨自艾，有时情绪还有点激烈，我劝过她很多次，怕她想不开。”

“想不开？你认为死者会是想不开的人吗？”文山问。

“是的。丽珍基本上没有朋友，她很内向，总是一个人待在家，又遇到这么多变故，难保会想不开的。”

“这倒是，”文山点头同意，“这样看来，死者的丈夫可能还不知道他妻子的死讯。”

陈女士冷哼了一声。

“你有她丈夫的联系电话吗？”文山又问。

“没有，我和他并不熟，也许你们可以从丽珍的电话本里找得到。”

文山点点头，继续下一个问题：“你能给我你的名字和地址吗？也许以后我们还要麻烦到你。”

“当然可以。”陈女士接过文山的笔记本，写下了地址和“陈兰”的名字。

送走陈兰以后，老刘走过来，“文山，我们刚刚通知了死者的丈夫，他正赶来，你要等等他吗？”

文山点点头，“是的。”说完文山又走进卧室，小宝正在提取指纹和其他证物，看到文山走进来，便问：“文队，你看床头有许多书，这些要带回去吗？”

“什么书，我看看，”文山接过小宝递过来的书时，又低声说了一句，“其实你可以叫我文山。”

小宝笑了一下，“你是说在工作的时候？”

“嗯，那就下了班再叫吧。”文山看了一下这些书的名字，《中年女性十大困扰》《你需要婚姻吗？》《男人的诺言和谎言》。看到这些书名，文山笑了笑说：“看来，这个汪丽珍受的困扰还真不小。”

翻开扉页，文山却意外地看到一个熟悉的名字：“陈兰藏书”。原来这些书竟然都是那位陈女士借给死者的，她们的关系果然亲密。

“男人们啊……”小宝给了文山一个意味深长的笑容然后离去。文山耸耸肩，这时老刘进来了，“文山，死者的丈夫来了。”

死者的丈夫赵国华是一位中年胖子，西装革履，头发却有点乱，看来也是刚从床上被叫醒。他一进家门整个人就呆在了那里，好一会儿才连声问：“丽珍呢？丽珍呢？”然后要冲进卧室，老刘想拦他，文山制止了，让赵国华进了卧室。然后文山和老刘跟了进去。

赵国华呆呆地望着地上那一摊泛黑的血迹，浑身哆嗦，脸色煞白，一句话也说不出来。一会儿他转过头来看着文山，费了好大劲才说：“是谁干的？丽珍是怎么死的？告诉我，快告诉我？”

“赵先生，请你冷静一下，死者已经被运走了，将会被解剖，你需要到明天才能见到她，现在你需要的是和我们合作，尽快弄清真相，抓到凶手。”

赵国华拼命点头，眼睛里涌起了泪水，也许是脚突然发软，他一屁股坐在了床沿上。

“赵先生，我想问你几个问题，你现在可以回答我吗？”文山掏出了笔记本。

赵国华无力地点点头，眼睛死死瞪着地上那一摊血，泪水已经开始挂在了脸上。文山仔细观察着他的表情，并留意了一下他穿的鞋子。

“赵先生，”文山开始发问，“你昨晚没有回家，是吗？”

“是的，”赵国华说，“哦不，我回了家，后来又走了。”

文山接着问：“那你是几点回的家，又是几点离去的，为什么要离去？”

“我七点左右回来，十点多我接了个电话，是国外一个客户打来的，要我马上回公司收传真，于是我大概在十点半左右离开家里。”

“那你后来为什么没有回家，你在哪里过夜？”文山明知故问，不过这也是必要的程序。

赵国华沉默了许久，没有回答。

“赵先生，你必须回答我，你也必须和我们合作。”文山看着他语气平淡地说。

“这是隐私，而且和我老婆的死没有关系吧。难道你们认为是我谋杀了我老婆？”赵国华抬头看着文山说。

“这只是一个程序，对一切与本案有关联的人我们都必须搞清楚他在案发时间内的去向，希望你合作。”文山依旧不紧不慢地说，甚至带着微笑。

“好吧，我在情人家里过的夜。我告诉你们，我不会杀我老婆，如果我们之间有谋

杀案，那也只可能是她杀了我，她一直想这么干的！”赵国华的情绪突然有些激动，说完把脑袋埋在手掌中，双手扯着那本来就不多的头发。

赵国华的回答多少让文山有点意外，他继续问下去："赵先生，你怎么会认为你老婆想杀了你呢？”

赵国华慢慢抬起头，看着文山，眼睛通红，“那是因为我有了外遇。”

“她不想和你离婚，是吗？”

“不，她要离婚，而我不肯。”赵国华摇着头说，“我是个有点地位的人，我不能离婚，但我想要个孩子，我的情人答应为我生一个，我以前有个儿子，五年前死了。”

文山想起陈兰的话，继续问："可是，你和你的情人已经有两年多的关系了，孩子还没有生出来吗？”

赵国华对文山知道的事情显得很意外，“是的，是两年多了，但我们最近才打算要个孩子。”

“哼，这说明你外遇的原因根本就不是为了孩子。”不知几时，小宝站到了文山后面，突然蹦出了这么一句，文山回头瞪了小宝一眼，小宝扁扁嘴出去了。

“赵先生，你是说你在十点半的时候离家，那时候你爱人有什么异常举动吗？”文山问。

赵国华沉默了一会儿说："其实，其实我们吵了一架。最近我只要一回家，我们就吵架，我实在不能在这个家里待下去了，所以最近我基本上都没在家里过夜。”

“仅仅是因为你不在家过夜，有了外遇，不肯离婚，你就认为你爱人想杀了你吗？据我所了解，你爱人是个内向的人。”文山问。

“哼，没错，丽珍是个好人，原本不是这样的。只不过最近老和陈兰那个臭娘们儿待在一起，让她教唆坏了。”赵国华恨恨地说。

文山一愣，赵国华的话让他感兴趣，他想到床头的那些陈兰的书，“她怎么教唆了？”

“还不是因为那娘们儿自己老公跑了，她心理变态，总想着教唆别人杀了男人。”

“哦？”文山更加意外了，“你能说说陈兰吗？她似乎和你爱人关系不错。”

“她是个暴力倾向严重的女人，原来也有个家庭。他老公曾在我公司干过，是个业务员，人很本分老实。陈兰是个律师，能赚钱，所以在家里颐指气使，动不动就家庭暴力，后来他老公突然和她离婚，什么也不要，陈兰认为他老公离开她是自找苦吃，便痛快地签了字。没想到离婚一个月，他老公就和一个女护士结了婚。这件事给陈兰的刺激很大，以后她变得见了男人就恨，恨不得周围所有女人都和男人离婚，把男人赶出去……”赵国华一口气说了很多，文山正听得津津有味，他突然抬起头问，“警官，这和丽珍被杀有关系吗？”

文山赶紧回过神来说：“哦，也许有关系，不过这样说来，陈兰不可能是凶手了，她只是恨男人，不恨女人，是吗？”

赵国华又说：“那丽珍到底是怎么死的？我看到家里很乱，是被抢劫了吗？”

文山点点头，“这也有可能。奇怪的是，你们家里好像并没有丢失什么，莫非凶手需要的东西不是金钱，而是其他的？”

赵国华皱着眉头想了一会说：“不可能，我们家又没有古董什么的，哪还会有什么可被人偷的。”

文山摇摇头说：“这也不一定，你经常不在家，也许你对家里也不是那么了解了，你知道你爱人平时都做些什么吗？”

赵国华闻言听了一惊，“难道你是说，我老婆还和什么人有瓜葛吗？被人寻仇？不不不，这个不可能，她不会和别人有仇的，她只是和我有仇。”

“那样的话，你的嫌疑就很大了。”文山决定试他一试，便换了个姿势笑看着他说，“比如你因为社会地位不想离婚，但你实际上很想摆脱你爱人，所以她如果能死去对你最有利了，因此你首先有了动机，毕竟目前你是最大受益者。”

赵国华一下子呆住了，直直地望着文山。

“赵先生，你要做到这个也很容易，你可以杀了你爱人以后，制造一个被抢劫的现场，造成假象，然后你安心在情人家里睡觉，等着尸体被人发现后通知你，然后你装作什么都不知道。”文山不紧不慢地道来。

“有道理。”老刘突然在背后说了一句，把文山吓了一跳。

“可是……可是……”赵国华懵了，结结巴巴地说，“我没有，我没有。”

文山看着他，表情变得严厉起来，“赵先生，不管怎么样，目前你是最大嫌疑人，从现在开始，你将不能自由行动，请你跟我们回一趟公安局。”

“可是，你们没有证据证明是我干的。”赵国华愤怒地大声嚷嚷起来。

“这没关系，依据法律我们可以扣留你四十八个小时，如果到时候没有证据，那么你可以离去，但是……”文山话锋一转，“如果你真的是凶手，请相信我们，我们会找到证据的。”

中午回到公安局后，案情变得有点曲折起来，原因是因为文山看了现场收集到的证物。

现在除了死者和赵国华的脚印和指纹以外，竟然有一个男性第三者的脚印和指纹。这个男人是谁呢？他和死者是什么关系？为什么赵国华在上午没有提到过？

“小张，”文山把小张叫了过来，“你马上去一趟资料室，查一下这个第三者的指纹资料，看看资料库里有没有这个人的档案。”

小张领命而去，文山又问老刘：“老刘，其他证物的检验报告几时可以取到？”

“明天吧，检验科的人是我们局里唯一准时上下班，周末有双休的爷爷，我们对爷爷必须要有耐心。”老刘摊着手说。

“那尸体解剖呢？”文山有点儿沉不住气，声音高了一些。

“这个好办，我刚刚和老刀子通了气，今天下午就可以。”解剖室的老刀子是老刘最好的棋友，资历棋艺都不输老刘，所以他也是局里另外一个老刘瞧得上的人物。他外号“老刀子”，一听就知道他的手术刀有多老道了。

“妈的，那我中午干吗？”文山有点儿来气。

“睡一觉吧，要不去刷个牙。”老刘想起早上文山的牙还没刷。

文山被老刘逗得一乐，想想也对，便到隔壁值班室拿了自己的牙刷出去了。

刷牙回来，文山对老刘说：“我刚才想了一下，不如我们去和赵国华聊聊天吧，这家伙有点儿老奸巨猾的味道。”

“那也好。”老刘说。

审讯室里，赵国华有些垂头丧气。

“赵先生，”文山很客气地说，“和你说件事，我们刚刚发现你家里除了你和你爱人的脚印以外，还发现了另一个人的脚印和指纹，是个成年男性。你知道你家里还有其他什么亲戚或朋友出入吗？”

赵国华闻言很吃惊，猛地抬起头问：“成年男性？你是说我老婆她和男人——”

“我只是问你有没有你知道的成年男性在你家里出入？”

赵国华摇头，“没有，我们是七年前搬到这个城市来的，没有亲戚，我的朋友从来也没有上我家来过的。丽珍基本上也没有朋友，更别说我知道的成年男性了。”

“哦，”文山点点头，“那就奇怪了，这脚印很新鲜，是昨晚的。”

“不过，会不会是劫匪的？那个凶手？”赵国华突然想到，他仿佛看到了一丝希望。

文山说：“这个也有可能，不过我们要先找到这个人再说。”

“那我呢？我怎么办？”赵国华心有余悸地看了看这个审讯室阴森的环境，其实这里充满了窗口射进来的阳光，并不阴森。

“你如果实在想不出这个成年男性是谁的话，我建议你想想在昨天晚上离家后你做了些什么，有什么证据和证人可以提供给我们，这个对你比较有利。”文山和颜悦色地说。

“我老婆是什么时间死的？”赵国华

问。

文山摇头说:“这个还不能确定，要下午解剖后才知道。如果不是在十点半以前的话，那你的机会还是很大的。”

“肯定不是十点半以前，那时候我还没走呢，”赵国华嚷道，转而又低下头懊恼地说，“早知道我就不走了，说不定就不会这样子了。”

“但愿吧，下午我们就知道了。”文山说完站了起来，对老刘说，“老刘，你看看赵先生需要吃点什么，你让人给他买吧。”

“好的。”老刘回答。文山先离开了。

下午解剖的时候，文山和老刘就等在门外。过了大概半个小时，老刀子出来把他们俩叫了进去。

“有什么发现吗？”文山第一句先问。

“死者的死亡时间可以确定在昨天晚上十一点到十一点半左右，因为死亡时间不长，这个我可以确定。死亡原因正如你们所见，是脖子上那个利刃造成的伤口引起动脉血管大量失血，凶器也确定是这把现场找到的水果刀，切口非常吻合。”老刀子对文山娓娓地说。

文山点点头，眼睛看着躺在解剖床上的死者，说道:“谢谢，没有其他发现了吗？”

老刀子笑了一下说:“有。”

文山和老刘奇怪地看着老刀子。

“死者在死前曾经想自杀，并实施了行动。”老刀子说。

“哦——”文山吃了一惊。

“是这样的，从死者的胃里发现了大量的安眠药成分，足以致命，但如果只是安眠药致命的话，时间会晚一些，而不是十一点半了。”

“死者曾经想自杀？这可能吗？”文山想起赵国华的话，他老婆只想杀了他。

“自杀有什么奇怪的，”老刀子看了这个威名响亮却又年轻得很的刑侦队长一眼，“更奇怪的事情还有呢。”

文山和老刘又看着老刀子，这个老家伙总爱卖些关子，绕些弯儿，跟他下棋一个德性，老刘忍不住了，“我说老刀子，你有什么屁快放，别老绕来绕去的。”

老刀子白了老刘一眼，没理他，径直走到尸体旁边，把尸体翻了过来，指着尸体的背部说:“你们看这个。”

文山和老刘走近了去看，死者白皙毫无

血色的背部却有一大片的红色斑疹，一个个小浮点，梅花状无序地排列着。

“这是什么？”文山奇怪地问。

“过敏性麻疹，”老刀子说，“我验了一下死者的血液，她应该是对牛奶一类的动物奶制品有强烈的过敏反应。”

“那她死前喝过牛奶？牛奶不是被倒掉了吗？”文山想到小张在马桶里的发现。

“是的，”老刀子点头说，“死者胃里的安眠药就是掺在牛奶里喝下去的。”

“难道死者喝了一半，然后又把剩下的倒掉了？”老刘喃喃自语地看着文山说。

“可她为什么这么做呢？”文山说。

“也许她并不想自杀，只是想喝一点吓吓老公，让老公回心转意罢了，这样的事女人们常用，电视上都常常看到啦。”老刘说。

“老刘说得也有些道理，”老刀子说，“死者应该是心里很清楚她喝下去的牛奶不足以致命的，因为我后来在验她的血液的时候，还发现一个问题，死者生前有服食安眠药的习惯，也就是说，她对安眠药有了一定的适应性，她胃里的安眠药成分对从不服食安眠药的人也许是致命的，但对她却不会，最多是睡个两天两夜罢了。”

文山若有所思地点点头。然后又说：“不管如何，她的致命原因都是那个刀口吧。自杀也许只不过碰巧发生在了她被谋杀的同一个晚上而已。”

“可是她到底为什么被杀呢？”老刘说，“她老公虽然嫌疑很大，可是如果他要制造假象的话，为什么不把家里值钱的东西带走呢？这个他完全应该想好并做到的啊。”

“也许他杀了老婆后太过惊慌，随便弄了一下现场就赶紧跑了呢？毕竟人家是第一次杀人，经验不足。”文山笑着对老刘说。

“你这样说很牵强嘛。”老刘有点不高兴了，虽然他的文化没有文山高，破案也不如文山，但是这次他觉得自己的推理很不错，文山说的比他牵强多了。

“喂喂，我这里只是解剖室，你们要破案回你们的办公室去，”老刀子不高兴了，“我还要看棋谱呢。”

被老刀子赶出解剖室的文山和老刘在走廊上遇到脚步匆匆的小张，小张一见到文山赶紧把一叠资料递给他，“文队，找到了，这家伙我们熟得很，是二癞子。”

“那个惯偷？他不是才放出来吗？”老刘说。

“没错，上个月刚放出来，这家伙，贼性不改，我都没费什么劲，电脑一对，就是他的指纹没错。文队，我是不是现在去把他抓了来？”小张兴冲冲地说。

“好，你马上去，不过如果这家伙这次要是真的杀了人，可能也躲起来了，甚至可能会反抗，你要小心点，多带几个人去。”文山交代。

小张一个立正敬礼，“是，保证完成任务！”说完匆匆而去。

看着小张离去的背影，文山说：“老刘，

你看这安眠药自杀和死者被杀会不会有什么联系？”

老刘也想了想，摇摇头，“看不出来，我只是奇怪，如果死者只是想吓吓她老公的话，那么她服安眠药为什么会选择用牛奶来冲呢？她对奶制品有这么大的过敏反应，自己不可能不知道的。”

文山笑着说：“这就对了，为什么我刚才对你的推理会用牵强的话来顶你的嘴，就是因为我想到了这点。我认为死者并不是主动喝下那杯牛奶的，就算她的目的真的是想自杀，一个对牛奶过敏的人，她根本想都不会想到用牛奶来冲安眠药，只会用开水或其他，这个是人之常情。”

老刘有点不好意思地抓抓头。对于文山，他从来都是只有佩服，这小子虽然小他一大截，心思缜密却是远远高于他。可是他也马上想到一个问题，“对了，文山，按你的说法，死者如果不是主动喝下那杯牛奶的话，那么是有人强灌她喝下去的吗？从尸体现场的表情来看，并不像经过了什么搏斗或挣扎啊。”

文山点头同意，“没错，这就是问题之一。另一个问题是，既然死者不喝牛奶，她家为什么会有牛奶？”

“唯一的可能就是赵国华喜欢喝牛奶。”老刘说。

“是啊，这个问题很有趣吧。死者从不喝牛奶，而偏偏她老公又喜欢喝牛奶，现在牛奶里放了大量足以致正常人死亡的安眠药，你认为这里面会有个什么样的解释？”文山看着老刘问。

老刘点头，突然恍然大悟的表情，“难道说，这杯牛奶本来是为赵国华准备的？”

文山瞪着老刘没说话，他也正在想这个问题，如果这杯牛奶真的是为赵国华而准备的话，那么这个案子就会复杂得多，比如赵国华知道这杯牛奶的意义吗？如果不知道那他为什么没有喝呢？那天晚上十点半以前他是在家的啊，汪丽珍最终不忍心让他喝吗？如果他知道的话，那他可能没有喝，但是后来为什么反而是汪丽珍喝下去了呢？是谁让她喝这杯牛奶的？如果是她自己，那她为什么会喝呢？她应该是喝完牛奶再被水果刀所杀的，那个第三者已经知道是一个不相关的盗窃犯了，他刚刚从监狱出来，不可能和汪丽珍扯上什么关系，可是他为什么进去了，却没有偷走任何东西？这样看来，除非……那么，赵国华到底在昨天晚上扮演了什么角色？他做了些什么？

“老刘，”文山打断他的思维，“现在需要等检验科检验的是什么？”

“只有马桶里的牛奶了。”老刘说。

“你去取回来，把它送到老刀子那里去吧，让老刀子看看是不是和死者胃里一样含有安眠药就成了。”文山交代。

“对啊，我马上去。”老刘拍拍脑袋走了。

文山满脑子问号的时候，小张却意外地很快回来了。

“小张，你怎么回来了？”文山奇怪地

问。

小张满脸春风说："嘿，我根本没出局里大门，刚下楼就碰到二癞子走了进来，他一见我赶紧哭丧着脸拉着我说，他是来坦白从宽的。"

"那他人呢？"

"在二号审讯室，我就是来叫你去的。"

"那我们走吧。"文山赶紧站了起来。

审讯室内，二癞子缩头缩脑耷拉着脑袋呆坐着，看到文山进来，赶紧站了起来大声说："文哥，文哥，我可什么也没干，我是来交代的。"

"谁是你哥？"文山喝了他一声，二癞子嘿嘿笑了两声坐了下来，眼睛却不停地偷看着文山。

"说说吧，你都干什么坏事了，要赶着来交代？"文山架起腿，点了根烟看着他说。

"我，我什么也没干，就是昨天晚上吃了饭闲着出去溜达溜达，看到一家门没关，我想啊，谁这么不小心，是不是有坏人进去了啊，我可是在监狱里受了多年党的教育，有了点觉悟，于是就进去看看……"说到这儿，二癞子又偷偷看了看文山和小张的表情，小张在微笑，文山板着脸没表情。

二癞子只好继续往下说："后来我看到客厅没人，就喊了几声，没人应，我本来想帮他关好门再走的，可是一看，房间里亮着灯啊，会不会是坏人在里面？于是我就想起雷锋刘胡兰董……董什么来着，总之我想了好几个英雄人物，然后就壮着胆子进房间一看，妈啊，竟然有个死人在里面，当时我就吓得魂飞魄散，连滚带爬地跑回家了，一晚上也没睡好，长这么大还没见过死人，好多血，我胆子小，就一直害怕到今天下午，好点了赶紧来向你们报告……"

文山和小张耐心听完二癞子的一通话后，文山瞟了他一眼问："不错嘛，这两年在里面果然觉悟高了。"

"嘿嘿，谢谢谢谢。"二癞子点头哈腰笑着说。

"小张。"文山叫了一声。

"在。"小张说。

"去，把手铐给他带上，这样他想起来的事会清楚一些。"

"是。"小张二话不说，从腰里取下手铐啪一声给二癞子铐上了。

"这这这，这是干吗，我是主动来的。"二癞子莫名其妙地嚷道。

"你不来我们正要去找你呢，你看看这个。"小张把手里的资料扔给二癞子，上面是他的指纹和详细资料。

二癞子抖着手看了一下，脸色煞白，突然扑通一声跪在地上哭丧着脸说："我我我，我没杀人啊，我真的没有杀人，我就是……"

"就是什么？"文山淡淡地问。

"我就是一时起了贪念，想操旧业了。你想啊，我出来这么久找不到工作，家里人都不管我了，朋友也没有，只好……可是我没有杀人，真的没有。"

“没有？谁证明？我们只是知道现场有大量你的指纹和脚印，不是你是谁？”文山厉声道。

二癞子这时已经完全没有了脾气，脚也发软，瘫在地上可怜巴巴地说：“我老实说吧。我是进去了，当时我抱着个捡来的特快专递的邮件，想找借口去敲门，如果没有人在家我就去弄点什么值钱的东西。那家是我昨晚的第一家，敲了好一会儿没人应，我正要撬锁，却发现门没有上锁，于是我进去了，翻了一下客厅，没有值钱的，就直奔卧室，可是才到门口，就看到了一个死人，我吓得拔腿就跑，昨儿一晚上我都没睡着，一直在家想着这事，想想我留了指纹在那里，肯定脱不了干系的，于是才跑来这儿自首。我真的什么也没偷啊，也没有杀人，我要杀了人我还敢来吗？”说到这儿二癞子站了起来，眼神急切地看着文山。

“那你到那地方的时候是几点啊？”文山问。

“大概，大概十二点半吧，我一般做事都是十二点出家门的。”

小张听了扑哧一声笑了出来，“都十二点半了，亏你还想得出送特快专递的招啊。”

二癞子不好意思地嘿嘿笑了两声，眼睛又望向文山，生怕文山不相信他。

文山没有任何表情给二癞子，他站了起来，看着二癞子说：“现在只是你的一面之词，没有证人是不是？”

二癞子小眼睛眨了眨，带着哭腔说：“这事哪会有证人啊，躲都躲不及。”

“那就是说，是不是你杀的人也没人知道？你既然有作案时间，也的确到过了案发地点，现在你就是最大嫌疑人了，好好在这儿待一晚上吧。”文山说完也不管二癞子在后面的哀号，走了出去。

小张跟了出来。回到办公室小张问：“文队，你认为二癞子说的是真话吗？这小子满嘴没几句真话的。”

文山却笑着说：“我信，他说的是真话，他没有杀人。”

“为什么？”小张不解。

“因为我刚才看了一下报告，他的脚印压根就没有进过卧室，只是在客厅里。所以，他后来说的是实话。”文山道。

小张点点头，“那我们干吗不把他放了？”

“放？这家伙屡教不改，先送去拘留半个月再说。”

老刘回来了，马桶的牛奶证明和文山的猜想一样。不过，他还对文山说，老刀子让文山亲自去解剖室一趟，有点事找他。文山问：“是这案子的事吗？”

老刘答：“可能是吧，他也没说，只是让我叫你去一趟。”

“那好，我现在去。”文山说完匆匆赶去了解剖室。

老刀子一见文山到来就拉他进了解剖室里面，把盖尸体的白布掀开，指着死者的伤口对文山说：“小文，你仔细看看，你能看出

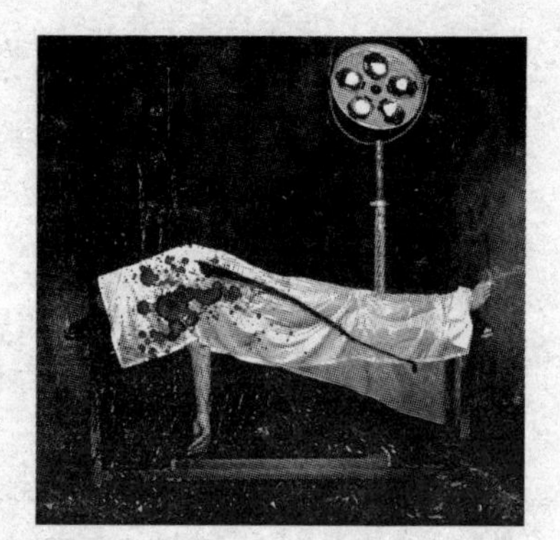

老刀子一见文山到来就拉他进了解剖室里面，把盖尸体的白布掀开，指着死者的伤口对文山说："小文，你仔细看看，你能看出伤口有什么问题吗？"

伤口有什么问题吗？"

文山奇怪地看了看老刀子的表情，他像孩子似的有点兴奋，好像真有了什么重大发现似的。文山低了头，认真地观察起伤口来，可是看了老半天也没看出什么不同，他直起身来，对老刀子摇摇头。

老刀子见文山没看出什么不同来，便有点得意了，先不忙着回答，他问文山："你心里有认定的凶手了吗？"

文山摇摇头，"没有。"他老实地回答，在老刀子面前没有什么不好意思的。

老刀子这时候才指着尸体伤口说："那就好，你来看看，这刀口是在尸体脖子的左侧动脉血管上，水果刀刃上有些细细的锯齿，这就提供了刀子划过脖子时的方向，因为伤口的肉是从左到右走向的，也就是说，刀子是从死者左侧向右划过的。这也符合对方使用右手的习惯，所以从这点看，没什么异常，非常普通。"老刀子停了下来，看着文山。

文山知道这老家伙又开始卖关子了，便也不追问，反正他等不及就会自己说下去的。果然，见文山只是笑不出声，老刀子只好继续说："你再过来看看，这伤口在刀子来的地方，也就是左侧，它比较深且边缘短，而在刀子划到尽头后，明显变得浅而长了，知道这是为什么吗？"老刀子睁着眼睛问。

文山这下子真的吃惊了，他知道老刀子果然发现了什么重要的线索，这可能是一个非常重要的发现，他开始严肃起来，连忙追问道："这是为什么呢？"

老刀子咧嘴笑了，他举起右手比划了一下说："这说明刀子走向的弧线。"

文山离开解剖室，匆匆回到办公室，老刘和小张他们都还在。

"文山，下一步我们该干什么了？"老刘问。

文山轻松地笑了一下，"我们现在只需去再核实赵国华几个问题，如果我猜得没错，那今晚就可以结案了。"

"今晚？"老刘和小张同时不相信地看着文山，对他们来说，这案子才到最复杂难缠的时候。

“没错，是今晚。我是说如果我猜得没错的话，所以我现在还不能对你们说，走吧，一起去看看赵国华。”

赵国华只是在公安局待了一天，整个人像是瘦了许多似的，眼睛显得不安焦躁。文山倒也很客气，让小张给他倒了一杯水，然后开始交谈。

“赵先生，看来你对自己的担忧多过对于妻子死去的悲伤啊。”文山调侃道。

赵国华不好意思地动了动嘴角，然后又像想起什么，对文山说：“我想起来了，昨天晚上我十一点到了公司，收完传真就十一点半了，这些你们可以从电话记录里查到的，后来我离开公司直接去了小倩家，那时已经十二点了，我们又下楼去宵夜，十二点一直到一点多，这个也能找到酒家服务员作证的，那家酒楼我很熟，他们都认识我。最后我们就回家睡觉了。”

“你爱人是在十一点至十一点半死亡的，可是这时间里你还是一个人啊，没想到什么证人吧？”文山问。

“这个……哦对了，公司楼下的保安可以作证，”赵国华突然高兴起来，“而且他们有闭路电视，你可以去看，他们能证明我是清白的。”

“呵呵，当然，小张，你现在马上去跑一趟，核实一下，马上回来。”文山对小张说，小张应了一声出去了。文山又转过头看着赵国华冷笑着说，“恭喜你，如果保安能证实的话，你就是无罪的了。”

赵国华脸上掩饰不住地兴奋起来，他开始有点坐不住了，恨不得马上可以回去，回小倩的家里。

“你现在最想见到的是那个小倩吧，”文山看着赵国华的样子有点来气，心想这家伙命真大啊。“难道你就不想去见见你妻子最后一面？”

“这个……我是要见的，不过不是现在。”赵国华并没有想到文山的想法，他老实地说。

“我还有几个问题想请教赵先生。”文山突然说。

“好，你问吧。”赵国华很爽快，已经没了开始的沮丧，仿佛在谈论别人的事情。

“赵先生很喜欢喝牛奶？”

赵国华一愣，没想到文山竟然是问这个，但他马上想到文山可能是因为他马上可以出去了，找不到话说就拉拉家常，“是啊，我有喝牛奶的习惯，晚上必定会喝上两三杯。”

“哦，很好的习惯嘛，这会让你睡眠更好，是吗？”

“是的。”赵国华点头。

“可是你知不知道你妻子也有睡眠不好的毛病？”

“我知道，她不是老服安定片吗？这已经有几年了吧。”赵国华说得很轻松，这并不是什么惊讶的事情。

“那你为什么不建议她也喝喝牛奶呢？安定片这东西吃多了不好的。”文山淡淡地问，眼睛盯着赵国华。

“不不，她不可以喝牛奶的，她对奶类

品有强烈过敏，一直都这样，吃颗奶糖都过敏。”赵国华苦笑了一下说。

“是这样啊，看来赵先生有钱了，她也无福享受啊。”文山很有感触地说。

“没错。”赵国华说到这儿也叹了口气，“丽珍的确苦命，想起来，她也陪我吃了不少苦头，好容易我出头了，儿子却没了，这对她打击很大，整个人就没了生气，整个家也就没了生气啊——”赵国华再重重长叹了口气，摇摇头，陷入了不堪回忆的往事中。

文山给了他一点时间回忆，然后才继续问:“所以赵先生也就开始慢慢厌倦了回家，是吗？”

赵国华苦笑了一下，“可以这么说，毕竟我在外面做事是很辛苦的，回到家都想舒心一下，却得不到。回家对我来说渐渐成了一种负担和压力，让我窒息。这时候小倩走进了我的生活……”

文山静静地等他说完，看着赵国华那一脸的无奈表情，心里说不出是什么滋味。通常他要是面对可能的嫌疑犯，想的只有案子，只有线索，可是这个案子太特殊，汪丽珍的死因竟然会是那样，这令他有很大感触。

“那么，赵先生有没有对你妻子有内疚感呢？”文山问。

“当然有，非常内疚，”赵国华不假思索地说，“所以我不和她离婚。她需要的我都可以给她，让她永远都有名分。”

“可是你妻子只想要你啊，她都陪你熬了那么多年了，呵呵。”文山故作轻松地说。

赵国华摇摇头，叹了一下，“唉，这就是男人的无奈，警官先生，说不定以后你也会遇到这样的事。”

“呵呵，也许，”文山笑了，自己会遇到吗？还真不知道呢，这年头，有什么不可能的呢？“好吧，最后我想知道一件事，你要好好回忆一下的。”

“什么事？”赵国华问。

“昨天晚上，你在家里的时候，你妻子有没有给你冲牛奶喝？她应该很清楚你的习惯吧？”文山轻松地问。

“有啊，只要我回去，她总不会忘记给我准备两杯牛奶的，因为我平时也不喝茶不喝酒，白天喝水，晚上就喝牛奶。”

“真是好习惯，像我就老是喝酒，看来我也要向赵先生学习学习了，呵呵，可是，昨天晚上你妻子为你准备的牛奶你喝了吗？”文山问。

赵国华想了一下，突然哦了一声说："对了，想起来真是后悔，我竟然连丽珍为我冲的最后一次牛奶都没喝，还给倒了。”

“倒了？为什么？倒哪儿了？你仔细回忆一下。”文山问。

“是的，丽珍冲好牛奶后，她进了房间，我那时就接到了客户的电话。一边接电话的时候，我本来是想喝牛奶的，却看到牛奶上有一层厚厚的泡沫，我常常喝牛奶，所以我一看就知道这牛奶已经不新鲜了，我想肯定是我很少回家，这牛奶已经放了很久了，可是不喝又怕丽珍不高兴，我们刚刚才吵了一架，于是我把手里的那杯牛奶倒进了马桶，后来我还想了起来，当时我光顾着讲电话，忘了冲一下马桶，丽珍一定会发现的，下次免不了又要被她骂一顿，可是想想这也无所谓了，反正没有这事，总会有其他事被她骂的，她就是看我不顺眼，老想找碴臭骂我一顿解解气。”赵国华一边回忆一边说，“对了，警官，这事也和案子有关系吗？”

文山笑了，没有回答他，心想，你果然命大啊，不然你们夫妻现在就在另一个世界团圆了。

“警官先生，”赵国华看文山只是笑，却不说话，便叫了他一声，问，“警官先生，那丽珍的案子还有其他线索吗？”看来，赵国华已经把自己置身事外了，开始关心起案子来，自己没事了，好奇心也就上来了。

文山点头说：“是的，该要的线索都有了。”

“哦？”这个回答让赵国华非常意外，“那么，凶手是谁呢？”

文山对着他一笑，“这个嘛，晚上你就知道了，”然后文山站起来，“好吧，我回一下办公室，晚一些小张取证回来后。如果你说的是实话，那么，晚上我和你一起回你家，我会告诉你真相的。”

小张赶在晚饭前回来了，不出文山所料，赵国华说的是真的，他不是凶手，这点可以确认了。

“老刘，你去电话通知一下报案的陈兰女士，让她去一趟案发现场，我们在那里等她。小张，你去带上赵国华，我们一起回去他家。”文山吩咐各人办事。自己也把桌上的资料整理了一下，放在包里，然后出门。

“我也去。”小宝不知从哪里钻了出来。

文山看了她一眼，没说话，径直走了出去。

当文山一行到达早上的案发现场时候，陈女士已经站在门口焦急地等着了，文山看了她一眼，陈兰伸手想和他握手，他却装作没看见，匆匆走了进去，这让陈兰有点意外。

进到屋内后，赵国华扫了屋子的凌乱一眼，苦笑着摇头，然后找了一张单人沙发坐了下来。文山指指大家说：“你们也都坐下吧，小宝，去把窗子打开，这里空气不怎么好。”的确，早上的味道还残留着。

做完这些事后，所有人坐了下来，目光都聚集到了文山的身上，他们都不知道文山葫芦里卖的是什么药。文山看了他们一下，开始说话：“今天晚上我把大家叫到这里来，是想告诉大家昨天晚上这里到底发生了什么事情，当然，这还得从陈兰女士说起……”

“我——”陈兰愣了一下，看了看大家的目光，所有人都望向她，然后再看着文山。

“是的，从你开始，汪丽珍女士的丈夫有了外遇，这事让你很不忿，且有些兴奋，因为你的经历，让你恨所有的男人，当看到周围有和你一样命运的女人出现时，你迫不及待地想去制造些悲剧出来，并且是要比你更不幸的悲剧，只有这样，你才能让自己得到一些安慰，是不是？”

文山眼睛直直地瞪着陈兰，陈兰的呼吸变得急促起来，脸色发青。赵国华狠狠地瞪了陈兰一眼。

“所以，你开始和汪丽珍接触多了起来，并常常给她灌输一些憎恨男人的思想，让汪丽珍发怒，并且你还很有目的地借给她一些有助于灌输你的思想的书籍，”文山从包里取出那几本在死者卧室找到的书，递给陈兰，“现在，这些书可以物归原主了。”

陈兰机械地接过书来。文山转而看了赵国华一眼，继续说：“而陈女士要灌输这些思想给汪丽珍，当然是想制造更不幸的悲剧。可是起源却还是在赵先生身上，因为赵先生有了外遇，常常不回家，是这样吧，赵先生？”

赵国华哼了一声，没说话。

文山微笑着继续：“汪丽珍在陈兰的潜移默化下，开始对丈夫的背叛由无奈到愤怒，继而绝望。由于她性格内向，没有什么可倾诉之人，唯一的一个陈女士却只会加速她向绝望的深渊迈进。于是，汪丽珍开始萌生了要置赵先生于死地的念头。”

“你说什么？”赵国华跳了起来，“这不可能。”

“呵呵，赵先生，你别激动，听我说下去，这是真的，”文山把赵国华按回沙发上，然后说：“好了，现在开始说昨晚的事情。赵先生多年来有在晚上喝牛奶的习惯，这个他妻子非常明白。于是，昨天晚上，在赵先生回到家后，汪丽珍冲了两杯牛奶，把准备好的安眠药放进了牛奶里，药量足以置从不吃安眠药的赵先生于死地。不过幸运的是，由于放了药，令牛奶多了许多泡沫。据赵先生多年喝牛奶的经验，他认定牛奶不新鲜了，于是把牛奶倒进了马桶，这让他逃过了一劫。”说到这儿，文山看着赵国华，赵国华已是脸色苍白，身体僵直，胸前狂跳，额上沁出汗珠来，双手死死握着沙发扶手，只差一步，他可就已经待在地狱了。

“关于刚才说的一点，我们已经从马桶里的牛奶中检验出来了。好，我们继续说下去，赵先生因为接了客户电话，十点半就匆匆赶回了公司，这点我们也从他公司大楼的保安处得到了确认。那么，汪丽珍到底是如何死的呢？其实她是自杀。”文山说完，笑着看看各位，当然，意料中每个人都很吃惊。

“没错，是自杀，因为赵先生走后，她赶紧走出来，看到有一个牛奶杯已经空的了，她便认定是赵先生喝了牛奶，虽然这是她想要达到的目的，但这个时候她却惶恐起来，想到丈夫马上就会死去，这让她害怕，毕竟夫妻多年，她也一直深爱自己的丈夫。可是赵先生这时候已经离开了家，她不可能追上去了，她也不想追上去，因为她心里对赵先生除了爱以外，还有同等的恨交织着，一方面她希望赵先生死去，一方面又不希望赵先生死去。那怎么办呢?

“从十点半到十一点的半小时里，汪丽珍的思想开始由矛盾直到陷入混乱，她知道如果赵先生死了，警察肯定也会找到她的，种种不安和混乱令她慢慢变得绝望，于是，她把另一杯牛奶喝了下去，本来她并不喝牛奶的，因为她对奶品有着强烈的过敏，但那个时候她眼睛里看到的并不是一杯牛奶，而只是一杯能让人死去的毒药，如果她清醒的话，或者她想着那只是一杯牛奶的话，她不一定会喝下去的。从这点可以看出，当时她的思维有多混乱不清，可以说她已经完全失去了理智，只是一心想求死。

“当汪丽珍喝完牛奶后，身上马上就产生了过敏反应，那种反应是奇痒难忍的。汪丽珍这时候可能想起了自己不能喝牛奶的事情，并且也想到牛奶只会令自己过敏，而自己多年来有服安眠药的习惯，那些药力并不能让她死去，于是她不顾一切地拿起了手果刀，在自己脖子上划了一刀。这一刀划断了她的动脉血管，造成大量失血，这才是真正致她于死命的原因。”

文山说完上面长长一段话后，打住了话头，看着各位入神的表情，微笑了一下。

“可是，你所说的这些都没有直接证据啊。”老刘突然发问。

“当然有，虽然刚才说的过程只是我推想出来的，并没有人亲眼看见。但是，汪丽珍自杀却是千真万确的，直接证据就在我手里。”文山从包里取出一张验尸报告扬了扬说，“据法医的检验，死者脖子上的伤口显示刀子从左侧向右划过，而在伤口左侧起刀处伤口深且短，右侧在刀子离开的地方长且浅，如何才能做到这一点呢?”文山看着各位。接下来他只需重复老刀子告诉他的话就行了。

“要做到这样的伤口，只有一个方法，把刀子慢慢插进肉里，然后沿着向内的弧度快速拉过。记住，是轨迹向内的弧度，这样几乎只有死者自己才能完成，”文山继续说，“如果是他杀的话，那么由于凶手和死者之间有个距离，在挥动刀子的时候，必定先产生一定的加速力，这样伤口的入刀处会长一些，而不可能是这么短，并且轨迹弧度也刚好是相反的，也就是向外的一个弧度。但并不是说别人就不可能完成这个向内的弧度，前提条件必须是对一个毫无知觉或死人才能做得到，我也曾疑问，会不会是别人在她脖子上划一刀的时候，她已经因为安眠药而陷入了昏迷状态了呢?可是，汪丽珍的死亡时间在十一点到十一点半，那时候她胃里的安眠药的药力还没有发生作用，她在死的时候是清醒的，那就不可能让别人对她完成这种向内的弧度，否则她肯定会挣扎，伤口就不会那么整齐，除非是她自己。”文山说完了，他看着大家，没有人说话，每个人都还在努力理解着文山刚才的解释，就像老刀子刚解释完以后，文山也费了好大劲才理解过来。只是，理解过来后，便会感到信服和惊叹，真相往往就在最细微之处啊。

“真相往往就在最细微之处啊。”小张看着文山感叹。这让文山很吃惊，他当时听完老刀子的话后也是说了这么一句，看来小张还有点像他。这个小家伙有前途，文山心想。

“那么，这里是怎么回事？怎么会这么乱，不是还有个成年男性吗？”赵国华突然想起来问道。

“呵呵，”文山乐了，“没错，不过是一个半夜出门的盗窃犯正好在汪丽珍死后撞了进来。他在客厅里没翻到什么值钱的东西，然后刚要到房间去，只到门口就被尸体吓得屁滚尿流了。”

“你怎么知道？”赵国华不满意文山的笑。

文山也就收起了笑容，一本正经地说：“我当然知道，那个盗窃犯今天下午就被送去拘留了。”

赵国华不出声了，可是文山却要继续接着说，他下面这些话本来不应该由他说的，可是他却忍不住很想说，“昨天晚上这间屋子本来不会发生这悲剧的，最多是发生一起盗窃案，但是如果男女主人都在家，这个也可以避免。但是现在阴差阳错，想杀人者死了，被谋杀的人还活着，这也许就是大家常说的命运吧。如果昨天发生的不是自杀案，而是谋杀案，就是说如果死者是赵先生的话——”文山眼睛看向了陈兰，陈兰赶紧躲了开去，“那么，陈女士，你这个教唆罪名也许会成立呢。”

“赵先生，你呢？”文山转过来望着赵国华说，“如果是那样的话，你现在在哪里呢？”赵国华刚刚有点血色的脸又被文山说得苍白起来，他不知该说些什么，心脏不争气地又狂跳，眼睛里说不清是后怕还是庆幸。

文山似乎意犹未尽，“很幸运，一个伤口的弧线救了你们，可是你们给汪丽珍心里的伤口呢？那是一个什么样的弧线？每一个伤口都会有它的弧线，伤口是不会直来直去的，但却会致命！”

文山突然瞥到小宝正聚精会神地看着他，眼睛很专注，他莫名其妙地心跳加速起来。

“好了好了。”老刘站了起来，拍拍文山的肩膀说。“案子结束了，咱们走吧。”说完拉了文山往门口走去，小张和小宝回过神来，赶紧跟了出去。

（注：本文选自老家阁楼作品《夺命电邮》，本书已由中国画报出版社出版上市，敬请关注）

TIME 文\花布

你可曾注意过，你身边再普通不过，却又极具意义的东西？

比如，0 1 2 3 4 5 6 7 8 9。

这几个数字，躺在你家的钟摆里，躺在你父亲的手表里，躺在你电脑右下角的功能栏里。

我们早就和它们血脉相通、息息相关，永远分不开了。

分开了，就要死！

“起床了，亲爱的。”

“起床了，懒猪！”

“起床了，你个死丫头！”

“你听没听见！起床！起床！起床！”

在恶搞闹钟第四次叫嚣时，我用枕头把它砸到了地上。它歪歪扭扭地躺在地上，心不甘、情不愿地还五音不全地哼哼着，宁死不屈。

我懒洋洋地睁开眼，瞥了闹钟一眼。

才七点而已。

今天是星期日，今天是我睡大觉的日子。我闭上眼，身体蜷成大虾的姿势，继续昏天黑地地睡。在下一个闹钟响起的时候，才惊雷般清醒。

我骨碌一下从床上翻起来，抓起那只不屑的闹钟。

“九点！”我一蹦从床上掉了下来，摔得腿脚一阵麻木，一边跑出卧室一边骂骂咧咧地把闹钟摔在墙角，“该死的闹钟！为什么不早点响！”

第二只闹钟砸在地面上，发出震耳欲聋的声音，似乎比第一只还不甘。

我知道，它们若是有血有肉，一定会和我吵一架，明明是我自己自作自受，还要埋怨它们。

我的确是个没有时间观念的女人，从小如此。

小时候，我上课经常迟到，考试的时候，更是无法合理地利用时间，常常是卷子写了一半，铃声就响了。长大后，这毛病日趋严重，约会迟到、上班迟到，甚至吃饭也迟到，一日三餐常常没有固定时间。

为此，宋林不止一次地批评过我。

他说：“罗大姐，真该把你送到香港去，让你看看那个地方的人对时间的概念！”

“我这叫随遇而安，能活大岁数！”我毫不示弱地强词夺理。

“时间就是生命啊！”宋林摇头晃脑地叹气，很无奈，也很高兴地在我脑门上敲十三下。

这是他对我的惩罚。自从做了他女朋友，他就规定我约会不许迟到，迟到一次，就敲我一次，直到我长记性为止。不过，交往三个月，我已经没记性了十三次。

我记不住宋林“严厉”的惩罚，这是天性，从小到大，从大到死都改不掉了。

洗手间的镜子很大很亮，是宋林特意为我买的。

他说，有一面很大很亮的镜子，就能时刻提醒自己，提醒自己善用青春，提醒自己善用时间，等到老的时候，就能从镜中人物的皱纹白发，读出许多过去的精彩。

我倒觉得，宋林有点儿吹毛求疵。

很大很亮的镜子里，我细致地抹着粉底、口红、睫毛膏，折腾了半个小时，镜子中的“女鬼”就活生生地变成了“仙女”。

我才不怕自己变老，更不害怕变老后的空虚，我的时间概念就是当一天和尚，敲一天钟。这一秒快乐，就不会去想上一秒的悲痛和下一秒的忐忑。

想到时间，我不由得看了表一下。

已经九点四十了！

跌跌撞撞地跑下楼，我摸着脑门，钻上了公交车。宋林那小子，敲我的时候，从不手软。十四下啊！十四下我的脑袋非肿起来不可！

我给宋林打电话，想事先求饶。

我刚拨了宋林的号码，一个人突然撞了我一下。我艰难地在人群中蹲下，捡起手机，继而愤怒地瞪了一眼那个撞我的人。刚才的力道，让我觉得，那个人是故意的。

那是个女人，大概有五十岁左右的样子。

她已经坐在了刚刚下车的一位年轻人的座位上，似笑非笑地望着我。

我立刻感觉自己上当了，因为如果不是手机掉了，我完全有时间抢在她前面得到那个位置。现在，望着车厢密密麻麻的人，我想我只有站一路了。

果然，老女人在对我笑完之后，压低声音说了一句话。

“晚了！”她说。

我实在没时间和她吵架，宋林已经在电话里吼了起来。

“罗米可，你现在在哪儿！？”

我龇牙咧嘴地把手机贴到耳朵上，说道：“我今天起晚了，对不起啊！我马上就到，马上！”

宋林没再说话，在一阵发动机嗡鸣的声音后，似乎是一瞬间就把电话挂了。里面一阵盲音。

我知道宋林一定生气了，让你站在大太阳下，等一个半小时，你生气不！？我也生气了，生自己的气，更生那个老女人的气。如果不是她，或许我可以早一分钟向宋林解释，也许早一分钟，结果就不是这样了。

我突然觉得，时间真是个宝贝疙瘩啊！

可惜世界上没有卖后悔药的，更没有可以让时间倒回的方法，我只好郁闷地挤在人群里，从一个又一个人的缝隙间，狠狠地盯着那个老女人。

女人则保持了一路的似笑非笑，似乎在告诉我，她胜利了。

公交车晃三晃，终于停下来，我飞快地跑下车，四面八方地寻找宋林的影子。身旁，公交车又晃晃悠悠地开动，那个老女人从车窗探出头来，笑嘻嘻地望着我。

她陈词滥调地说：“晚了！”

“呸！”我对她吐了口唾沫，什么人啊？幸灾乐祸！可下一秒钟，我却感到一丝恐慌。

我给宋林打了十八通电话，没人接。

我又打第十九通，转成了语音留言信箱。我带着哭腔说："宋林，我错了！你原谅我吧！我下次一定准时！"

宋林依旧不理我，我知道他其实一直在等我的电话，只是恨铁不成钢地不愿意理我而已。他太注重时间观念了。他在钟表厂上班，他每天要做的就是调试钟表的准确率，精确到毫秒。他经常对我说，他最讨厌的就是不珍惜时间的人。

时间是他的命。

说句你觉得可能是玩笑的话，我现在拿宋林的命玩耍，他能不生气吗！？

我坐在公交车站，郁闷地望着手机，等着宋林打来原谅电话。这时候，才发现远处围拢着一堆人，在马路中间组合成一个圈子，密不透风。

身旁有人说："怎么了？"

"好像是撞人了。"

"是吗！？"

"听说撞的是个小伙子，打电话过马路的时候，被人撞了。"

我听不下去了，站起来，疯了一样向人群跑去。刚跑几步，电话突然响了，是宋林打来的。

我飞快地按下接听键，喊道："宋林，你没事吧！？"

宋林说："我能有什么事，不过你等着我敲你十四下吧！"

我有点想哭，说："亲爱的，我以后再也不迟到了，你出来吧。"

宋林说："你以为我跟你一样小孩子脾气啊，我有点急事，所以先走了。你别等我了，赶紧回家吧。"

我觉得宋林还在生气，因为他的声音显得很烦躁，不大愿意和我说话似的。不过，还好那个被车撞的人不是他，我也就安下心了。

我又重新走回公交车站，等车。

21路很快就来了，我站在人群后，排排站，等着上车。这时，我听见一阵熟悉的笑声，抬头一看，又是那个老女人，真是阴魂不散！

我从人群里挤出来，打算坐下一班车。

老女人还坐在靠窗的位置，探着白花花的大脑袋对我笑。我不甘示弱地瞪着她，她一点也不生气，一点也不难受。

车开动的时候，她故意地对我说了一句话，意味深长，她说："怎么样，晚了吧。"

如果旁边不是有人看着，我真的会拿板砖拍她。

我在床上翻来覆去，又在网上折腾了半

天，实在是太无聊了。星期天的时间真是难熬，没有一点事做，实在是难受。我想给宋林打电话，又怕耽误他的事，他早就说过，他有事时禁止给他打电话。

QQ响得正合我心意，我手忙脚乱地点开对话框。是好友宋宝儿。

宝儿是医院的实习医生，她和宋林一样，对待时间犹如生命。她说，她的时间就是拯救病人们的良药，马虎不得。

我的网名叫“时间去死”。宝儿的网名叫“请给我五分钟”。我立刻和她聊了起来。

时间去死：亲爱的，你真是我的救星！

请给我五分钟：你又怎么了？是不是又跟宋林吵架了？

时间去死：别提了，我约会又迟到了。

请给我五分钟：你太没有时间观念了，要是我早把你甩了！

时间去死：你怎么胳膊肘往外拐！死丫头，我那高级水果都喂狗了吧！

请给我五分钟：好了，不和你闹了。我这有个小故事，你看吗？是关于时间的传说，正好让你受受教育。

宝儿发来的故事，很新鲜。

据说，时间这种东西（暂且称为东西吧）是很神秘的，最早可以追溯到原始人类年代，那个时代，人们就已经懂得利用星星、太阳还有月亮来调整作息。后来，人聪明了，时间也渐渐规范了。北宋时期，苏颂把钟表机械和天文观察仪器结合起来，制作了第一个可以规范和记录时间的仪器。后来，瑞士人根据这个原理，做了第一只表。

而关于时间的解释，科学家是这样说的：

时间是具体事物的组成部分，是具体事物具有的一般规定。人的眼睛可以看到、手可以触到的具体事物，都是处在一定时间段中的具体事物，都具有时间的具体规定，没有时间规定的具体事物是根本不存在的。

看到这里，我乐了，给宝儿发信息：KAO！这么厉害，也就是说，我们要是不在白天上班，晚上睡觉，八十岁之前学会走路、恋爱、结婚，我们就不是具体事物了！

请给我五分钟：你别胡说八道，继续看。

废话下面，是一个神话传说，没有根据地：

从古至今，有人相信，时间是掌管一切的神，他们合理利用和分配给每一个人时间，大到从生到死的时间，小到一个打瞌睡的时间。对于那些善待时间的人，时间之神会赋予他许多成功的时间，而对于那些不在乎时间的人，时间之神，则会对其进行惩罚。

我看到这里，已经觉得宝儿很可恨了，

她把我当三岁孩子耍。

我又给她发信息。

时间去死：大姐，你这什么意思啊，先是告诉我时间是一切，后面又告诉时间是神仙，真当我傻子啊！

请给我五分钟：难道不是吗？时间是跟随我们一生的东西，我们出生时就有时间标注，死亡时，墓碑上也会刻上哪年哪月死，甚至恋爱、结婚的时间，都记得很清楚，一切都掌握在时间之中。

时间去死：我无语。

请给我五分钟：你好好想想吧，你在浪费时间，也是在浪费生命，早晚有一天，你会后悔的。

时间去死：难道时间还真能变成神，惩罚我不成。

请给我五分钟：也许，真的会。

宝儿说完这句话，就下线了。

我愣愣地望着那个灰黑色的头像，总觉得宝儿最后这句话，意义非常。在下一秒，我不知道脑袋是不是坏掉了，突然浮现出那个老女人的模样。

她好像一下就蹦出来了，站在我面前说：“晚了！”

我打了个冷颤。

宋林已经一个星期没联系我了，我打了无数通电话，无人接。

我只好去宋林他们工厂找他。我还是没见到宋林，只见到一个和他一起校正钟表的同事。

那个同事认识我，他和宋林关系很铁。

“米可，你怎么来了？”他看见我，一边擦鼻子一边跑过来。

“我……”

“对了！最近宋林怎么都没来上班啊？”他反而问起我来了，“打电话也没人接。”

我愣了一下，看来是白跑了一趟。我说：“我也找不到他，要是你见到他，赶紧联系我啊！”

他应了一声，又回去工作了，边走边嘀咕：“怪了，宋林从来没有旷工过啊！这小子是怎么了？”

是啊，宋林是怎么了！？在我和他第十四次约会迟到后，他神奇地消失了。

回家的路上，我一路都在折腾手机，我给宋林认识的，以及认识宋林的人，都打去了电话询问，结果无人知道宋林去了哪里。我慌了，甚至给宋林远在他乡的父母去了电话，结果，还是没消息。

那天是下午五点半零三十八秒，以前我连自己的生日都记不清楚，可那天，那几个时间数字，一针一线地缝进了我脑袋里。

又痛又害怕。

后来，我突然想起了宝儿发给我的时间传说，脑子里就冒出一个不切实际的可怕想法，宋林接下来的生存时间，是不是被剥夺了！？

我想偶尔你们也会有这种感觉，在活得鲜活真实时，总觉得时间是虚幻缥缈的东西，拿它不当回事，总觉得自己一辈子都不可能出事，都会活得很安稳，可等到发生意外或者心里有事憋着的时候，立刻就变了，变得善于利用时间，恐惧时间，害怕下一秒出什么事。

有人说，人在死前的最后一段时间，会记起很多东西，一般都是从不在乎，却真实烙刻在心里的东西。

据说，那个时候，人们连哪年哪月哪日几分钟都能记起来。

我想，如果我一辈子再也见不到宋林，我到死都摆脱不掉“五点半零三十八秒”了。

我不知不觉又走到了公交车站，还是21路，我回家必须乘坐的公交车。

望望四周，站台上大概有六七个人在等车，玻璃广告橱窗里，是化妆品广告，大美女在嘴边竖着指头，悄悄说着一句广告语：只要十天，美白无瑕！远处，五点半刚刚下班的人们，蜂拥而来。路边，是到了夏季八月份准时绽放的槐花。

我忍不住颤抖起来，原来，我们的生活真的被时间控制着，无一例外。

时间甚至比空气都重要，它无处不在，整个宇宙都被它垄断了。

我在车里挤来挤去，总算找到了个座位。

我盯着窗外看，我还想着宋林能去哪？该不该通知他父母他失踪的消息？该不该报警？

这时，有人捅了我的小腿肚子一下。

我缩了一下腿，下意识地望向脚旁，吓得吸了口凉气。

是那个老女人，她不知道为什么，又跑到公交车上了，而且钻到了我前面的座位下面。

她还是似笑非笑地望着我，说：“晚了。”

我大叫一声，站起来，指着她骂：“你有病吧！为什么老缠着我！你出来！出来！”

她不动，还钻在座位底下，冲我笑。车里的人倒是都注意到我了，一个个像看疯子一般盯着我。我不是疯子，她才是疯子！

我结结巴巴地指着老女人，对车厢里的人们说：“底下有人，是个疯子！”

没人答理我，他们的眼神冷漠无情，他们没时间管我的闲事。

公交车晃荡着进站了，我不顾一切地跑下车。

这是宋林失踪的第四个星期了，我报了警，班也不上了，天天出去寻找宋林。

我感觉每一天的时间都不够用，我去了百货公司，去网吧，去饭店。城市太大了，我尽量把每一秒钟都用在寻找宋林身上，可依旧毫无结果。

我甚至到电视台登了寻人启事，把所有的钱都扔了进去，让他们滚动播放。

我觉得，时间真是可恶的东西。

宝儿来的时候，我刚回来。我疲惫不堪地挪着脚步，走进楼道。她蹲在门口，见到我，满脸哀伤。

“这大半夜的，你又跑哪去了？”她扶住我，小心翼翼地问，“又去找宋林了？”

我点点头。

她替我开了门，扶我坐下来，一边忙活着帮我倒水一边有一句没一句地说着话：“可可，你别再这样了，我心疼。我知道你喜欢宋林，可人不在了，你也别这么折腾你自己啊。你要知道，你才二十出头，你还有很长的路要走，你不能把时间都浪费在这上面。”

“找不到宋林，让我活一百年也没意思。”

宝儿坐在我身边，无奈地说：“你这是何苦啊！我……”

我懒洋洋地望着她，突然觉得哪里不对劲，一把抓住她，说:“你是不是见过宋林了！？他在哪！？他是不是出什么事了！？”

“可可，你别激动。”她按住我，结结巴巴地说，“宋林他……他已经死了。”

我觉得天旋地转，挣扎着站起来，一下就晕了。

医院里的墙，格外地洁白。墙壁上没有任何装饰品，只有一只钟表，滴答滴答地叫唤着。

宝儿埋怨我:“你到底几天没好好吃东西了，血糖都低到这种程度了！”

我哑着嗓子说:“宋林……宋林是怎么死的？”

宝儿说:“宋林是被车撞死的，送到医院的时候，已经不行了。我也是前一阵才听说。急救科的医生告诉我的。他们说，宋林是在和你约会的那天撞车的，围观的人挺多，听说宋林撞车的时候，还在打电话。”

我哭了起来，我想起了那天坐在公交车站的场景。原来，那个被撞死的小伙子，就是宋林。

宝儿也哭了，她说:“其实，你那天要是不迟到，宋林也不会死。”

是的，如果我准时赴约，我就不会给宋林打电话，宋林也不会等我那么长的时间，更不会拿着电话过马路。

是我害死了宋林，在一分一秒间，用迟到之后的时间害死了宋林。

宝儿还在自顾自地说着:“可可，你知道吗，其实我也喜欢宋林，还记得你对宋林表白的那天吗？其实，那天我也想对宋林说出心里话的，可惜，我踌躇了，一直不敢说。在我去厕所的五分钟，你已经向他告白了。如果能再把那五分钟给我，我一定不会输给你的。”

我终于明白宝儿网名的意思了。我觉得我真是个混蛋，如果这么不珍惜和宋林在一起的分分秒秒，还不如把他让给宝儿，起码，现在他不会死。

突然，我想到了宋林那天打给我的电话，我说：“不对！宋林那天还打电话给我了，他不可能在出事后给我打电话的！”

“你别胡说八道！”宝儿摸摸我的头，“这怎么可能！那天那条大街上，出事的就宋林一个人，他被车撞了，怎么可能还会给你打电话！”

“不对！宋林没死！绝对没死！我肯定没记错！”

我气急败坏，脸白成一片，宝儿的脸更白。

宋林很凉。

我轻轻抚摸他的脸，依旧很凉，没有他平时的温度。我觉得奇怪，又使劲拍了拍他的脸，他还是不动。

“不会啊！”我回头看了看宝儿，宝儿抱着双臂，她的背后升腾着冷气。

我打算继续拍宋林的脸。

宝儿走过来，拉住我，说：“可可，你别这样，你让我很难受。我说过，宋林已经死了，你不相信，现在我带你来停尸间，看他的遗体，你难道还不相信吗！？”

“不对！”我甩开宝儿，打算继续叫宋林，看能不能把他叫醒。

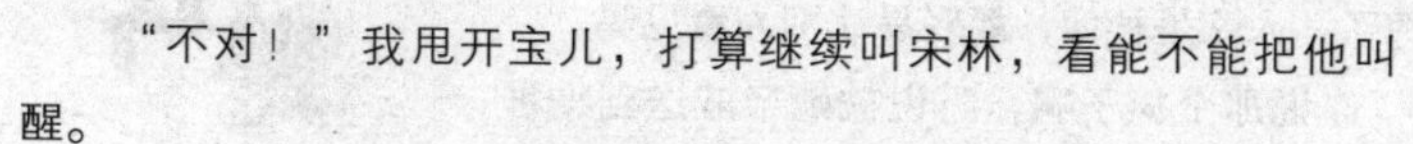

宝儿一把拉住我，把我强硬地拉出了停尸间。

宝儿把我接到了她家，她说要看着我，怕我做傻事，因为我总说宋林没死，还总是想着出去找宋林。我知道，我根本一点儿病都没有，我只是觉得那个电话太蹊跷了。宋林死了，死人还能给我打电话吗？

我劝宝儿：“你别一天到晚都看着我了，我根本没事。”

宝儿说：“你说死人没死，这还没事吗？”

我说：“那你说，宋林撞车后的那个电话怎么解释？”

宝儿说：“我觉得一定是你记错了。”

我没记错！那个老女人阴险地撞击我的力道，我都记得。

突然我说："宝儿，还记得你发给我的那个关于时间的故事吗，你觉得这个世界上，真的有时间之神吗？"

宝儿拧着眉毛说："你真是病得不轻了！"

"我想起一个老女人。"我指手画脚，激动地说，"那个老女人总是跟着我，而且，车里的人好像都看不见她似的。我那天给宋林打电话，她故意撞了我一下。我觉得，她很神秘！没准，她就是控制时间的人。她在惩罚我，惩罚我一辈子都无法见到宋林！"

宝儿根本不理我，扭身进了房间。

她的表情完全像见了精神病患者。

我在大街上飞奔，手机一直叫，没停。

我逃了出来，趁着宝儿出去买东西的时候，我翻窗户跑了。我得去21路找那个老女人，不！是时间之神，我想求求她，看看能不能把时间倒回，救救宋林。

我愿意付出一切。

21路上，还是很多人，我上上下下了好几趟车，就是没见到那个老女人。

我急了，向司机打听："师傅，那个经常做21路的老太太怎么没来啊？"问完我就后悔了，人家是神仙，能轻易让别人看见吗。

没想到，司机说："你说那个疯子啊，听说被她亲戚送到精神病院了。"

"疯子！？"

"是啊！我也是听我师傅说的。那女人挺可怜的，那年高考，因为她起晚了，忘记叫她女儿去考试，结果，她女儿什么学校也没考上，回来坐这21路，恍恍惚惚的，一不小心被车撞死了。后来，那女人就疯了，说若不是因为她耽误了时间，她女儿也不会死，没事就跑到这21路上找她女儿。我们不忍心赶她下车，已经见怪不怪了。"

我急了，吼道："那……那天我说车座下有人，你们怎么都不理我！？"

司机也急了，说："你吼什么吼！一个疯子，在不在车上有谁会在乎！”

我绝望了，宋林死了，我救不了他。

手机还在响，是宝儿打来的。

我呆滞地按下接听键，她就在里面喊了起来：“可可，你跑哪去了，快回来！我告诉你，你千万别做傻事啊”

后面的话，我没听就关机了。我觉得接下来的每分每秒，都没有丝毫意义了。

13

夜色很黑，月亮躲在云后面。

天晓得现在几点了，我也不知道自己走了多久了，只是感觉不到累。

走着走着，我竟然来到了民心河边。这个时间，这里早就没人了，一片死黑。好在路灯还亮着，我就坐在路灯下，歇息歇息。

我看见一个人坐在河边，穿着白色病号服，笑嘻嘻地对我招手，竟然是那个老女人。

我走过去，她把手放下来，似笑非笑地望着我，似乎在从里到外打量我，然后，她指了指河水，满脸神秘，似乎里面有什么宝贝疙瘩。

我好奇地蹲下身，望向河里，什么都没有，黑漆马虎的。这时，一双手狠狠地推了我一下，我像个石头疙瘩般掉进了河里。

我是个旱鸭子，一点儿都不会水。

我拼命挣扎，从水里努力探出头来呼救，可这个时间，是人们睡觉的时间，除了那个老女人在河岸上一边拍手一边喊叫，一个人都没有。

她对着我笑道：“我告诉过你，晚了！”

14

宋林和宝儿望着变成植物人的我，满脸愧疚。

宝儿用力捶打宋林，边哭边骂：“混蛋！都是你！想出什么装死的办法来吓可可，不然她也不会出事！那天你救了那个被车撞伤的小伙子，找到我时，我就不该答应你这蠢办法！可可她怎么了，她不就是没有时间观念嘛！”

宋林抱住脑袋，边捶边说：“怪我！都怪我！我只是想用这个办法改改可可的臭毛病，只是想吓吓她而已！没想到……”

宝儿颓丧地搂住我，说：“可可，我们对不起你！我们都是凶手，是我、宋林还有宋林那些朋友合伙儿骗了你！是我们害了你啊！”

我想出声告诉他们，我没有死，我还有意识。可一点办法都没有，我那张失去肌肉弹性的嘴巴，根本就动不了。

是的，我没有死，我只是被剥夺了继续生活的时间。被那个老女人，现在可以称为时间之神的女人，拿走了我剩下的时间。她说，我对时间不在乎，那么干脆就让我不受时间束缚。她无法要我的命，却把比我生命还要珍贵的时间拿走了。

我在河里挣扎的时候，企求她原谅我，企求她放过我。

她冷冰冰地对我说：“晚了。”

我想起关于对时间注解的那句话：没有时间规定的具体事物是根本不存在的。

接下来，我将以“不存在”的状态，继续生活，没有任何时间限制的生活。

不知道，那个老女人何时才能宽恕我。

大街小巷的人们都拿着《晨报》看，上面有一条有趣的新闻。

市精神病院的一名患者，在夜间神秘出逃，并严重伤害了一名少女，第二天，又安然无恙地回到了医院。

警察已经对此案件进行调查，称精神病院管制有严重疏漏，市领导对院长进行了严肃批评。

几天后，市精神病院的病房外，都安装了铁栏杆，还有摄像器。

老女人似笑非笑地望着忙碌的工人，一字一顿地说：“晚了。”

你相信这个故事吗？如果相信，请善待你生活中的分分秒秒。也许，在你虚度年华的时候，老女人已经轻飘飘地穿过了精神病院的层层监管，一步一步地向你走去。

她如果剥夺了你的时间，等于剥夺了你的一切。

小心！

他是谁?
根据网络故事改编
绘画：吉安工作室·陶喆
数月前，当我在医院疗养心脏病时，经历了一次古怪而可怖的事情，那件事令我困恼得无法解释。

我住在一个普通单人房，
它的位置在心脏病房的末端。

一天……
ZHi—
我现在不理发，
或许晚些时候。

我无法再静下心来看书，他吓了我一跳，对一位心脏病患者，这种情况是不适合的。
第二天，我仍不能集中精神看书，虽然前一天那本书很吸引我。
MAO
突然……
AAAAAAAAAAA……
PUTONG
PUTONG
一定是电视里的声音，一定是谁把电视音量开到了最大。

发生了什么事?
通道对面的艾克先生心脏病猝发。
一位有心脏病的人，那样叫是不是有点不正常?

嗯，他可能病情加剧，
痛苦不堪。
大部分患者都会无力地倒下，
但是他居然高声尖叫，
是有些……不正常。
日子平安过了两天，
一个下午……
我不理发！我需要理发的时候，我会请护士小姐通知你！

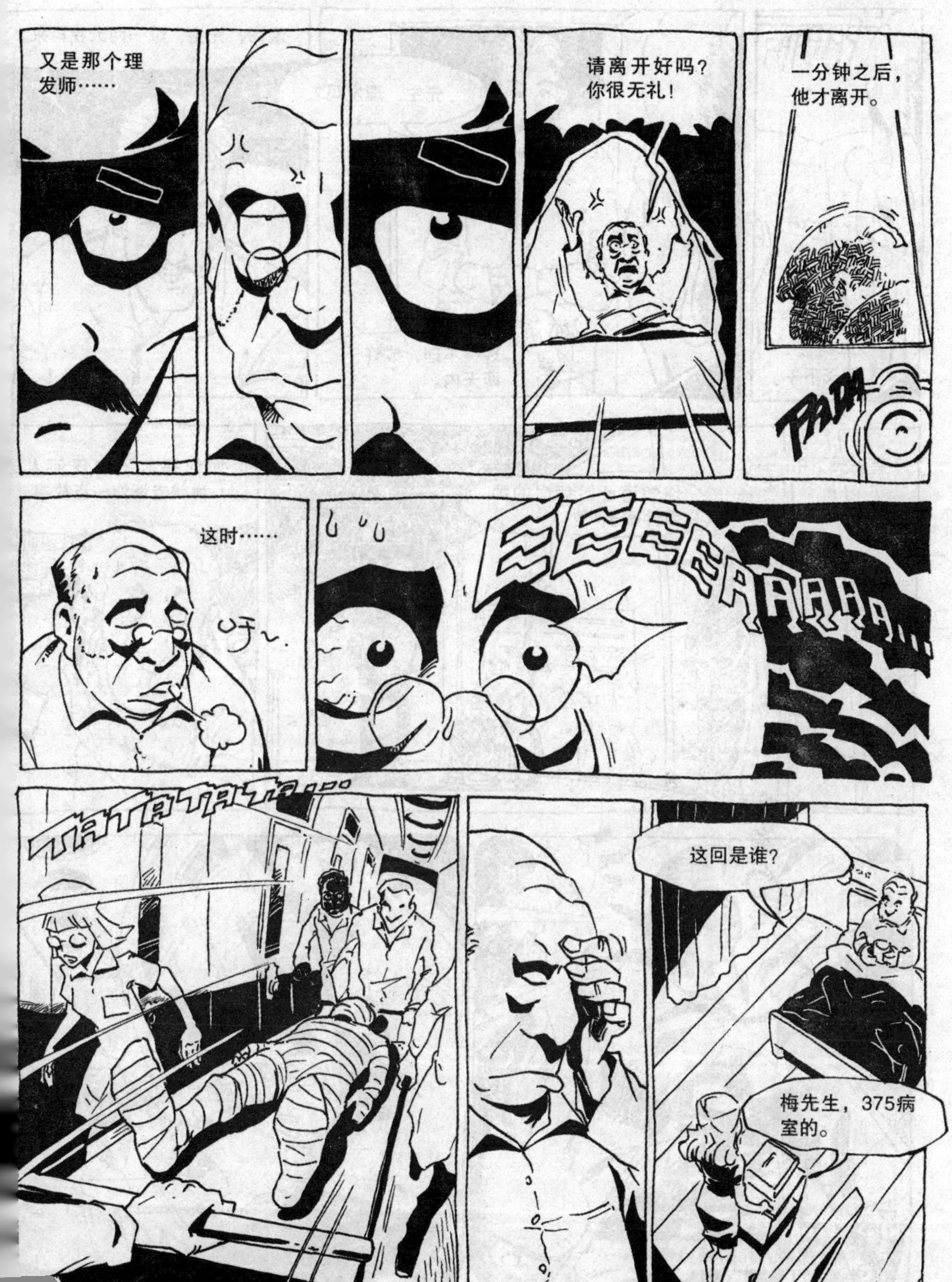

又是那个理发师……
请离开好吗？你很无礼！
一分钟之后，他才离开。
PADA
这时……
呼～.
EEEEAAAAA...
TATATATATA...
这回是谁？
梅先生，375病室的。

那天下午。
先生，理发吗？
现在不理，或许一两天内。
遵命，先生，过一两天我再来。
有一天下午……
你知道心脏病房的那两件案子吗？
假如你答应不向任何人透露，我就告诉你一点故事。

那两人死得相当奇特……
TA TA TA...

DENG DENG DENG
TI TA TA TI
SHUA
PADA
那人已经无影无踪。

当他翻越围篱时，袋子掉落下来。

里面是一袋子的土！
CHUA—

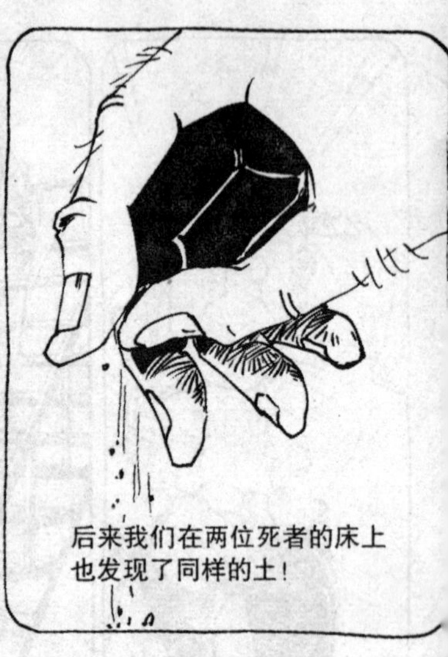
后来我们在两位死者的床上也发现了同样的土！

那人是医院里的另一位理发师！

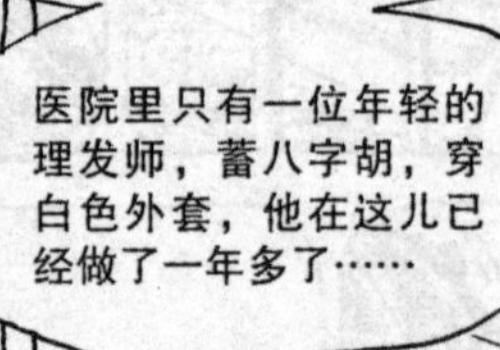
另一位理发师？
医院里只有一位年轻的理发师，蓄八字胡，穿白色外套，他在这儿已经做了一年多了……

我把一些土拿给一位在化验室工作的朋友，你猜他发现什么？
我无法想象！

那土，那些泥土……

来自坟墓！

哦，他怎么判断的？

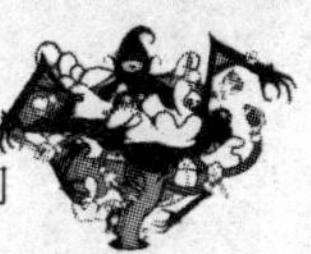

从混在其中的小东西：大理石和花岗石的细碎片；
人造花和花环的碎片。
不止那些，他还说，土中还有两小片碎骨，
经过检查，那是人类的骨头！
所有的土都混有青苔，好像是从坟墓一处潮湿、黑暗的角落挖掘出来的！

这是一个我无法解释的故事。
SHASHA...
SHASHA
那个无表情、眼睛闪烁、
眉毛浓黑的小矮人再也没有出现过
不过，有一点我敢肯定，
如果我答应那位要命
的人进入病室，你就
读不到这神秘的故事
——
因为我相信，我不会活下来写这
篇文章。
我的余生里，将永远有一个问题：
他是谁?

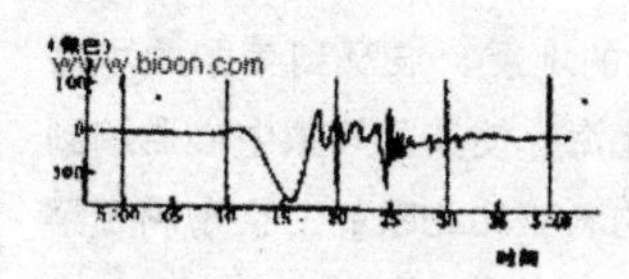

通古斯**大爆炸之谜**

文\佚名

1908年7月30日早晨，印度洋上空晨曦微露，晓雾初开。突然，一个巨大的怪物从九天之外，迅猛地闯入地球大气层,接着以风驰电掣般的速度向着遥远的地球北方冲去。过不了多久，从西伯利亚中部的通古斯地区传来了一声震天撼地的巨响，一团蘑菇状的滚滚浓烟直冲到12英里的高空，灼热的气浪此起彼伏地席卷着整个浩瀚的泰加森林，熊熊的林火连日焚烧着。这就是历史上有名的通古斯大爆炸。

这场神秘大爆炸的威力是如此之大，以至于因爆炸而产生的地震，波及到美国的华盛顿、印度尼西亚的爪哇岛等地。同时，它那强大的冲击波横渡北海，使英国气象中心监测到大气压持续２０分钟左右的上下剧烈波动。这次大爆炸，使西伯利亚和北欧的上空布满了罕见的光华闪烁的银云，每当日落后，夜空便发出万道霞光。

那么，究竟是什么东西引起如此巨大的爆炸呢？这个问题深深吸引着天文学、地球学、气象学、地震学和化学等领域的科学家。

不是陨石引起的

通古斯大爆炸后，人们很自然地联想到，这次爆炸是由陨石撞击地球引起的。但是事实并不是这么简单。20年代初，美国人在亚利桑那州威尔斯陆的陨石坑附近，找到了一些含有氧化铁、镍、白金和铱等成分的陨石后，为了获得稀有金属，于是开始大规模勘探陨石坑。不久，这股勘探陨石热传到了前苏联。1921年，在年仅38岁的前苏联矿物学家柯立克领导下，第一次对通古斯地区进行了实地科学考察。

对于科学技术不发达的通古斯人而言，这场大爆炸是神圣的，许多人认为这是上帝对他们的惩罚。因此，一提起这场爆炸，他们都讳莫如深，脸上流露出忐忑不安的神情。然而，他们最终被科学家们所说服，目击者形象地描述了那次大爆炸的前前后后。

那天早晨，人们看到一颗巨大的火球从空中坠落下来，这颗火球像一根圆柱形的管子，全身喷射出蓝白色的耀眼的火光，照得人们无法睁开眼睛。接着发生了一场历史上空前未有的大爆炸,通古斯周围尘土飞扬,烟雾弥漫，云堆里火舌缭绕，森林毁灭了，人畜荡涤殆尽，幸存下来的驯鹿皮肤上长出了一种从未见过的疥癣。

柯立克小组为寻找陨石坑，还冒着摄氏零下40度的严寒深入到西伯利亚。在通古斯地区的玛柯泰河畔，众目所及的是那场神秘大爆炸所造成的空前绝后的惨相。但是，令人失望的是，在这里怎么也找不到像美国亚利桑那州那样的大陨石坑，只有数十个大大小小平坦的洞穴，其中最大的一个直径也只有150英尺，即使在这些洞穴中把钻头打到75英尺深的土层中进行探测，仍然连陨石碎片也没有找到。因此，人们开始意识到，通古斯大爆炸不像是陨石引起的。

核爆炸的原因在哪里

1945年8月，第二次世界大战后期，美国在日本的广岛投下了震惊世界的第一颗原子弹。这颗在距离地面1800英尺上空爆炸的原子弹，给广岛人民带来了巨大的灾难。

然而，广岛原子弹的破坏景象却意外地给研究通古斯爆炸的科学家们以新的启示。那雷鸣般的爆炸声、冲天的火柱、蘑菇状的烟云，还有剧烈的地震、强大的冲击波和光辐射……这一系列的现象与通古斯大爆炸简直相似到了惟妙惟肖的地步。更令人惊异的是，由于强烈的核辐射，广岛居民与通古斯驯鹿一样，皮肤上也长出了奇怪的疥癣。同时，在通古斯大爆炸附近的树木中发现了放射性物质。因此，前苏联的军事工程专家亚历山大·卡萨茨夫第一次大胆地提出了1908年通古斯爆炸是一场热核爆炸的新见解。

卡萨茨夫的独特见解在许多科学家看来简直是不可思议的。然而，大家毕竟还是接受了这个观点，为此，不少人绞尽脑汁，引经据典来推测这场奇怪核爆炸的起因。

有些人认为这场通古斯爆炸是由于地球撞到了空间一颗很小的反物质所产生的。另外一些人则认为通古斯爆炸很可能是地球与宇宙里一颗极其微小的黑洞撞击所产生的，爆炸后，黑洞又弹回宇宙中，扬长而去。

但是，不管是反物质的假定还是黑洞的见解，都无法解释爆炸前这个天外怪物的管状外形和它进入大气层后这么慢冲向地球的速度。通古斯爆炸依然是令人费解，神秘莫测之谜。

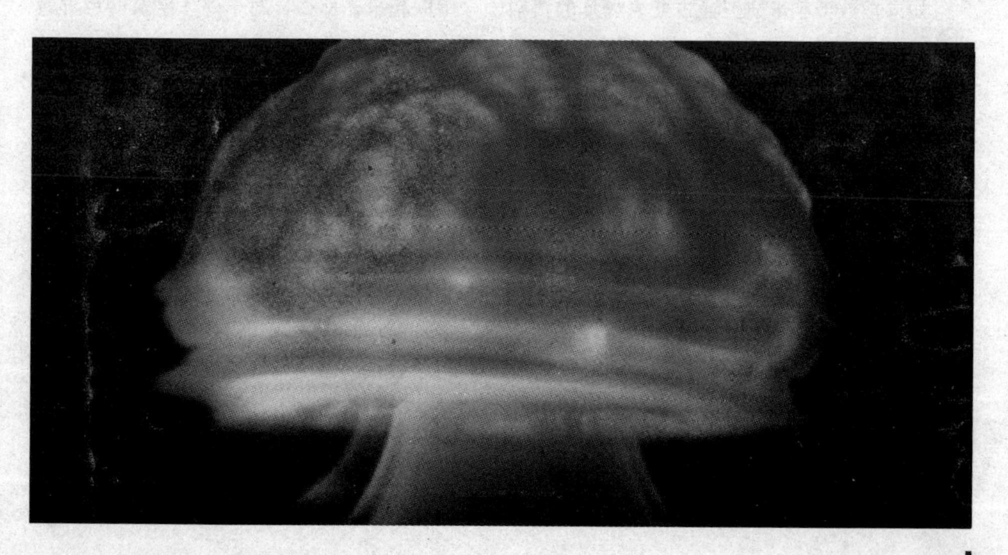

令人信服的谜底

1946年，卡萨茨夫不仅肯定了通古斯爆炸是一场核爆炸，更惊人的是，不久他还第一次提出了这样一个大胆的推测：通古斯爆炸的神秘怪物是第一艘访问我们地球的太空飞船。在当时，对于这种推测不要说其他人，就是卡萨茨夫本人也不得不承认这纯属科学幻想。

20世纪50年代末，科学家对收集到的通古斯爆炸区的泥土进行高度放大，结果发现有球状的硅酸化合物和磁铁矿。它们的大小仅有几毫米左右，其中有些磁铁矿颗粒黏成一串，有些甚至钻进了透明的硅酸盐颗粒里去。而这些颗粒只有在极高温度下才会黏结起来。这种材料无疑是制造宇宙飞船外壳最理想的防爆材料。

不久，人们又在通古斯地区的地下和树上，发现了成千上万颗亮晶晶的小球，这些小球像子弹一样深深地嵌在里面。经过分析，在这些小球中发现了钴、镍、铜和锗等金属。这似乎说明，铜是从那艘太空飞船的仪器导线中来的，而锗可能是来自仪器中半导体器件。

此外，从这个圆柱形怪物的飞行速度来看，它似乎有一种有效的制动系统使自己的速度很快降下来。因为它的速度似乎跟目前人类制造的超音速高空侦察机的速度相仿，远小于地外物体（如反物质、黑洞等）落入地球的速度。

如果把数十年来研究通古斯大爆炸的资料一一串联起来，那么，对于外太空文明世界曾向我们地球发射过一艘太空飞船的推测是合情合理的。有人推测：这艘飞船以接近光速的速度飞抵地球。在将要进入地球轨道时，飞船的推进舱发生了故障，但是飞船依然继续前进。于7月30日清晨进入到印度洋上空。

飞船进入地球大气层后，速度进一步减慢，时速只有2000英里左右，这时防爆的飞船外壳由于与大气剧烈摩擦，温度迅速上升到华氏5000度，船壳由于电离，使整个飞船看上去像一团火球。最后，太空飞船在西伯利亚中部的通古斯上空，终于因核燃料舱的最后一道防护壁被熔化而爆炸，发出了震天的巨响。一场热核爆炸使这艘太空飞船顷刻化成了灰烬。

当然，卡萨茨夫对于通古斯爆炸的见解也仅是一种假设。不过，在大多数人不再怀疑存在超级球外文明的今天，这种假设却是最令人信服的。

（本文摘自网络报道）

悬疑电影之终极测试：谁是真凶！

文\夜先生

什么是悬疑？等故事谜题揭开的那一瞬间让人恍然大悟才叫悬疑。近期多部悬疑电影新片隆重上映，谁会成为经典，谁是超级烂片？猜猜看！

初级测试片一：

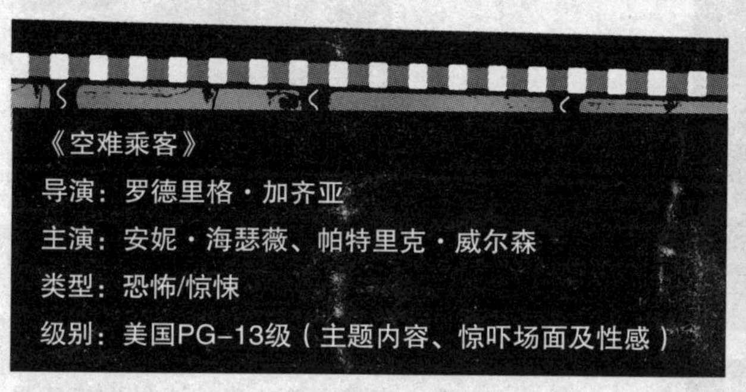
《空难乘客》

导演：罗德里格·加齐亚

主演：安妮·海瑟薇、帕特里克·威尔森

类型：恐怖/惊悚

级别：美国PG-13级（主题内容、惊吓场面及性感）

测试谜题：

一场空难之后，几百名乘客不幸遇难，只有5人奇迹般地幸存下来，其中一个名叫埃里克的乘客身上散发着一股令人捉摸不透的神秘。5个幸存者突然一个接一个地消失了，埃里克却成为最大的疑点。在这场异乎寻常的空难中，埃里克似乎被卡在“生死的边缘”，成为阳世与阴间的穿梭者。埃里克异常恐慌和不安，他自己和别人一样都想找出事实的本来面目，究竟是谁制造了这一切？

难度解析：

多数人死了，几个人还活着……这种电影开场方式如今在哪儿也算不上新鲜。不管死去的人身上有多少谜团，但最十恶不赦、罪大恶极的那个罪魁祸首一定是活着的人中的一个，这就大大降低了悬疑电影的谜题难度；电视剧《迷失》让几十人活下来凑数，电影毕竟有长度限制不能随便瞎扯，于是《空难乘客》一下就把选择题的选项缩减到5个。5个幸存者中，究竟是谁干的呢？

세상을 조종하는 악령과의 한판대결!!

初级测试片二：

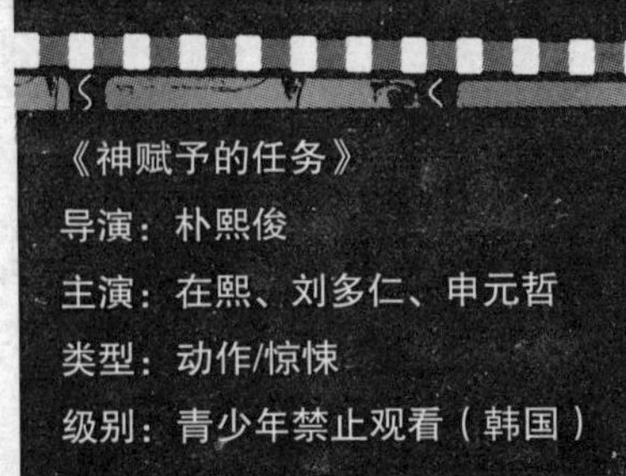

《神赋予的任务》

导演：朴熙俊

主演：在熙、刘多仁、申元哲

类型：动作/惊悚

级别：青少年禁止观看（韩国）

测试谜题：

过去10年间，京畿道花谷里接连发生连环强奸杀人案，村民们相继离开村子，那里渐渐成了废墟。一天，来村子里玩的两个女大学生被奸杀，驱鬼法师崔强来到村里，他主张案件非人类所为，而是恶鬼作祟，坏家伙就在看不见的地方！

为了捉到恶鬼“汤”，崔强与恶鬼决斗，然而仅靠他的法力不能战胜恶鬼。此时，另一驱鬼法师申记者出现了，她是巫婆的女儿，为了打破家族所受的诅咒，她要找到恶鬼。申记者带着世上唯一的捉鬼相机，悄悄潜入村庄，鬼在哪儿？

难度解析：

比起本国的情色电影、近几年出现的大制作仿好莱坞电影，韩国恐怖电影的名声并没有那么显赫。这世界上究竟有没有鬼是个滥俗的命题，鬼长什么样也不值得稀罕，怎么抓鬼也不见得能抓出花来，看了那么多鬼片后，我们再也难以找到当年看贞子爬出井口时的那种惊恐了。

初级测试片三：

测试谜题：

在美国西雅图一个名叫凤凰城的地方，住着一位英俊帅气的男青年爱德华。他出没神秘，与世无争，没有人知道他的来历和家世，更重要的是，他是一只永远不会衰老、更不会死亡的吸血鬼。他已经不再靠吸人血为生，而是一个素食主义者。

但每当和人类走得太近，爱德华就无法抑制自己吸血的本能，他只能强忍内心吸血的生物欲望。而这时候，爱德华家族的死敌又找上门来，妄图消灭整个爱德华家族。爱德华究竟会变成什么样呢？

难度解析：

“吸血鬼”的魔力在经过电影和文学无数次的或经典或失败或雷同的演绎之后，已经渐渐失去了原有那魅力无比的光环，从最初恐怖、强大、血腥的黑暗魔王，逐渐沦为了软弱、怕光、时不时还会丧命的情种。吃素的吸血鬼就像跟兔子抢胡萝卜的狼一样，更像是动画片中的小丑，所以，爱德华能变成什么样，你大概心里有数了吧？

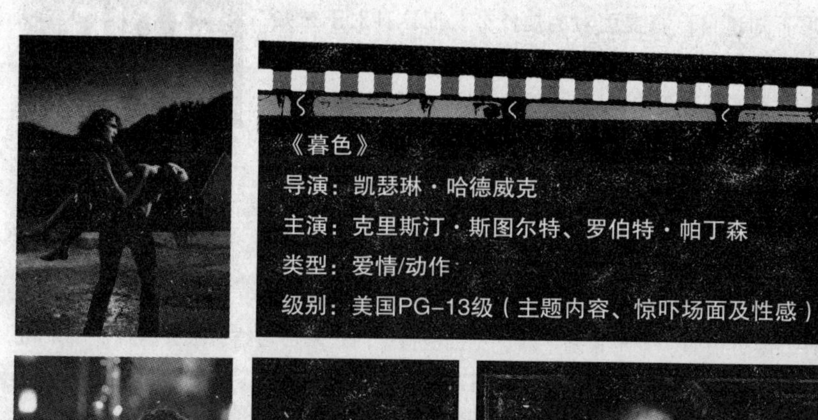

进阶测试片一：

《尊严与荣耀》

导演：迦文·欧康诺

主演：柯林·法瑞尔、爱德华·诺顿

类型：犯罪/剧情

级别：美国R（暴力、粗口、毒品）

测试谜题：

雷·泰尔尼延续了在警察界享有盛名的警察世家泰尔尼家族的传统，在纽约警局供职。他奉命调查一个纵火案，却没想到在案件的背后扯出了自己的兄弟。随着案件调查的深入，更多的人被牵连其中，而这一切的背后所隐藏的则是警界腐败的黑洞。更加出乎雷·泰尔尼意料的是，这蹚黑水似乎深不见底，甚至连自己的父亲等家人也与此有关。

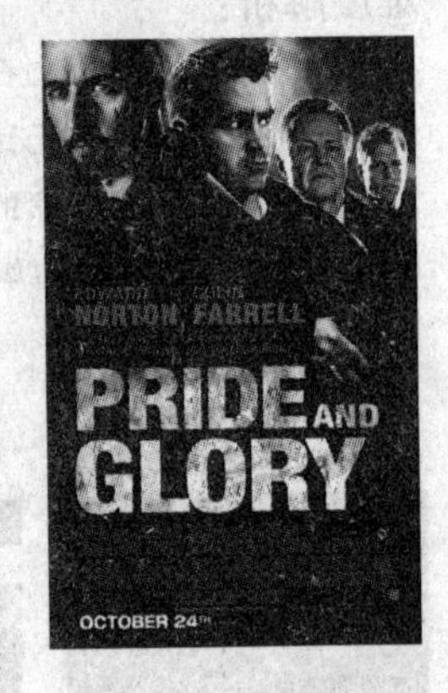

雷·泰尔尼不知道自己将要面对的是什么，而这种对于未知的恐惧又伴随着他对自己信念的怀疑让他身心倍受煎熬。究竟是置公正于不顾，保护家族以及纽约警局的声誉还是彻底地捍卫所谓的“家族传统”——铁面到底又或者根本就没有过什么优良的“家族传统”，一切都只是某人操纵的一场骗局？

入围评价： ☆☆☆

这是一部纯粹的犯罪悬疑电影，没有恐怖，没有惊悚，只有智商、情愫夹杂在无休止的暴力中。这世界上最可怕的，不是警察平庸、歹徒横行，而是黑白勾结、狼狈为奸。《无间道》里好歹还有个把好人，《越狱》里好歹还有几个兄弟，当你孤零零地独自背负着一个荣耀家族的头衔，却发现那里面根本就是黑社会头子的老巢，我的天啊……

难度解析： ☆☆☆

有柯林·法瑞尔、爱德华·诺顿这两大好莱坞当红炸子鸡主演，找到究竟谁是陷害他们的幕后黑手并不难，你的眼睛时刻紧盯在他们身上，看看谁在他们面前最一本正经、道貌岸然，这年头，越是长得面似忠厚、慈眉善目的主儿，越是在背后扔黑砖头、捅红刀子的不二人选。

进阶测试片二：

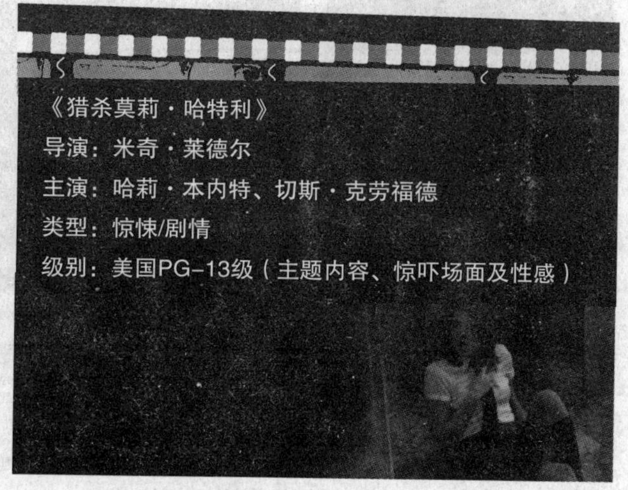

测试谜题：

性格外向可爱的高中生莫莉·哈特利和母亲莉娅两人“相依为命”。突然有一天，熟睡中的莫莉被来自浴室里的奇怪呻吟声所吵醒。她来到浴室，只见母亲一人蜷缩在那里，口中似乎念叨着什么同样怪异的话。惊恐中的莫莉，听从母亲的指示，闭眼蹲在地板上，不料一脸狰狞的母亲竟向自己举起了血淋淋的屠刀……

不久，莫莉终于发现一个惊人的秘密，原来父母为了拯救自己曾与可怕的恶魔做了一项交易，如今恶魔上门讨债，并一定要索去莫莉的性命……这可怕的恶魔究竟是谁?

入围评价：☆☆☆

这基本上是一部充斥着帅哥靓妹、惊声尖叫与蒙太奇的故弄玄虚的电影。看着面相英俊的男孩女孩们一次次扯着嗓子狂吼、可怜的小男孩自己吓得小心脏扑腾腾乱跳还得在危急时刻化装一把英雄救美女，用那并不结实的小身板儿外加一点点运气战胜黑暗势力，是件很惬意的事儿，何况开放式的结局总会在最后让人再次毛骨悚然，“你以为一切都结束了嘛？一切才刚刚开始……”

难度解析：☆☆☆

“恶魔”这种虚无缥缈的东西实在是悬疑电影中的超级难题，在编剧打算让它露面之前，恐怕无论你怎么费劲脑子，也想不出究竟是什么东西，尤其这种专门朝孩子下手的无耻“恶魔”，更是容易集合心理变态、长相变态、思想变态等诸多“伟大优点”，让人完全身陷其中、不知所措，所以，观看电影中，仔细注意屏幕中的边边角角，或许会有意外的发现!

进阶测试片三：

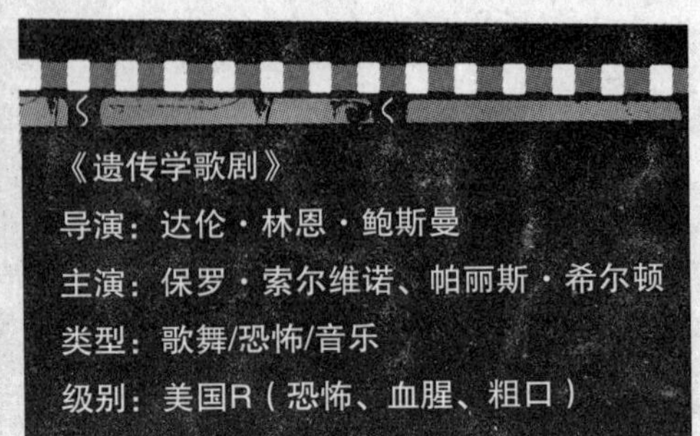

测试谜题：

影片的故事发生在2056年，此时的世界处处充满暴戾与混沌。

纳森的女儿希罗只有17岁，年纪轻轻却患有一种罕见的血液疾病。纳森为了保护自己的女儿而将她关在自己的房子里，与世隔绝，所以希罗即便已经17岁却没有踏出过家门一步。一次偶然的机会，她偷偷避开自己的父亲走出家门，自己去寻找治疗病症的方法，而身边发生的一切也使她意识到自己家族的背景非常神秘，似乎在背后隐藏着巨大的秘密。虽然她有意凭借自己的力量揭开幕后的谜团，但毫无生存和社交经验的她还是陷入了黑暗世界。在自己身陷囫囵、全无退路之际，她又惊愕地发现，父亲纳森就是一个公司培养的杀手……

入围评价： ☆☆☆☆

狮门+达伦·林恩·鲍斯曼二血肉横飞+惊悚恐怖+票房奇迹。影片从头到尾充斥着黑暗漫画电影风格，光看看就觉得让人不寒而栗，更不用说在制造悬疑方面，导演鲍斯曼天生就是大师级人物。当然了，本片虽然是歌舞恐怖片，但绝对不会像《理发师陶德》那样，把杀人与血腥这种下三滥的事情处理得像过年一样安详，拍《电锯惊魂》出身的导演岂能自废武功？

难度解析： ☆☆☆☆

科幻的故事背景，一无所知的柔弱少女，无恶不作的黑暗势力……你要是以为这是个柔弱主角到处遭遇神仙级人物、学习各派绝技、最终变成一代宗师的“类武侠”故事那就大错特错了。少女只是个幌子，身为杀手的父亲才是把双刃剑，他究竟是丢弃自己的女儿效忠组织还是为了女儿跟黑社会翻脸不是谜题，真正的谜题是他为了女儿打算牺牲自己才发现，原来自己连自己是谁都不知道……

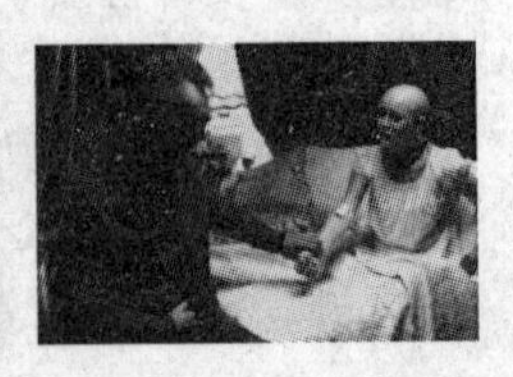

终极测试片：

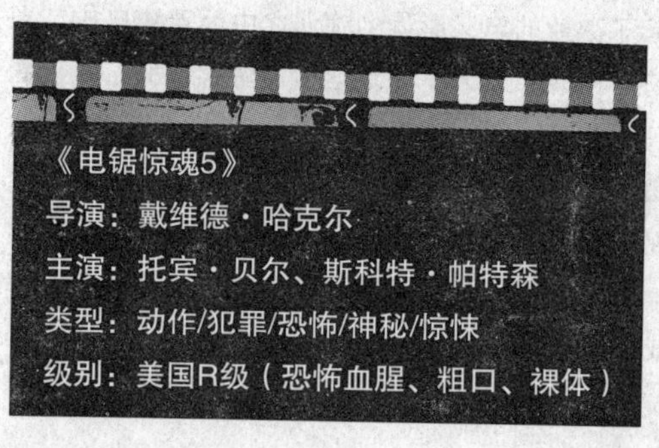

测试谜题：

在上一集，“坚锯”已经咽下了最后一口气，他的继承者阿曼达也自食其果，残忍的折磨似乎即将落下帷幕，但上一幕的结束只是为了下一幕的开启。这一局的第一个受害人是一个名叫赛斯的中年男人，当他从莫名其妙的晕眩中醒来的时候，发现自己被囚禁在一间密室之中，一个神秘的声音不断响起：“如果你想活下去，就必须做出此生最艰难的抉择……”而这个男人，仅仅只是开始而已。

“坚锯”的肉身虽然已死，但他那诡异的生存哲学却找到了新的继承者。霍夫曼原本是个探员，也曾正义耿直，但最后却被这种可以任意操纵他人生死的死亡游戏所诱惑。经过第一次的实践，杀人的快感迅速将他的理智俘虏。为了掩饰自己的罪行，他开始了杀人灭口的疯狂杀戮……

曾经追查过“坚锯”的斯特拉姆警官，被卷入了这场新的屠杀，这次他陷入了更危险的境地，是否又会成为另一个牺牲品？这次的机关更加触目惊心，有的受害人必须在满是针筒的洞中寻找钥匙，有的则被带上了有五个子弹发射装置的项圈，有的要用汤匙从自己的眼睛里挖出钥匙，有的必须把双手伸进只进不出的刀片玻璃箱舍手保命……没有最变态，只有更变态，并且你永远都无法猜到结局！

终极评价：☆☆☆☆☆

如果你从没看过《电锯惊魂》系列，就最好别号称自己是悬疑恐怖电影的忠实粉丝，也不必看这一期的悬疑影像馆，因为你根本就不会明白这样一部电影为什么会被放在这样一个显赫的位置，作为终极谜题。

《电锯惊魂5》的导演跟我一样毫无对待新人们的热情，而是一头扎进对付那些被

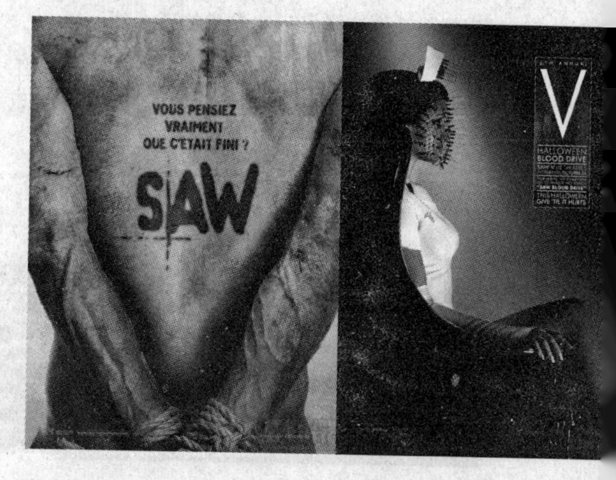

前四部电影惯坏了胃口、调紧了神经、勾引起了欲望的忠实影迷的旋涡之中而无法自拔。光满足这部分影迷，就足以让电影票房再创奇迹，同时，光为了满足这些刁蛮家伙那无休止贪婪的双眼，就足够让人自杀好几回的了。

所以，《电锯惊魂5》从一开始就不再扭捏，不再从头说教“竖锯”老头子那关于人生的伟大哲理，而是直接用满屏的血浆、绝望的嘶吼和一道接一道令人毛孔炸开又无法抗拒的谜题让人的神经时刻紧绷。你无法停止思索，因为每一个问题只有两个答案，生或者死，哪怕你最喜欢的角色，也可能在一秒钟后，变成僵尸。

难度解析： ☆☆☆☆☆

无论怎样，《电锯惊魂》这样的片子都不可能在中国的电影院里隆重登场，因为它不可避免地会被剪切得七零八落，而且一上映就会带来不可思议的票房跟诸多老头级别的专家冒着心脏病发作斗胆写下的恶毒评语，所以我们只能在家一遍又一遍地看盗版DVD顺道忍受二流的字幕翻译。

如果你还没看过这一系列却被我忽悠得心里痒痒，请从第一集开始看，全看完了再说话；如果你已经全看完了却仍有超级多不明白的地方简直是一脑门子雾水，请去百度的“电锯惊魂”贴吧，那里几乎可以解答你所有的疑问；如果你全看完了却大骂这片子一点都不像我吹捧的那么好，请把你所有的愤懑之情写下来，注意条理性与文采，然后寄给北京电影学院去考他们的硕士；如果你全看完了现在正盘算着让你身边的某某某尝尝一分钟内从自己脑壳里找钥匙这样好玩的游戏的话，额……

我啰啰唆唆地唠叨这么多，其实只是想说，作为这样一部电影，你试图去客观地分析、冷静地猜测、完全置身事外地权当一个乐子去观看，几乎是不可能的，如果你不信，现在就去看看吧，咱俩打赌。

Hello，I want to play a game……

BAOZHUGUIHUA

宝珠诡话

水心沙 文

悬疑连续剧

人面桃花

——《宝珠诡话》之番外古代篇

文\水心沙

（接上一辑《悬疑志·诡事纪》之《人面桃花》）

他跑得很快，我不得不跟得快。

几次险些踩在他长长的袍子上，他本就解开了的袍子于是朝下滑得更开。

“喂！”我忍不住叫，“阿落！”他没理我。

直到在二楼口停下，我才发现原来他在笑，笑得一双眼都弯成了月牙儿，还一边低头整着凌乱不堪的衣服。

“你笑什么？”我被他笑得一脸疑惑。

他却笑得更欢了，放肆地笑着，放肆地扯着我的手把我拖进一边的包厢，“爷刚才是要去哪里？”

我再次不由自主地跟着他的步子走了进去，“回去。”

包厢比外头更暗，更香。我边应着他的话边打量着，说不清自己是喜欢还是反感。

“夜才刚刚开始。”

“我却不想再留了。”

“为什么，因为阿落不讨爷的欢心？”

“哪里哪里，我是嫌这里太吵。”

“吵？”他终于敛了笑，那淡淡的神情却是异样地好看，“吵才热闹。”说着话突然伸手一推，我冷不丁地被他推得朝边上的软榻上倒了下去。

软榻正对着大堂的方向，隔着层纱帘，底下昏暗的杂乱一览无余。

“我不爱热闹。”

“不爱热闹，不爱热闹爷为什么来这里？”他由上斜睨着我，就像那天在高处俯瞰我时的样子。

我道：“好奇。”

“好奇？”他又笑，似乎我说的任何东西在他看来都跟笑话似的，“雅听了一定会生气。”

“他不会。”

“为什么？”

“因为我不会像对你说话这样对他说。”

“是么，因为我特别一些？”

我没回答，因为答了他也听不见。周围充斥满了寻找阿落的声音，楼上楼下。阿落不见了，就在刚才突然间的一刹那，于是天下大乱。

“阿落，”直到喧闹声稍缓和，我道，“你不继续脱了么？”

这问题似乎出乎他的意料，“为什么？”

“为了你的十万两黄金。”

这话是不是让他误会了什么，我不知道。只知道那句话才出口，他的腰便弯下了，于是那张千金一买的笑颜离得我越发地近，“脱给你一人看好不？”他道，用之前那种呻吟般销魂蚀骨的声音。

于是我忽然不知道该怎么回答，因为喉咙紧得让我发不出话。只能试图让他明白，如果再近些，他的发就要碰到我的脸了，这样对我对他都不太妥当。

可惜我的眼神不如我的牙有用。

所以他并不理会。

所以我只能深深一叹后松了我的喉咙，然后用扇子拍拍他的肩，“阿落，我出不起那个价……”

话还没说完，那件长袍便从他肩膀上滑脱了，长袍下的他一丝不挂。

我喉咙里再次发不出声音，连捏着扇子的手指都毫无感觉似的僵硬。

而他眼里的笑意更深，深得让人火冒三丈，“没事，有价即是无价，无价即是随意。”

有价即是无价，无价即是随意。

从那样一张嘴里说出来，简简单单，倒也轻佻得有趣。随意什么价？我却对有价可买的东西没有兴趣。所以推开了他，他的皮肤很暖，他的发丝很凉。冰凉的发丝缠在我的手指上，轻轻一扯便断了，夜色里闪着细细碎碎的光。

“疼得很。”离开时听见他轻声道。

我只看着楼底张扬在一片灯火里的热闹。

那是一种在桃花庄金家大宅院内无论怎样都不可能洋溢出来的热闹。

金家的宅院很深，深得像没有星星时的那片暗沉的夜空，我不知道金家小姐在这样深的宅院里是怎样熬过被妖气纠缠的那一天天的。

她开不了口对我说，她只会赤裸着身体在床上挣扎，偶然片刻的清醒，她会呆呆地对着我看，眼里的瞳孔几乎消失干净了，所以她见不得光，也难以分辨周遭的景象。所以片刻后她会哭，哭的声音很难听，不像个十八九岁的姑娘，倒像只疲惫不堪的老鸦。

每每她哭的时候，这房间便开始不安分起来，有时候是些不寻常的声音，有时候是些不寻常的东西。就像这会儿出现在我眼前的。

我看着它，正如它在一片浓黑里无声无息地看着我。苍白而模糊的一团东西，在一层一层皮肤下我看不到它的眼，但我能感觉到它的视线，有些在上面，有些在下面，像有无数双森冷的眼。空气因此渐渐冷了下来，密闭的暗室，却吹着一股股冰冷彻骨的风，风像刀。

铘说，只是明明一个盆地，山风却跟刀似的，分明又不干净。

我不喜欢这样的风，因为我畏寒，天生地畏寒。

于是站起身去取挂在墙边的披风，一转身的瞬间，那东西便靠得近了些。漆黑的长发蜿蜒地爬了一地，风一吹轻轻地颤，于是风里的刀子变得更利了。

我把披风裹到身上。再回头，那东西离我已不到十步远。

"不要再过来，再过来你知道会怎样，你不要再过来。"站在原地我对它道。披风的厚度让我的身体重新暖了点，所以我打算因此放过它，虽然它让我今晚情绪不佳。

可它却猛地朝我扑了过来，用风驰电掣般的速度。

于是我只能眼看着它在一声尖叫后化成一团挣扎的火焰。在火里它挣扎得很苦，就像床上那个苦了不知几个年头的女孩。所幸时间极短，刹那间灰飞烟灭，这便是法带给人的快感。诸事，人能容，法不能容。我能容，结界无法容。

我已经告诫过它了，但我低估了它心智盲目的程度。仅仅两夜而已，两夜，都无法忍么?

床上的哭声停了，难得地安宁。

回头看到那女孩侧头斜睨着我，用她那双几乎辨别不出来的瞳孔。她在竭尽自己的力量试图看清楚我，还是我身后那团化成灰在夜色里飘摇的东西? 我不知道。

片刻她突然间剧烈地抖了起来，嘴里鼓鼓的什么东西，在她一挺身的瞬间喷出一大团淡黄色的沫。

我吃了一惊。赶紧跑过去想给她搭脉，她却发疯似的笑了起来。小小樱桃似的嘴，歇斯底里地发出刚才那团东西尖锐的声音，一阵接着一阵，像是在嘲笑我的自以为是。

我用眼角瞥见那团血色的东西已经移到了她的肚脐下方，戳一下便会滴出血来似的饱满、透亮。随着她的身体一下接着一下颤动着，不出片刻，边上突然间又生出了一团同样大小的血块。

双生恶气。

我从没见过这样诡异的情形。

而她还在浑然不知地尖笑着，笑得我心神不定。于是不得不上前用力扇了她一巴掌，谁想没止住她的笑，却反被她因此抓住了我的手。抓得很紧，枯枝似的手指深深地抠进我的皮肤，她全身在笑声里抖得像只受惊的雀。

于是眼前突然出现了很多东西，那些我不想看到的东西。

一篇篇，一幅幅……

我想甩开她的手，可是做不到。这让我怒不可遏，"不要给我看那许多东西。"

“你的心魔，你甩不开，给旁人看又有何用。”

“我在替你治病，”

“你却用这种方式来待我。”

“罢！我便不管你了！”

“松手……”

“我叫你松手！！！”

一切随着我的情绪渐渐平静下来的时候，我意外地发现自己正站在狐仙阁二楼的台阶上。

脚下是一片昏暗癫狂的喧闹，头顶是一片红灿灿的灯光摇曳。空气中充斥着大片让人透不过气来的酒香和脂粉味，很浓烈，却因此让人手脚回暖。

不知不觉吸进一大口，我希望今夜所见的不快跟这楼下一样是片虚有的浮华。可为什么会又来到这里呢？昨晚之后，我以为自己再不会来这片灯红酒绿的糜烂所在，却管不住自己的脚似的不自觉。

我摇开了手里的扇子。

楼下雅在看着我，人群里一身红衣兀自醒目。我望不见他脸上的表情，所以他必然也望不见我的，所以扇子朝扶手上轻轻一拍，我径自走完了剩下的台阶。

上楼左转第一间，掀开帘子，那男人如预想的就在里面。

“爷来了。”

几乎是进门的一瞬，他对我开口。轻轻的话音像是在自言自语。

我点点头。

“爷看上去精神不佳。”又道，他靠在软榻上慵懒地望着我的眼。

我再点头。

“怎么了？”

“两晚没睡，有点乏。”

“这样……”他微微一笑，端起手边一杯茶，“爷可以在阿落这里歇会儿。”

我看了看他的周围，“只一张榻，我歇在哪里？”

“阿落身上。”

我笑，“阿落，你好不检点。”

阿落也笑，醉死人的一双笑眼朝我斜斜地瞥，“爷放不开呢。放不开，来狐仙阁做什么？”

于是我坐到了他的腿上，也许是真的有点醉，所以头枕上了他的肩，“那就歇一会儿。”

“歇多久都不打紧，爷。”他的话音听着让人犯困，因为比他的目光还懒散。真是个比猫还懒的人，任我那么靠在他身上，他懒得连姿势都不屑换一换。

“你再说话，阿落，我爱听你的声音。”

“爷想喝什么茶？”

“你手上的茶。”

“爷好品位。知道这是什么茶？”

“不知。”

“记好了，它叫雨露秋霜。”

“好麻烦的名字，叫我如何记得。”

“喝一口，你便忘不掉了。”

他说着话将杯子送到了我的唇边。他刚刚喝过的杯子，杯沿还带着他嘴角丝丝的淡香。

我迟疑了一瞬。

抬头望见他一双望着我的眼，闪闪烁烁，似笑非笑，好似在重复之前的话：爷放不开呢！放不开，来狐仙阁做什么？

于是我低头喝了一口，然后把茶杯推开：

“雨露秋霜……铁观音不就是铁观音了，谁喝个茶还要这么麻烦。”

他笑出了声，把杯子放到一边，“郎中到底是郎中，连品个茶都风雅不起来。”

“要风雅，来狐仙阁做什么？”我回敬。

他笑得更欢，“那么爷，今夜来狐仙阁，是为了做什么？”

阿落的话问住了我。

为什么？

前两夜为了寻病根，今夜是为了什么？

“热闹。”我道，不自觉地攀住了他的脖子。

这举动让他的脖子微微一颤，“你的手很凉。”

“今晚有点冷。”

“爷怕冷？”

“怕。”

“现在呢？”

“暖了。”

“喜欢么？”

“喜欢，阿落的脖子很暖，像杯热茶。”

“阿落不是茶。”

“阿落这杯茶什么价？”

他沉默。

于是楼下的声音变得清晰起来。相当热闹聒噪的声音，掺杂在胡人悠悠扬扬的鼓乐里，快得让楼下舞者不停旋转的曲调，让人听得不禁心跳也加快。于是身体变得更暖，是我很喜欢的一种感觉。

“阿落，什么价？”我再问，攀着他身体的感觉舒服得让我想打盹。

“无价。”他道。

一曲终了，灯光骤然暗了下来，在我抬头看向他的时候。

因此我没能看清他的眼神。

“无价即是随意，你是让我随意出么，阿落？”

“也可以。”

“阿落。”我低头靠近了一些，想把这个男人看得更清楚一些。可是只能透过那点微弱的光看清他那只轮廓好看的嘴。我抬手沿着它的线条慢慢地勾勒，阿落一动不动，没有像铘那样每次一碰就甩开我，只由着我的指在他鼻尖和嘴上来回地移。

“阿落。”半晌没见回应，我再出声。

他的唇在我指间动了动。

细细痒痒的感觉，像一只小小的爪子在我心里挠。

铘说，那是心里藏着的妖孽，他不爱我有这样的感觉。可是阿落却没那么说，他只是动着他的嘴唇、他的喉结，却什么都不说，不说爱不爱，不说是不是妖孽。所以我忽然想，或许有些感觉，不能让铘知道，却在阿落面前可以让我恣意一回。

因为他是阿落。因为这里是狐仙阁。

“阿落，”第三次叫他，我凑近了他的脸，“咬你一次，什么价钱？”

这一次他依旧没有吭声，但我看得出来他在笑。

“阿落，你笑什么？”我再问。

“没什么，你咬。”他道。

于是我侧头咬了过去，咬在他的嘴上，很快地一下。

刚要把牙齿松开，却被他两只手一把钩住了我的腰，钩得和我抱着他脖子的那两只手一样牢。

我吃了一惊，“阿落？”

他低下头，将脸贴近我的嘴，“别怕，继续咬。”

“不想咬了。”

“那我咬你好不好。”

“你放肆。”

“那就从我身上离开。”他懒懒地道。

我没离开，所以我再次咬住了他的嘴。

可是很快却被他咬住了，我咬他用的是牙，他咬我用的是唇。他用他的唇咬住了我的嘴。

“阿落……”有那么一瞬间我想马上挣开，因为被唇咬住了唇的感觉远比胡人的鼓声更容易让人心跳加快。可是才挣开，却又忍不住迅速地贴了回去，学着他的样儿，那么深深浅浅，轻轻重重……

唇与唇互相地压挤，原来能让人这么愉快。为什么铘总也不让我学？这样愉快的感觉。愉快得像是骑在他背上乘风而起的瞬间……可他为什么不允许我去学？

我继续咬着阿落的嘴，他呼吸间越来越短的间隔让我嘴渴得嗓子口冒烟，想喝点什么，比如……那之前喝过的雨露秋霜。阿落说，喝过一次，你便不会忘记它的名字，他说对了。他的嘴和纠缠进我嘴里的舌头上带着那茶甜香浓烈的味道。

怎么可以有这么好喝的茶？

怎么可以有这么香的味道？

诱得人身体都快要烧起来了……我想起铘那双暗紫色的眸。他总是用那双眼静静地望着我，然后对我说：“宝珠，不可以，那是会吞噬你的妖孽。”

可我喜欢这样一种妖。

喜欢它让我身体整个儿焚烧起来的感觉，即使它真的会因此把我吞噬。

那又如何，铘。

我很喜欢这感觉。

转个身跨坐到阿落的身上，就像骑在麒麟背上时的样子，那瞬间他下身某个坚硬的东西几乎刺破我的衣料撞进我的身体。

我惊跳着起身，旋即被他扯了回去。

“爷，继续……”倒在他身上时我听见他贴着我的耳轻声道。

我却无法再继续了，即使我的身体还在燃烧。

就在刚才倒下的一瞬我在对面的墙壁上看到了一样东西。

一道淡淡的影子，在我和阿落纠缠在一起的身影前静静地站着，冗长的发丝在楼下的丝竹声里轻轻摇曳，无声无息的，像是一下一下冷冷地抽打着我的身体。

“铘……”迅速起身，我对着那影子叫了一声。

没人回应。

阿落拈发看着我，依旧和来时一样，懒懒散散的样子。我回头看向身后那道纱帘轻晃的门。

门外空落落的。

哪有什么人……

回到桃花庄，又是将近子时的光景，天黑得连星星都看不见，庄子里却亮如白昼。

我对金泽说过，要保他孙女的命，三日内小姐闺房外百丈距离长明灯不可灭，于是金泽将整片庄子能排蜡烛的地方统统排上了熄不灭的长明灯。灯里掺着黑狗的尸油，所以即使是庄子里刀削似的风，只能把它吹得百般摇曳，却无法让它熄灭。

这却是我没教过金泽的法子。

一只黑狗的尸油只够供应十来只灯，桃花庄内布的灯不下千盏，那需要多少只黑狗殉葬？伤阴德是必然的，但按着这法子做出来的灯要比普通的长明灯有效得多。以阴克阴，金泽知道的比我预想的要多，能做的比我预想的要广。

毕竟是有钱。

风又大了许多，我裹着斗篷坐在桃花园里打着哆嗦。

四月的天，这地方一到夜里却冷得像座冰窖，刀削似的风头可着劲儿地在巴掌大的一片盆地里来回冲撞，那声音听起来就像无数只动物在地底下挣扎出来的悲鸣。

按理，皇帝封的地，发出这声音来是不可能的。

而四月天南方的桃花乡会冻成这样，更不可能。

琢磨着又一阵哆嗦，我把斗篷拉了拉。身后有脚步声从桃林深处一路踱了过来，不紧不慢的，到我边上安静坐下。于是我半边身子暖了些，就势朝那人偎了偎道："铘，你听得见那些声音么？"

铘望向我，似乎我在说着什么天方夜谭，"什么声音？"

倒也是意料之中的回应，因为铘总是听不见那些他不想听的声音。

麒麟本慈悲，没有慈悲之心听不见看不到万物的苦，没有慈悲之心的麒麟不是麒麟。于是我一边搓着快冻成石头的两只手，一边接过他递来的野山地，"铘，渡你几世了，你几时才能成佛？"

他侧头看着我把那些喷香的果子一颗一颗地塞进嘴巴，"你呢，你几世才能修得了大乘？"

"不要跟我比，我只爱财。"

他挑眉，"这样的你渡我，我不入地狱，谁入。"

说完一瞬间眼前不见了他的脸。风推着云，云吞了月，月隐了最后一丝光，于是桃林暗得伸手不见五指。只远远看见那些长明灯在金家大院里勾勒着高高低低的楼阁，一幅镶金的画似的。这让周遭看来更暗，就像忽然间被裹进一层密不透光的布里头，知道铘仍在我身边，听得见他的呼吸，但看不到他的脸。

"真是作孽。"半晌我轻叹。

"是的作孽。"随后他应声。

桃花园是金家大宅唯一不点灯的地方，因为夜里的光会混乱桃树的生长时辰。

但其实混乱不混乱，都已经不太重要了，满园的桃花正在凋落，那些两天前还开得张扬茂盛的花，这会儿在夜里凌厉的山风下一簇簇萎靡地蜷着蕊，柔弱些的枝杈一颤整个儿就掉了，软软绵绵铺陈在桃树墨色的躯干下，风一卷四下游走，散着残留不多的香。

应该是很好闻的味道，只隐隐夹进股腥，它便开始让人觉得恶心。整片游走着残败桃花的园子里涌动着的气味，恶心得让人胃里排山倒海地翻腾。

"想什么？"

我险些把胃里那些野山地反吐出来的时候，耳边再次响起铘的话音，夜色里清清冷冷的，像是他冰凉的指在我喉咙上划过。

我得以长长透出一口气，“似乎被煞到了。”

“我说过这种时候你不要来这里。”

“因为我不是大罗金身么？”

“是什么不重要，重要的是有自知之明。”

“什么叫自知之明？”我展开扇子轻摇，然后发觉冷得慌。

他把扇子从我手里抽开，“不要小孩子气。”

“铘，你比我小呢。”

他不语，拿着我的扇子收拢又展开，像是看着扇面上的画，又像是在想着之前我说的话。只夜色里那双渐渐清晰起来的眸子沉静而漠然，隐隐有一种不可一世的距离，正如第一次见到他时的那副模样。

这么多年了，改不掉的脾性。

所以我知道，他这副样子既不是为了看画，也不是在琢磨我的话。

他眼里清晰可见一大片桃花灯摇曳的妖冶和绚烂。

“铘，今夜除了这里，你还去过哪里？”云层终于散开的时候，我想问的话也终于问出了口。

铘沉静的眼里没起一丝涟漪，“哪里都没去。”

“真的？”

他没回答，只俯下身拾起了一朵粘在他鞋子上的花。

“回来前，我在狐仙阁见到了一个人，他看上去和你很像。”

“你看走眼了。”

“也许吧。只一晃眼他就不见了，想来不会是你。”我伸手想去拿那朵花，他却不给，于是收了手，我继续道，“我的铘应该一夜都在这里，不是么，除非他用了分形。”

“那是禁忌的术。”

“我晓得你心知肚明。”

说完我笑嘻嘻地望着他，因为知道他必然会沉默。每每说不过我的时候，他就用这方式来堵塞我的嘴，很管用。

可是我今夜很不开心，所以我也要他不开心。所以我继续道：“如果用了，我会不得不再度封住你的元神，因此那人断不会是你，是么？”

话音才落，一阵很浓的花香从边上飘了过来，我不由自主地朝他多看了一眼。

铘的神色依旧安静，只一味低头看着手里的花，看着它在他手里突然张扬地盛放开来，又在转瞬间枯萎成一个黑团。然后他轻吹了口气，花就散了，只留下那股浓浓的香还在我鼻子尖盘桓不去。

“你在警告我么，宝珠？”碎屑散尽后他问我，自言自语般的话音柔得像阵微风。

我却不由得一怔。下意识地摇头，却不知道他看到了没有。我看不到他脸上的表情，因为旋即被他那只散发着桃香的手按住了我的头。

“自然，你爱怎样，便怎样。”随后听见他又道，用一种我很不喜欢的略带讥讽的口吻，“而神主大人无论怎样的做法，铘自当遵从。”

“我没有警告你，你也不要对我说这种话。”我辩，隐隐脸上烫成一片。

所幸黑暗里他看不见。

“是，那我便不说。”他答。

答的话却没来由地再让我一阵不痛快，“够

了！不用装着对我唯唯诺诺，其实从骨子里就不想让我高兴！”说着话我一把甩开他的手站了起来，他却也没像以往那样阻止我，只一声不吭地由着我朝前走了一阵。突然前面山峦上有什么东西微微一耸，好大的一片浮动，给人的错觉好像是整个山头朝前挪了个位似的。

这让我一下子站定了脚步。我想回头喊铘，他却已经站在了我的边上，漆黑色的鳞片迅速布满了整个脖颈，不等我出声制止，他仰身一跃凌空飞了起来。

“铘？！”我低喝。

“你回去看住金家小姐。”扭头，他在高处四蹄踏焰。

风大得可怕。

几乎是一瞬间飞沙走石，原本一阵小刀子似的风，转眼龙卷似的在整个庄子里旋了起来，鬼哭狼嚎般，硬生生让这块盖了御印的封地成了魑魅魍魉们群魔乱舞的炼狱。

而顷刻间带来这一切的风眼子就在对面那片移动过的山头上。

扭着忽大忽小的口，从黑沉的云层里泛着淡银色的光，它看过去好像一张开合不定的嘴，嘴里不停吞吐着剧烈的风，吹得整片地都像在微微晃动。

这只是在我一路回庄的时候，从天上乍然裂出来的东西。而我在它周围那片微弱的光源里找不到铘的踪迹。

金家小姐在房间里尖叫，要把喉咙撕裂似的声音。

我进房间的时候，她正光着身子在地板上挣扎。几个使粗活的婆子费了半天劲才把她的手脚压制住，试着用布条把她缚住，又怕力道重勒伤了她，那么胆战心惊地在房间里乱作一团。摇曳的长明灯照得房间里外一片透亮，果然是尸油浸泡出来的东西，那么大的风里吹得焰头横在一边竖不起来，却始终不灭。空气里到处张扬着一股同桃花香死死纠缠在一起的恶臭，隐隐穿梭着些冰冷的影子，远远飘着，挑衅般在灯光微弱的地方安静地看着我。

我没理会它们的目光。

金小姐的病已经失控到了我束手无策的地步，这十万雪花银的确并不如我预想中那么好拿。也不过才几个时辰，她身上那两个黑红色的血泡已经从腰绕到了肋骨的地方，很大一片，鼓鼓囊囊地朝上涌着，几乎可以看到里面流动着的血水。

血水里有什么东西在看着我，凑近了细看，原来是一只只眼睛。隐在那团血水里像一尾尾若隐若现苍白色的鱼，时不时对着我轻轻眨一下。

我似乎看见那十万雪花银在朝我挥别而去……

我该不该把它们重新拿回手里呢？铘要在，他必然是不肯的。显见这东西已经化成了蜚，诡异得很，因为我从没见过妖气能异化成这种东西。跟着想再看得仔细些，那些婆子却无论如何不准我靠近了，一个个警惕地望着我，却转眼又被她们挣扎着的小姐弄得疲惫不堪。

我只能转身走向一旁的金老爷。

他脸色很难看。身后站着低眉顺目的三儿，走近的时候朝我挤挤眼，没心没肺的样子，我装作没瞧见他。

这孩子，若是他知道自己身后那片被他影子挡住了光的地方站着些什么，我不知道他还能不能这样嬉笑得起来。于是我摇开了扇子，那些贴在他身后的东西便尖叫着散了，同我周围那片浓得让人胃里翻腾的味道一样。

扇子上有铆的味道，麒麟的味道对那些东西来说似乎天生有种无形的威慑。只这一回，它们并没散开多远，退到一个安全的距离便停了，恨恨地看着我，一双双黑洞似的眼鲜血淋淋。

冤孽，冤孽……

“先生说三日，这已经快满三日了。”耳边响起金泽的话音，完全不同于前日的疲惫和沙哑。

我回头望向他，“是，老爷，已经快满三日了。”

“她的病治得怎样？”

“老爷的银两准备得怎样？”

啪！手里的茶杯重重地砸到桌上，他身后的小厮吓得脸失了色。

“先生这是在耍弄老夫么？”半晌再次响起他的话音，声音依旧有种不疾不徐的淡定

我合上扇，“不敢。晚辈说过，没那点把握，晚辈不会贸然过来。”

“既然这样，那么不妨请先生告诉老夫，眼下这孩子到底是怎么一回事。”

“病入膏肓。”

话一出口，意料之外这老头没有当场发作，只一声不吭地端起那只刚才差点被他砸破的茶杯，送到嘴边轻轻呷了一口，“先生之前说过什么来着。哦，没那点把握，晚辈不会贸然过来。我以为先生是言而有信之人。”

“老爷也看到了，小姐的病，不单纯是因病而起。”

“先生想说什么？”

“晚辈想说的，都已经在房间那铺炕里头了。”

“这么说，婕儿的病无药可治了。”

“无药可治。”

“那三日延命一说也是愚弄我老头子的了？”他抬头轻扫我一眼，我侧过头避开他的视线。也不过一晚上的工夫，他鬓角边的头发就已经全部发白了，却原来他也是个会心焦的人。而早知今日，又何必当初呢？

“无药可治，不代表无法可救。”我道。

于是他眼里如我所料露出丝光，“什么法子，先生请说。”

“小姐的病因妖气深入骨髓所致，却又不单单只是如此。”

“还有什么？”

“小姐身上那片血肿，叫恶气，是长久妖气侵蚀而异化成的样子。老爷在小姐床上布置的那些物什，显见老爷对此道也略知一二，所以晚辈就明说了吧。原本在普通地，小姐这病还可在晚辈刚来时遏止，只是桃花庄漫山桃树，天长日久，已让这块地儿成了一块天然的积阴地，于是小姐的病根子也受这积阴地的催化，变得难以收拾起来。”

“那先生又说，无药可治，不代表无法可救。”

“找到安插下这病症的因子，自然就有法子救了。”

“因子在哪里？”

“晚辈要再加白银十万两。”

他朝我抬了抬眼皮子，细而混浊的眼试图从我望着他的眼里瞧出些什么来，半晌轻轻一点头，“加。”

话才出口，外头的风声猛地又大了些，

钻进窗口吹出哨子似的尖叫，却依旧听不见那只麒麟的动静。眼见周围那些原本淡去的腥膻味儿又重了起来，我重新摇开扇子，“此外，晚辈还要问老爷要样东西。”

金泽没有立刻回应我的话，他的目光在瞥见我这片展开的扇面时很鲜见地闪了闪。片刻后他轻轻吁出一口气，“先生手里这把扇子，是哪里来的？”

“一位朋友赠的。”

“朋友……可是说出那帖药方之人？”

“老爷聪明人。”

一阵沉默。似乎被地上金小姐挣扎的声音弄得有些心烦意乱起来，金泽站起身慢慢踱到房门口，“……不知先生同这位朋友，相识了多久？”

“不久。”

“不久……这倒有些奇了。”

“晚辈一路跋山涉水，所遇奇事倒也确实不少……”话还没说完，头顶骤然间一声咆哮。隐隐可辨是铘唤风出来的低吼，而以风抗风，他到底是想做什么？我思忖着走到窗边，想把那扇小小的窗朝外推开一些，手还没碰到窗格，外头陡然间一道霹雳闪电刺过。

“轰！”

“先生。”耳边隐约响起身后那老者的声音，我的耳朵被这道闪电刺得灼灼生疼。

“先生刚才说，想问我要样什么东西。”第二道闪电劈过，我听见他再道，“不知先生究竟想问老夫要样什么东西？”

山雨欲来风满楼。

因着铘的出手，桃花庄的风势已经扩散到了比邻的柳家镇。很热闹的一个镇子，一路过去那些货棚被吹得乱成一片，路上几乎不见行人，黎明的天，天昏得像随时随地要倾塌下来。只狐仙阁一抹艳红在那片昏黑里招摇，影影绰绰的桃花灯，一串连着一串，远看着就像团翻腾在黑幕下的红云。

阿落就在那团红云里坐着，一身白衣，映着半边天的红光，折着层淡淡的紫。很好看的颜色，清澈而妖娆，就像这会儿浮在他脸上的笑。

“爷可来了。”见我进门，他斜靠入榻内，一如我离开他时那副慵懒的模样。

“说得好似你在等我。”我嗅着空气里的味道。

阿落的房间总是很香，香得泛甜，甜得干净。只此刻隐隐夹杂了窗外呼啸而入的风，那甜便悄然透出丝干涩来。

“本就在等，等很久了。”

“为什么等？”

“想你了。”

“我们不是才见过。”

“呵……那爷为什么才离开，就这么急着回来找阿落。”

“想你了。”

话一出口，他痴痴地笑出声，一双眼弯得像两道月牙儿，开心得不可抑制的样子，伸手朝我拍拍身下的榻，“来，爷，坐到阿落身边来。”

“不想坐。”

“那阿落坐到爷的身边。”话音落，人已起身。也许是骤然间一阵大风，身体喝醉似的朝前微一踉跄，我下意识地朝边上闪开，他人却已跃坐在我身后那道月牙形的窗台上。手里捻着我的扇子轻轻一展，朝我额头点了点，“爷的头发都乱了呢，阿落帮你顺顺。”

我别开头，顺势想抽回扇子，他却已倏地合拢收进袖内。

“你……”我抬头望向他，可是他背后吹来的风让我睁不开眼，“还我。”

“爷，要阿落陪，就得出得起陪的价。”

“扇子不值钱，我给你银子。”

“银子有价，扇子无价。”

“好，既然这样，你要便收着。”

啪！话才说完，那把扇子被他掷落到了地上，滴溜溜打着转，径自滑到我脚边。

“不诚心给的东西，我倒也不稀罕。”

“阿落好大牌。”我弯腰拾起扇子拍了拍，抬头看向他。

他头一侧斜倚在窗棱上，回望着我的眼，“阿落本就是狐仙阁的头牌。”

背后呼啸而入的风很大，大得像随时都能把人给吹起来似的，一串串桃花灯浪似的在风里挣扎起伏，映得他那张逆光的脸忽明忽暗。

“阿落，下来吧，你要被风吹走了。”把扇子重新揣进怀里，我道。

他没有理会我的话。只是忽然坐直身子张开了手，由着那风在他身周卷得更加恣意，于是身上那层薄薄的长衫终于拗不过风的力道一脱身朝窗外斜飞了开去，白蝴蝶似的一抹，在风里一阵挣扎。

“你说被风吹起来的滋味好不好，爷？”他这才幽幽然开了口，那一瞬当空一道惊雷，映亮了他眼里那抹暗绿色的笑，他肩膀朝外一倾，眼看着就要跟骤然而起的那阵风朝外落了出去。

我站在原地没动，也没吭声。

阵风卷过了，阿落那半个已经滑出去的身影一闪间又回到了窗里，懒懒地跳下窗台绕过我身边，从榻上拾起件外套披到肩上，“说吧，爷，来阿落这里，是为了什么。”

“我要你陪我出去走走。”

“这种天？”他坐到梳妆台前顺着发，那双暗绿色眸子透过镜子望着我。

“不好么？”

“好，自然好。”他放下梳子，端起桌上的茶，“爷想让阿落做什么，阿落自然陪着爷做什么。”

“阿落总是对客人这么好么？”

“这个么，”他推开镜子，于是我再望不见他的脸，只听见他声音继续慢悠悠地道，带着丝甜得嫣然的笑，“他们出不起那价钱。”

马在山路上跑，比来时慢了很多，因为风势比之前又吃紧了不小。阿落和我坐在马背上，我在前，他在后，他扯着缰绳我靠着他的胸。

每次同铘骑一匹马的时候，他总爱叫我坐在他身后，面对着他的背，于是不论同他说多少话，他的神情我总是看不见的，而他同我不论说多少话，亦总是一片模糊的沉闷。只由着一把长发软软在我眼前扫着，飘来荡去，催得人昏昏欲睡。

阿落却偏要我坐在他身前。那样一种姿势，像是他在背后抱着我，我不知道铘为什么从来不允我这样坐，他不晓得，背后是空荡荡的冷，而靠着胸，却是实在的暖。我畏寒，我喜暖。虽然同样的，这姿势不论我同阿落说多少话，亦总归望不见他的神情，只有丝丝的发被风吹着在我脸侧飘动，雪似的柔软无声。

“爷，这种天逛山路，爷真有与众不同的好兴致……”

“妖风四起，好舒服。”

“爷真爱说笑，朗朗乾坤，天子脚下土，以爷这医者的身份，怎也爱说些妖啊妖的。”

“我爹常说，这样的季节山风似刀削，那就是妖风。”

“你爹哄你呢。”

“阿落，你为什么要入狐仙阁？”我忽然问了这样一句，其实连自己都觉得突兀。所以抬头朝上看了一眼，碰巧撞上阿落望向我的视线。

笑意盈盈的一双眼睛，似乎这男人从来不知道不悦是种什么样的感觉。他只是略微地沉吟了片刻，然后回答："因为……我喜欢。"

“喜欢什么？”于是我再问。

“喜欢人，无论男人还是女人。”

“阿落很博爱。”

“爷是阿落的最爱。”

我笑，因为开心。无论怎样，是真是假，这样一个美丽的男人说出这样的话，我总是开心的。身下马蹄一阵颠簸，我朝他怀里靠了靠。阿落的怀里很舒服，像每个夏季昆仑暖海的温度，那么不温不火，无论离得多近都有说不出来的妥帖，夹杂着淡淡的桃香，还有风里隐约凌厉的阵雷味儿……

忽然想起他让我喝过的那杯茶，雨露秋霜。一尝过那滋味，人便终身忘不了它的香。他的怀也一样。

而在这样一种怀抱里依着，时间就是久一些也是无妨的。

可是……

“阿落，有没有听说过狐仙？”

“有啊，狐仙阁里头……尽是狐仙。”

“我是说真的呢，阿落，真的狐仙。”

“爷又开始说笑了。这世上，哪有真的狐仙。”

“我却见过。”

“是么？”

“真的狐仙，妖娆得像天仙一般，于是也就总把自己当成了神仙。”

脖子上微微一凉，是阿落把团在我颈窝的发拂开后的冷。“其实不过就是些修成了精的狐狸，是么，爷？”

“一些把别人的精血吸了来，变成自己招摇于世的那些力量的狐狸。”

“实在是些该杀的东西。”他低头把唇贴上我的脖颈。

“偏还诱人得紧。”我伸手揽住他的头，于是他就势把我搂得更用力。

“不然怎叫狐媚呢，爷。”

“呵……那么，”我手指收拢，抓住他的发，“究竟吸了多少人的精魄，你才修成现下这般狐媚的，狐狸。”

话音才落，那道妥帖地护着我的胸膛消失了，连同我手指间那把柔软似水的发。一瞬间风肆虐卷住了我的身体，刀绞似的，前前后后，绞得我全身上下空荡荡地冷。

马在我胯下惊跳着嘶鸣起来，因着突然出现在它前方那道身影。

银白色的发，雪似的袍。

高悬在浓云密布的锅灰色天空下像道刺眼的电，亦像个羽化入九天的仙，偏偏妖气冲天。

我认得这罡劲的气。第一晚来到桃花庄

时就见识过了，包围着整片桃家庄，霸道，却也深藏不露。连锎都感觉棘手的东西，却是来自一只狐狸精，一只名叫阿落的狐狸精。

“狐生九尾，你好大的修为呢，老妖。”

“不敢，多大的修为，还是逃不脱爷的眼睛。”

“六方阵四百年桃花精气，你要得还不够么？”

“拜月参神，妖精不过谋生而已。”

谋生，说得好。人要谋生，妖也是，天经地义。只是当人沦为妖谋生的食物时，这天经地义四字要说出来就得卷个舌头再绕回口里。

“谋一生魂破百年德，老妖，你倒舍得你的修行。”

“爷是指……金家小姐。”

“我以为以你的修为，这点点魂魄根本入不得你的法眼。”

“自然。”

“那为什么还在她体内种聻？！”

“这……”听我这么一说他笑了，“爷明白人，怎也不明白有些事并非能由得阿落为或者不为。”

他这话说得倒也没错。

那天被金小姐抓住了我的手，她体内妖气撞进我身体，曾让我看到了不少我原本不想看的东西，那些被锎所鄙夷的人间罪孽，那些可怜可叹的情情债债。

终日被锁在深闺足不出户的大小姐金婕，受了使女的怂恿夜里偷跑出去来到了柳家镇这一方花花天地，误打误撞进了狐仙阁，乍然间对阿落的惊鸿一瞥，就此种下情孽，以致贪恋得不能自拔，在阿落修行当晚闯进了他炼丹的禁地。醉生梦死的幻景，让她成了妖精口里的丹，也因此让另一个蛰伏着的妖物乘虚而入，避开十三凌阶龙点头，遁入金婕的体内。由此两股妖气重叠，随着时间的递增，逐渐幻化成了聻。

聻，自古一则鬼死而化，一则妖气积蓄异化而成。

后者需要两股劲力相似却源头不同的妖气寄居在同一宿主体内，一段时间的融会后方能形成。通常来说，这种可能性不比人产妖子的几率高上多少。无论人或兽，都根本无法承受这样大的两股妖气在自己体内的肆虐，更何况熬过漫长的异化时间。

但金小姐却承受下来了，在这种状况下。

倒也不是她体力超出正常人得好，而是她体内那两股妖气，其中有一股在护着她不死。那自然不是为了她好，这样做只是拖着她煎熬的时间而已，而之所以这么做，目的必然是因为她活得越久，越有好处。六方阵护着桃花林那么久，不是一天两天就可以破除的，现在之所以会形同虚设，同金小姐被制显然不无关系。

只是这两股妖气究竟哪一股是致命的，却不得而知。一股走得张扬，一股暗暗涌动，连着两天我始终分辨不出来它们各自的归属。只是一股必然是照着另一股的样子模仿而出，依附着相生相吸，渐渐分不出彼此。

分不出，就不知道该拔哪一股才对了，拔错哪一股，都会让金小姐命丧当场。以至连聻都孕育而出，我却没办法让锎以麒麟口去净了它。除非，其中一股肯自己消退。

却也并非那么容易，因为我知道他想要

什么，凭着金小姐这条命。

“阿落，放过金家小姐，可好？”

“啧，爷这话说得……不是阿落催她的命，放与不放，同阿落有什么关系？”

“你握着她的命呢。”

“确切一些，她是我体内的丹。”

“那么吐出来，阿落。”话才出口，周围的风势骤然间更加猖狂了起来。

“哧，爷说得轻巧。身体里的东西岂是说吐就能吐得出来的。”风里阿落的话音依旧温存，可是通体而出的妖气咄咄逼人得让人一瞬间有点透不过气，原本藏着掩着的东西，在他话音出口瞬间顷刻被释放得肆无忌惮，像是有意无意地震我一震般。

可怜那马是被彻底惊到了，急急地嘶鸣着，一张嘴，一团团白沫沿着嘴角扑哧朝下滑落。眼见着被这股看不见摸不着的凌厉之气压得快失了魂，我不得不从它背上翻了下去，免得这牲口被惊惧得忘了形，一不留神把我先给颠了下去。

“爷，小心些。”半空中那只妖狐看着我的样子开心地笑，笑得让人没脾气。

所以我只能轻轻地叹口气，“唉……”

“爷叹什么？”身影一闪已来到我的头顶，阿落朝下俯瞰着我，高高在上的模样，亏他还能问得这般柔顺。

我抬头望向他，无奈笑了笑，“我叹……命数。”

“命数？”

“阿落，你看我这一大早，巴巴地找你是做什么来的？”

“必然不是为了同阿落温存而来。”

“呵……阿落，这时候还有心跟爷我调笑。”

“狐仙阁待久了，成了习性。那么爷说，来这里找阿落，究竟是为了做什么？”

“我，只是想来跟你做笔交易。”

“什么交易？”

“放过金家小姐，我给你你想要的东西。”

“例如？”

“十三凌阶龙点头。”

我话音刚落，似乎有什么东西在阿落眼里闪了闪，只是被脸上那笑妖娆地掩着，不细瞧，几乎感觉不出来。“呵呵……爷在说笑，”他说着话从半空荡了下来，无声无息落到山路边的老枯树杈上，随着风在枝丫上摇来晃去，白鹤似的一只，“十三凌阶龙点头……爷，这不是在调侃我这只老狐狸么。”

“怎么说？”

“谁都知道，那地儿是天子封的，龙脉的一尾。妖怪，哪有那资格去碰那种圣地。”

“所以你才垂涎了这么久，盘桓在这地方迟迟不肯离开，不是么？”

“爷还真了解阿落的心思。”听我这一说，他两眼随即弯成道月牙儿，笑得朝枝杈上卧了下来，低头望着我，朝我招招手，“那么爷说说怎么个交易法？”

我从兜里抽出一只黄锦封的袋子。几乎是在抽出的瞬间，我身周迫得人发紧的妖气似乎凝了凝，眼角瞥见那只狐狸从树杈上仰起半个身子，我把袋子拽了拽。

“哦……呀，你还真有这个。”说着话他的身影一晃闪到了我的边上，风似的一阵，指探过我的脖子滑向我的手。

我把手揣回兜里，“老妖，我要的东西？”

他一阵轻笑："爷，揣进兜里莫不是以为阿落够不到？"

我也笑，"你尽可以试试看。"

话说完，却没见阿落言语，这只满脸嬉笑着的狐狸一只手顿在我衣兜边僵持着，连周围的风似乎也因此一瞬间静了下来，慢悠悠地在我边上卷着，细得几乎可以听见那只袋子在我手心里被捻得窸窣作响。

袋子里装着天子御笔亲批的印，印下压着"御赐十三凌阶"六个字。

字若毁，祸及九族。

狐狸捏着金小姐的魂，我手心里捏的是金家上下老少两百余口人的命。

远处隐隐一阵滚雷翻过，瞬息而过的霹雳，电光泛紫。那是麒麟请的天雷。跟铘在一起那么久，所见能让铘请天雷去炸的东西却极少，可见，他目前处境艰难。于是不打算再去同这只妖精周旋，他有的是时间，我没有。"老妖，这交易可值？"

"爷说笑了，"他身子一转，转眼间又大鸟似的栖在了那棵老树的树杈上，低头斜睨着我，"交易在哪儿？哪儿有什么交易。"

"这么说，阿落是无所谓这个了。"

"不是阿落有没有所谓。只是爷，没那资本，爷跟阿落哪来的交易。"

他说得倒也没错。交易，要资本的，资本，却不是我握了他要的，他握着我想的，就可以开始去谈的。能摆在台面上谈的条件是什么？我又凭什么以一人之力，去要求这九尾妖狐来屈尊同我谈？

在目前的状况下，我根本不是他的对手。

"你要资本？"眼看着那原本温存的笑在他眼里一点一点变得张扬起来，我道。

"自然。"

"那我给你资本。"话一出口他如我预料地微微闪了闪眼神。片刻再次嫣然一笑，"哦？那阿落拭目以……"话还没说完突然间他身影骤地朝半空里蹿了上去。

而这回，轮到我对着他笑逐颜开，"阿落，这资本可够？"

原本凌厉的风更紧了些，几乎把我这句话给吞了去，那一阵阵呜呜咽咽鬼哭狼嚎般尖叫肆虐着的风，隐隐夹杂着些金属撞击的声响，锵啷，锵啷……从背山那头看不清楚的黑暗深处逐渐靠拢了过来，一片连着一片。不出片刻密密层层地簇拥在了我的身周，边上刀似的妖气蓦地冷凝了下来，像是水碰到了冰。

"驯刀者……"头顶响起阿落的话音，话音里已经没了之前妖娆的温存，冷冷的，像他眼里闪烁着的深绿色的光，"爷，好大的面子，能把他们也请了来，阿落真是佩服。"

"过奖。"

驯刀者，一群驾驭刀剑精魄的灵。十八层炼狱的火烧灼出来的形体，他们是九殿森罗驾前最犀利的护卫。

我只窃得其中一小支，藏在麒麟的甲里，连麒麟都不得而知。这次若不是时间紧迫，我还真舍不得驱出来使用。那区区十万两的白银，竟然迫我动了阴兵，还真是让我是赔了老本又折了兵。可见，铘的话也不尽是讨人嫌的，有些事，实是不该去多管，多管，自惹一身腥。只是惹都惹上了，只能尽力解决吧，无关其他，只一个面子问题。

"老妖，这次的资本，还够是不够？"

“阿落怎敢再说不够。”

“那交易可谈了？”

“可谈。”

“好。”我重新抽出袋子，朝那只妖狐晃了晃，在身周那大片阴兵的簇拥下，“给我我想要的，这个你拿去。”

他却并没有过来，只浮在半空继续安静地看着我，带着一脸让我琢磨不透的神情。

“怎么？”我忍不住再道。他眼里暗藏的东西让我隐隐有些觉得不妥。

“阴兵在此，阎王怕也不日就要到了。”半晌他懒懒地开口，自言自语般，说的话却让我心里头一个睖睁。

“你想说什么？”

“爷，为了阿落嘴里这点东西，值得？”

“这你就无须多管了。”

“几十万两白银，阿落还是给得起的，不如爷做个顺水人情，好过赔了夫人又折兵。”

话一出口，我的脸腾地下就烫了，烫得几乎要把我的脸颊给烧透。

这狐精，像是能钻到人脑子里去似的，怎能明白得这样清楚？！反是我，以为自己准备得够妥当，却反成了一无所知。心一慌，阴兵的阵开始乱了起来，他们本就是受操纵者情绪指派的一群东西。

我忙稳住神。

抬头正想说些什么，为我一瞬间的乱神做点弥补，却不见了半空中阿落银白色的身影。再次一慌，下意识朝后退，才低头，就看到那道雪似的身影在离我不到几步远的地方站着，负手而立，漂亮的嘴角是一丝弯弯的笑意，“爷在找什么？”

周围就站着那些阴兵，却并没有因为他的靠近做出任何反应。我忽然明白了一个棘手的问题——那些被我从封印里释放出来的东西，我似乎操纵不了它们……

这个念头才出，我来不及做出任何应变，那些阴兵开始动了，却并不是朝着那只妖狐，而是对着我的方向。

排山倒海的势头，带着刀剑般凌厉的杀气。九殿森罗的东西，驾驭不住，就会被它们吞噬。十八层地狱的意思本就是弱肉强食。

我想明白了这一点，却没有任何就此急变的能力，因为铘不在我边上，我的脑子里一片空白。正束手无策地呆站着，眼见着那些漆黑森冷的东西潮水般朝我一鼓作气扑了过来，下意识地闭上眼，身子却被一股力轻轻一扯，朝上直荡了过去。

随即耳边被一片金属声吞没，响彻我的耳膜，而我毫发未损。只听着那些声音从最初的天崩地裂到渐渐隐没在我的脚下，睁开眼，发现那些来自地狱的东西不见了，从没被我从封印里放出来一般，在我原先站着的地方消失得干干净净。而我的身体被一根白色绸带缠着，悬在离地数丈开外的半空，绸带一头在我腰上，一头在不远处那只盘腿坐在老树枝杈上的妖狐手里。

“爷，这交易还怎么谈？”他问。

我无话可说。

远处又一道闪雷滚滚炸开，亮透了半边天空的紫。

“是不是很急？”我刚朝那方向看了一眼，腰上的带子就紧了一下，迫使我回头望向那只妖精，他坐在那里嬉笑着望着我说道，不同于往常的讥讽。

这，怕才是他压在狐狸尾巴之后的真样

子吧。嘲弄的，不可一世的狐狸精，一边温存，一边在心里头当你是只蝼蚁。这只妖精。

“急又怎样？”

“求我，我便放了你。”

“放又怎样？”

“放你回去护你那只可怜的麒麟。”

“他不需要我护。”

“是呢，我怎忘了，这么一只曾经杀性大得要遭天谴的麒麟，怎会落魄到需要一个人来护。”

“老妖，你现在自管逞你的口舌之快，可知凡事总有不可预测的时候。”

“哦呀……爷说的那可……”

话音未落，那带子飘荡荡从他手里落了下去，我也是。只是带子落在地上，我落在驯刀者的手臂里。

轰然一声巨响，狐狸坐着的那棵数倒了，落地的瞬间他被阴兵团团围困，所谓上天不能，入地无门。

“哦呀，恭喜爷，居然真能操纵得了这阴兵。”他倒也并不伺机逃遁，只朝周围轻扫了一圈，转头再次望向我，眼里又绽出了那种温存妖娆的笑。

“同喜同喜。”

对我而言，失败可以，但没什么是失败过之后却驾驭不了的。

“爷，现在可是要跟阿落交易了？”

“我却不想了。”

“因为阿落没那资本了？”

“阿落比谁都聪明。”

“呵呵，爷，阿落真是很喜欢你。”话音落，人突然在那些阴兵的包围圈里头消失不见。

随即一阵暗香在我身后浮动，没等我来得及回头，忽然身后一张脸贴了过来，微弯的唇电似的压到了我的嘴上，我下意识地张开口，口里冷不丁被根柔软的舌头卷进样滚圆的东西。

东西很烫，烫得跟火一般，随着那舌尖在我舌头上轻轻一碰，惊得我忍不住将它吞了下去。随即喉咙上被一只手轻轻一夹，眼前瞬息而过那只狐狸妖娆的笑，“爷可小心了，这东西在你喉咙里，可比不得在我这儿要吐出来那么简单。”

说着话人已腾空而起，手心里捏着我那只装了御印的袋子，“这个，阿落收下了，之后阿落做些什么，请爷无须再多管，只当这交易的报酬。”

我吐出那东西握进手里，是那颗禁锢着金小姐精魄的粉色丹丸，隐约有一层妖气还在上头攒动着，这妖狐即使是在这种时候还不忘坑上我一坑。

“那是天意，救活金小姐拿走我的银子，之后你做什么都与我无关。只是记着，下次若再让我遇到，我断不会放过你。”

“天意？”听我这么一说，他笑得更欢，“啧，原来是天意。那么无霜城见了，爷。”

笑声止，他不见了，墨似的天上只有几团浓云在风里翻滚着，暗沉而压抑，带着雷声震过后的隆隆余音。

手上的链子咔啦一声轻响，该是铘在召唤我。我转身翻上马背。

回到桃花庄，整片桃花林已经被雷火给烧毁了，偌大一片金家宅一片劫后余生的狼藉。

烧毁的桃林空地上躺着只巨大的头颅，

小山似的一只。头颅似蛇，又似龙，只比蛇多了只角，又比龙少了爪。铘说这叫蛟，长时间蛰伏在龙脉边缘的一条巨蟒花了将近千年的时间滋养而成，若再过一个晚上，金小姐死，蜚出，这蛟一吞了蜚立刻就能腾云化龙。只是天下真龙只一条，若真的让蛟化成龙，原来的龙脉必毁，则天下大乱。到那时，不仅无霜城，甚至整片皇土都要被战乱围困。而那样的乱世，只怕只有九天降下惩世的劫雷，才洗得干净这被妖化的土地。

只是偏巧我路过了，偏巧我揭了那榜文，偏巧我有那吞噬和净化一切灵气的麒麟，偏巧我碰上的是那样一只自我而随性的妖狐，于是，一切便烟消云散。

凡事，果然都有个定数。

气数未尽的，任是如何波折，终究拨云见日，似乎有条看不见的绳索操控着，金家老少，我，麒麟，整个局……或者你我皆逃不脱，它那条暗系着一切走向一个只有它知晓归处的链子。

金家小姐在吞下我带回去的那颗丹后三日醒转了过来，身体里的蜚自动消退后，虽然依旧病弱得说不出话来，两只眼睛看人时已经有了点神气。再过上三五日，每天不间断地吃下我给她煎的药，她开始能下地走动。于是再给她开了半月左右的方子，我跟金老爷告辞走人。

离开当天金家设宴招待了我。酒过三巡金老爷借故离开，老妈子垂下了帘子，说小姐一定要来跟我见上一面。

我答应了。金小姐隔着帘子给我敬酒。话不多，却也似若有若无地问起了狐仙阁里那个头牌绝色的消息。当真是死过一次，却还心未死，女人的痴心。

于是只能这样告诫她，若想活命，便远离那种诱惑地，妖孽纵横，你怎知惹来的是人是鬼。

她听后只是沉默。沉默意味着无声的不认同。只是这回我救便救了，下回她若要再碰上什么，便再与我无关，我只是一个过往游人，当不得终生救护她的神仙。

只长长一阵沉默过后，她忽然开口：“先生是个女人，何必做男人样？”

这倒让我微吃了一惊。在不被情字所迷的时候，她倒是比一般的人都更加明白人。

“如果不这样，你爷爷会放心我给你诊断？”于是我反问。

金小姐不语。于是我轻叹一声，再道：“可惜你天资聪慧美丽，却只能寄托在那样一只妖身上。”

她依旧不语，只目光微微闪了闪。半晌忽然抬头，看着我的眼睛轻声道：“先生眼里有桃花。”

“有么？”这话说得有些突兀，我下意识地应了声。她没有回答，只在帘后站起身作了个福，然后道：“金婕谢过先生救命之恩，先生自己也请好自为之。”

我有点愕然地看着这个女子，不明白她突然说这番话的意思，她却再不吭声了，转身在下人的搀扶下回了屋，留下我一人对着一桌子的菜，和她留下的那两句莫名的话。

三儿在边上给我倒酒，一脸没心没肺的笑，这个正事不管成天无忧无虑的孩子，喝了他的酒，是不是便能沾上点他的喜气？我一口饮干杯子里的酒，三儿脸上笑得更欢，于是我道："三儿，为什么这样开心？"

"因为先生医好了我们小姐的病。"

"不是因为我喝了这酒么？"我拿起空杯子朝他晃了晃，他眼里的光微微闪了一下。

我笑，"三儿，先生待你可有亏欠？"

"先生怎会亏欠三儿。"

"三儿，可知什么是果报？"

"三儿不懂……"

"三儿，肚子痛不痛？"

话刚出口，三儿朝后猛退了一步，红润润的脸一瞬变了色，他用力按着腹部死死地瞪着我。脸上没心没肺的笑不见了，可惜得很，这样一张阳光灿烂的少年的脸。而我只能轻叹，站起身把手里的酒杯丢到一边，"三儿，它们跟你索命来呢。"

"先生说什么？！"豆大的汗珠从他额头滚落，他紧盯着我的那双眼里还带着那些个夜晚不加掩饰时孩子的天真。这天真杀了多少无辜的人。

"三儿，一会儿你就知道我在说什么。"

"先生救我！！"一脚跨出门槛的时候他突然扑到我面前一把抓住了我的衣服，"三儿是被逼的！是老爷！是老爷让三儿做的！！先生救我！先生救救我！！"

我拂开他的手，"自作孽。"

"先生！！三儿不要死！！先生！！！"

三儿的哭叫声很可怜，但我不是佛前悲天悯人的那朵清莲。所以放任他不管，就像放任那只妖狐吸尽金家风水宝地十三凌阶龙点头的全部精髓。

今年再贡不出寒露渡霞，金家满门怕是逃不脱那官难了。而失去十三凌阶龙点头的精髓，任是土地再沃，栽培再上心，桃花园里的桃树也只能结出最普通不过的桃。

天意。一切却又怨谁？三年，四十八个郎中，四十八条命案。戾气早把福地变成死地。

自作孽，不可活。

入夜，叫了酒菜进房。

铘早早地躺下了，我睡不着，一个人坐在他边上自斟自饮。几杯酒下肚，身体便有了一种难耐的燥热，于是回头对床上的人道："铘，宽衣。"

铘看着我，眼里闪过一丝困惑，但还是低头慢慢地解起了衣服。他的发色和一只兽很像，低头刹那，活脱脱就是他。

身体的燥热更强了些，我俯下身睡到了他的身上。铘的身体很凉，从皮肤到骨子里的凉。而那只兽却是火热的呢……从骨子，到皮毛。

"铘，帮我宽衣。"我抬头对他道。

他眼里的困惑更深，却什么都没做。

"铘，帮我宽衣。"我再道。

看着他手朝我衣领上伸了过来，不知怎的身上的燥热便消失了。我推开了他的手站起来。"走吧，"披上衣服，窗外吹进来的风让我不由自主打了个寒战，"我们去无霜城。"

（完）

华夜行

作者：猫浮

定价：22.00

出版社：中国画报出版社

类别：悬疑幻想

开本：16

上市时间：2008.10

内容简介：

苏寒碧是建康城内的隐士，据说有驾驭鬼神和起死回生的能力。他只有两个好友，一个是山鬼荼靡，外形是美艳可爱的人类少女。另外一个就是没什么心眼儿的快乐之人——石洛了。虽然是晋朝的中郎将，却因为是胡汉混血，经常受到同僚的排挤。

不愿多问世事的苏寒碧遇到了善良热情的石洛，必定会卷入一件件离奇的是非事件中。被关在废园的白狐郡主，让人看到心中所愿的金缕镜，神秘的冰夷神咒，善良可悲的空蝉……

这一切因缘是非，到底要他们怎么去化解？善恶之分，原来只在人的一念之间。

作者简介：

猫浮，水瓶座小外星人，精通心理学、电吉他、游戏制作。

至今在两岸三地出版小说《承欢》、协作出版小说集《遥远彼方》等，并主笔《天河传说》《反三国志》《霸王别姬》等多部经典RPG游戏。

读者点评：

很好看的一本悬疑幻想小说，看完后，总是觉得俩男主之间有点暧昧啊暧昧。哈哈，我的思想不厚道啊不厚道。

——网友鱼

晚上睡觉之前翻一翻，然后带着笑意就睡了。

每天工作后，不喜欢看那么紧张刺激的悬疑小说，这本正合我的胃口，人性，友情，温暖的感觉。每天洗完澡后看个故事就睡了，觉得好看又舒服。

——宇宙无敌小超人

作者：王雨辰

定价：21.80元

出版社：中国友谊出版公司

类别：悬疑

开本：16开

上市日期：2008年10月

内容简介：

一个是为了生计奔波的报社小编，一个是不工作却四处旅行的怪人。有人称他们的组合是中国的福尔摩斯和华生，还有人说他们的经历堪媲美《聊斋志异》。胆识过人的他们，穿行于古老的乡村和喧嚣的都市之间，编织如寓言一般精妙的诡谲世界，带你领略一桩桩或寒入骨髓或暖人心窝的异事奇闻。也许这些故事算不上十分恐怖，却足够令你心悸，看似平淡的一言一语，竟步步暗藏玄机……

每晚一个离奇故事，每晚一次让你心乱的阅读体验，今夜，就请为我守候……

编辑推荐

王雨辰原创的“异闻录”系列是一部将悬疑的精妙之美表达到极致的经典小说，堪称现代版《聊斋志异》和中国版《一千零一夜》。本书作为“异闻录”第四部，也是终结版，延续了以往志怪小说的写作路线，主题依旧是中国乡村和城市里各式的奇闻怪谈，但文字更加缜密，情节更加扣人心弦，更让人心跳不已的是，101夜之后，纪黎两大家族的神秘背景和恩怨纠葛终于尘埃落定，全盘揭晓！

王雨辰档案

生年：1983

血型：有点神经质的A型

星座：活力、热情的白羊

职业：自由人

喜欢的作家：余华　江户川乱步　乙一

喜欢的电影：《罗马假日》《那山，那人，那狗》

喜欢的事物：猫

讨厌的事物：长篇大论

创作格言：虽然写的都是人和社会的阴暗面，但相信阳光永远不会生锈

成名作：《异闻录——每晚一个离奇故事》

悬疑志 年度贺岁作品

《月谜踪》
作者：熊逸
出版社：中国画报出版社
类别：悬疑　推理
开本：16 开
上市日期：2008 年 12 月

悬疑志系列新作：《叶子侦探离奇事件簿①月谜踪》《叶子侦探离奇事件簿②隗家村》

——惊心离奇的谜案背后，还有小人物用幽默演绎的悲凉！

一部剧情至上的小说！带给你诡异、惊悚、悬疑、推理、武侠、幽默等精彩的阅读体验！

如果你看腻了推理，那就当这是个鬼怪故事好了；如果你不喜欢看鬼怪，那就当这是一个搞笑故事；如果你连搞笑也不喜欢，那你就还当这是一个推理故事。如果你都喜欢，那就恭喜你找到了最适合你的故事！

作者简介

熊逸，天涯社区热门的网络作家，fans 无数，擅长文史及推理作品。文笔一流。曾任《图书商报》的专栏作家，畅销书《梦幻旅游》和《惊魂六计》的策划人。

内容简介

这是一个离奇的故事，也让人开心。故事始于发生了一系列离奇的杀人案件，凶手杀人的手法诡异而华丽，像在炫耀，又像是挑战。侦破与反侦破的对决引诱着人们的思维惯性，而所谓的成名侦探也并不像外表上那么光鲜。不断有帮倒忙的热心人出现，使线索越来越乱。案件在嘻嘻哈哈的过程中被误打误撞地抽丝剥茧，接二连三的喜剧性场面不断把悲剧变成闹剧。

这也是一个关于小人物的故事，描述了几个无权无势、也没多大本领的人为着或许并不足够正义的目标在无数的难关面前为自己杀出一条生路的历程。他们在操心着柴米油盐的同时，面对着天下最匪夷所思的谜案，对抗并妥协着强大到他们根本无计可施的对手。除了信心、头脑、朋友和运气，他们还能依靠什么？

也许，有信心、有头脑、有朋友、有运气，这就足够了。

我不想写什么惊天动地的案子，我的笔下只是一些鸡毛蒜皮的小事，一些小人物在这个艰难时世里小小地闹腾一下罢了。我们在旁观者的角度看着他们，有时会觉得这是一出温暖的喜剧，有时会觉得这是一出荒诞的悲剧。但不管故事的背景被我如何架空，它在骨子里也是现实主义的；在所有的迷局、惊悚与笑料之后，细心的人应该能读得出那一点仅属于现实主义的凄凉。

悬疑志年度贺岁作品

魄家村

叶子侦探离奇事件簿 2

熊逸◎著

一部好的小说绝不仅要有好的剧情，但好的剧情绝对是第一位的！

《傀家村》
作者：熊逸
出版社：中国画报出版社
类别：悬疑　推理
开本：16 开
上市日期：2008 年 12 月

悬疑志系列新作：《叶子侦探离奇事件簿①月谜踪》《叶子侦探离奇事件簿②隗家村》

——惊心离奇的谜案背后，还有小人物用幽默演绎的悲凉！

一部剧情至上的小说！带给你诡异、惊悚、悬疑、推理、武侠、幽默等精彩的阅读体验！

如果你看腻了推理，那就当这是个鬼怪故事好了；如果你不喜欢看鬼怪，那就当这是一个搞笑故事；如果你连搞笑也不喜欢，那你就还当这是一个推理故事。如果你都喜欢，那就恭喜你找到了最适合你的故事！

作者简介

熊逸，天涯社区热门的网络作家，fans 无数，擅长文史及推理作品。文笔一流。曾任《图书商报》的专栏作家，畅销书《梦幻旅游》和《惊魂六计》的策划人。

内容简介

有些地方好像是有魔力的，人一旦进去了，就如同陷进了一场梦魇，那里发生的事情太过诡谲，让你分不清是真是幻，而更像梦魇的是，你想逃却怎么也逃不出来——那个地方明明就只有那么大，看上去也明明那么普通，可你跑呀跑呀，却就是跑不出……这一切到底是怎么回事？！

故事依然是叶子和韩诤他们的故事，继《月谜踪》之后，他们有了又一次离奇的遭遇。他们有信心、有头脑、有朋友、有运气，他们可以解决许许多多的难题，但这一次不同的是：他们一直无法确定自己是否遇到了难题——在这个普通的小村子里，他们遇到的所有事情都是似是而非的，遇到的所有人都是不辨善恶的，发生过的事情像是重复着从前，今天的境况又将在明天重演……